Entre visillos

Contemporánea
Narrativa

CARMEN
MARTÍN
GAITE

ENTRE
VISILLOS

Introducción de Marina Mayoral

Premio Nadal 1957

AUSTRAL

DESTINO

Esta edición dispone de recursos pedagógicos en www.planetalector.com

© Herederos de Carmen Martín Gaite, 2000
© por la introducción, Marina Mayoral
© Editorial Planeta, S. A., 2008, 2020
  Ediciones Destino, un sello editorial de Editorial Planeta, S. A.
  Avda. Diagonal, 662-664. 08034 Barcelona (España)
  www.edestino.es
  www.planetadelibros.com

Diseño de la colección: Compañía
Fotografía de la cubierta: © Lynn James / Getty Images
Primera edición: 3-III-2007
Segunda edición:
  Primera en esta presentación: enero de 2012
  Segunda impresión: noviembre de 2012
  Tercera impresión: junio de 2013
  Cuarta impresión: febrero de 2015
  Quinta impresión: enero de 2016
  Sexta impresión: mayo de 2017
  Séptima impresión: diciembre de 2017
  Octava impresión: octubre de 2018
  Novena impresión: febrero de 2019
  Décima impresión: junio de 2019
  Undécima impresión: septiembre de 2019
  Duodécima impresión: septiembre de 2019
  Decimotercera impresión: noviembre de 2019
  Decimocuarta impresión: abril de 2020

Depósito legal: B. 36.668-2011
ISBN: 978-84-233-4352-2
Impresión y encuadernación: CPI (Barcelona)
Printed in Spain - Impreso en España

Biografía

Carmen Martín Gaite (Salamanca, 1925 - Madrid, 2000) se licenció en Filosofía y Letras. Además de ensayos, críticas y estudios históricos, ha publicado una extensa obra narrativa, entre la que cabe destacar: *El balneario*, *Las ataduras*, *Entre visillos* (Premio Nadal 1957), *Ritmo lento*, *Retahílas*, *Fragmentos de interior*, *El cuarto de atrás* (Premio Nacional de Literatura 1978), *Nubosidad variable*, *La reina de las nieves* e *Irse de casa*. En 1988 le fue concedido el Premio Príncipe de Asturias de las Letras. Carmen Martín Gaite falleció en Madrid en el año 2000.

ÍNDICE

ENTRE VISILLOS

INTRODUCCIÓN

Una voz de mujer

Los narradores del siglo XIX conocían bien los entresijos del mundo femenino. Era lógico que fuese así. Vivían desde su infancia hasta bien entrada la juventud entre faldas: madres, tías, abuelas, hermanas, doncellas, cocineras, criadas para todo, amas de cría, amas secas, planchadoras, costureras... un enjambre de figuras femeninas rodeaba al futuro escritor desde la cuna y le dejaba penetrar en su mundo de mujeres, tomar nota de su modo de actuar, de sus conversaciones, de su peculiar manera de hablar, de sus preocupaciones, de sus gestos.

No sucedía lo mismo con las niñas, para quienes el padre y el abuelo eran figuras mucho más lejanas e inaccesibles. Mientras un niño podía acompañar a una mujer de la familia a la compra, a casa de la modista o estar presente durante las visitas, la niña no participaba de las actividades del padre. El mundo del trabajo, del Casino, de la caza, de la taberna, o de las reuniones de hombres, era un coto cerrado que sólo podía conocer de forma indirecta.

Estas condiciones sociales tuvieron que repercutir a la fuerza a la hora de escribir. Flaubert, Galdós o Henry James tuvieron más facilidad para reproducir en sus obras el mundo de las mujeres que la Pardo Bazán o Edith Warton el de los hombres. No es de extrañar que los grandes caracteres de no-

vela del XIX sean mujeres y que sus creadores sean hombres.
El mundo del otro resulta siempre más fascinante que el propio y los escritores volcaron en su obra todo lo que recogieron
con sus ojos infantiles.

Lo que suele olvidarse o, mejor dicho, lo que no suele considerarse nunca, es que esa visión del mundo de las mujeres y
esas figuras femeninas que aparecen en las obras de los grandes escritores del siglo pasado son una perspectiva masculina.
Lectores y creadores de ambos sexos han dado por supuesto
que esa forma de contar y de ver, esa voz y esa visión que aparecen en la novela realista decimonónica son las únicas posibles, son la Voz y la Visión, cuando la verdad es que no son
más que una perspectiva que, con gran frecuencia, deja fuera
de su campo partes muy importantes de la realidad, e incluso a
veces la deforma.

Lo más penoso de esta situación es que las escritoras, aherrojadas por el peso de la tradición y por los cánones implícitos en
una literatura mayoritariamente masculina, han empobrecido
su propia visión del mundo para acomodarla a lo que consideraban las normas de la Gran Literatura, la escrita por hombres
desde su visión masculina.

Intentando hacer más claros estos conceptos ponía yo en un
coloquio el ejemplo de unas páginas de *La Regenta*. El narrador alude a la desazón que le produce a Ana Ozores el recuerdo de su luna de miel con don Víctor Quintanar, el hombre con quien la han casado y de quien no está enamorada. En
el libro se dice que el goce de los sentidos le producía una sensación semejante a la imposición de la ceniza el primer miércoles de cuaresma: la hace sentirse polvo por disfrutar sin estar enamorada. Siempre me he preguntado si una chica
inocente como es Ana, sin ninguna experiencia, que se casa
empujada por la familia con un hombre sin atractivo, casi un
viejo, y en absoluto seductor como es don Víctor Quintanar,
sintió placer. Y creo que no. Clarín, por el contrario, hombre
del siglo XIX, aplica sus propios criterios sobre la sexualidad y
cree lo que los hombres han creído durante mucho tiempo,

que el placer es inseparable del sexo, y que por tanto Ana siente placer y se avergüenza de sentirlo. En aquella ocasión planteé mis dudas en forma de pregunta retórica: «¿Creen ustedes que en esas circunstancias Ana Ozores sintió placer?». Nunca me contesta nadie. Aparte de la natural reserva del público español, lo de enmendarle la plana a Clarín requiere cierta dosis de osadía y presencia de ánimo. Pero en aquella ocasión, y nada más formulada la pregunta, se oyó una voz de mujer que respondió de forma clara y contundente: «No. Lo pasó muy mal». Era una voz que yo conozco bien, casi mejor por escrito que de oído. Era Carmen Martín Gaite: una de las pocas escritoras españolas que ha sabido romper los rígidos moldes de una literatura heredada para expresarse con su propia voz. Y cuando digo voz propia quiero decir también, entre otras cosas, voz de mujer. Y creo que esto requiere una explicación.

DESAFIANDO EL GUETO

Excepto las escritoras feministas militantes, la mayoría de las novelistas que conozco se sentirían incómodas si les dijese que tienen, como narradoras, una voz de mujer. Inmediatamente, y no sin cierta razón temerían que se tratase de una etiqueta discriminatoria, que se las redujese a un nuevo gueto, sobre el que se cierne la sombra de la marginación. Lo cierto es que, aun hoy, nadie se cuestiona que a un hombre se le note que es hombre al escribir; pero que a una mujer se le note su feminidad es cuestión más peliaguda.

Creo que a Carmen Martín Gaite este asunto la tiene sin cuidado. Ella ha llegado a su estilo peculiar buscando de manera intuitiva, al margen de planteamientos teóricos, la mejor forma para plasmar su visión del mundo. Su papel en la literatura española de la segunda mitad del siglo es semejante a la de Virginia Woolf en su época y en su país. Las diferencias son las que separan al cultísimo y refinadísimo grupo de Bloomsbury y la Inglaterra de los años veinte de nuestra pobre, mezquina y reprimida posguerra española. A primera vista podría parecer que todo las separa, pero el talante y talento con que ambas profundizaron en su propio mundo interior y buscaron la mejor manera de plasmarlo está por encima de las diferencias.

Cuando Virginia Woolf rechaza la tradición literaria inglesa como inadecuada para expresar las vivencias de la mujer, lo hace con conciencia de que se trata de una tradición masculina: «el peso, el paso, la zancada de la mente masculina son demasiado distintos de la suya para que pueda recoger nada sólido de sus enseñanzas»[1]. Son palabras que levantaron y siguen levantando polémicas, porque parecen preconizar una diferencia biológica que condiciona la creación. Yo siempre las he entendido como el rechazo a un instrumento demasiado tosco para ajustarse a las exigencias de un mundo hecho de sutiles matices y lleno de tornasoles. Hoy cualquier hombre puede escribir como Virginia Woolf, porque ella pulió y afinó el instrumento lingüístico hasta hacerlo capaz de expresar lo que quería. Buscando su propia voz enriqueció la tradición heredada y la legó a quienes venían detrás, fuesen hombres o mujeres.

La labor de Carmen Martín Gaite es perfectamente comparable. Para dar forma a un mundo propio tuvo que salirse de los cauces trillados de la literatura de su época, tuvo que descubrir perspectivas nuevas desde las cuales contar, y tuvo que rehacer un lenguaje literario para acomodarlo a las necesidades de ese mundo. Es decir, tuvo que crear una voz personal, no fácil de definir ni caracterizar, pero fácilmente identificable por cualquier lector asiduo.

¿Cómo es esa voz que he calificado de femenina? Empezaré por sus ensayos, donde es más fácil percibir su peculiar forma de expresarse. Creo que la naturalidad es su nota más

---

[1]   Wirginia Woolf, *Una habitación propia,* Barcelona, Seix Barral, 1984, pág. 105.

llamativa, y con esa palabra quiero decir la falta de engolamiento, de tonillo profesoral o académico, de énfasis erudito. Tanto en los ensayos de tipo histórico social, *El proceso de Macanaz, Usos amorosos del dieciocho en España, Usos amorosos de la postguerra española,* como en los más estrictamente literarios, *El cuento de nunca acabar* o *La búsqueda del interlocutor,* lo primero que sorprende al lector acostumbrado a la literatura ensayística o de investigación es el tono diferente en que aquello está contado. Hasta tal punto se siente distinto de lo habitual que la impresión es que no se trata de un libro de investigación. Y no es que se haya ocultado la labor de búsqueda de datos que hay detrás: las fuentes, las citas, las referencias bibliográficas son explícitas y muy completas, todo está perfecta y cuidadosamente documentado. Y, sin embargo, la impresión subsiste: aquello no suena a ensayo, a tesis doctoral o a los estudios al uso en el mundo académico.

La clave está en el tono y la perspectiva desde la que se cuenta: Carmen Martín Gaite no habla nunca *ex cátedra,* no trata de adoctrinar ni tampoco de rebatir o apoyar determinadas teorías. Tampoco habla como el genio oficial que, por ser vos quien sois, no necesita de más apoyo para sus palabras que la mera enunciación de sus ideas originalísimas y nunca en su opinión bastante estimadas por la legión de colegas ignaros. Carmen, en su escritura (y en su vida habría que añadir), carece por completo de pedantería, situación rarísima en el mundo literario.

Esa falta de pedantería, de presunción, de engolamiento, de pesadez erudita o profesoral, de autoritarismo, de suficiencia, es lo que llamo la naturalidad de la voz de Carmen Martín Gaite. Que no quiere decir simplicidad, sencillez, desenfado o coloquialismo, aunque a veces haga uso de estas dos últimas formas de expresión. La naturalidad de Martín Gaite no quiere decir tampoco espontaneidad. Es, sencillamente, la naturalidad de la rosa de que hablaba Juan Ramón: «No le toques ya más, que así es la rosa». Pues, de igual modo, la voz de Carmen ha llegado a esa aparente naturalidad a través de un proceso de depuración de todo lo que le era ajeno e innecesario.

No sabría decir si ese tono nace de una gran confianza en sí misma o de una timidez que la lleva a huir del papel de estrella. Quizá el punto de partida fue la timidez, esa postura de «esto es lo que yo sé hacer y no quiero vestirlo de ropajes ajenos»; y con los años vino la íntima seguridad de que el camino elegido era el acertado y la actitud de «escribo como quiero y a quien no le guste que no me lea». Lo que sí veo claro es que su forma de expresarse no nace de una seguridad soberbia, sino de la sabiduría y la experiencia de quien sabe que no se puede gustar a todo el mundo ni se debe falsear la propia naturaleza.

Lo más discutible de mi análisis es que a esta voz de Carmen Martín Gaite la califique de femenina. ¿Por qué femenina? Por la misma razón que los personajes de mujer de Delibes resultan tan convincentes: por el registro lingüístico que utilizan. Todos los estudios que se han realizado sobre la forma de hablar de los dos sexos llegan a la misma conclusión: La lengua de las mujeres, sus caracteres fonéticos, el vocabulario, las construcciones perifrásticas, las reiteraciones expresivas, el tono de su discurso, el modo de mantener una conversación (por ejemplo, la frecuencia de frases inconclusas, la mayor abundancia de exclamaciones o preguntas) es diferente al de los hombres [2].

Que estas diferencias no se aprecien en la lengua escrita de la mayoría de las mujeres sólo quiere decir que, en el momento de ponerse a escribir, la escritora adopta de forma espontánea y casi siempre inconsciente el modelo literario heredado. De igual forma, un hablante andaluz que en la conversación coloquial omite las eses finales, las repone cuando tiene que hablar en público o expresarse por escrito. Se trata de hábitos mentales relacionados con el prestigio social de determi-

---

[2]   Una visión general y puesta al día sobre este tema puede verse en el libro de Irene Lozano Domingo *Lenguaje femenino, lenguaje masculino,* Madrid, Minerva Ediciones, 1995.

nados esquemas lingüísticos. Y en literatura el prestigio lo tiene un canon literario formado a través de siglos por escritores hombres.

Sólo escritoras excepcionales como Woolf o Martín Gaite se dan cuenta de la limitación que supone para expresar una visión del mundo propia utilizar un instrumento modelado desde otra perspectiva. Las dos han rehecho y acomodado a sus necesidades creativas la lengua y el estilo de la tradición. Las dos han escrito como mujeres, desafiando y superando, a golpe de talento, el peligro de ser relegadas al gueto de la literatura femenina.

TÉCNICA NARRATIVA

En ENTRE VISILLOS alternan la narración en primera y tercera persona, que ofrecen perspectivas complementarias y en muchos casos opuestas sobre los mismos hechos y personajes.

La narración en primera persona corre a cargo de varias voces, o perspectivas diferentes. Fundamentalmente dos: el diario de Natalia y el relato de Pablo. A ellos podemos añadir la carta de Julia del capítulo nueve.

En el diario de Natalia la voz narrativa es la de un yo central o protagonista (utilizo la terminología de Friedman)[3], que cuenta los hechos en los que interviene como personaje principal y lo hace de un modo muy inmediato, refiriéndose a sucesos cercanos: Ayer, hoy, ahora, son las marcas temporales más constantes. A lo sumo hace pequeños panoramas narrativos, resumiendo hechos o situaciones que han tenido lugar en fechas próximas.

El «decorum» clásico se respeta absolutamente. Tanto la perspectiva desde la que habla Natalia como su estilo corres-

---

[3]   Norman Friedman, «Point of View in Fiction. The Development of a Critical Concept», *P.M.L.A.,* 70 (1955), págs. 1160-1183.

ponden con toda exactitud a sus características como personaje. Utiliza coloquialismos («a lo primero», «a lo último»,
«mi más amiga») y reproduce el ritmo de la lengua hablada,
así como expresiones tomadas de otros personajes, que transcribe a veces en estilo directo, y otras en indirecto. Por ejemplo, sobre la visita al cementerio escribe: «Hablaban de qué tal
hace el pañito nuevo de damasco y del farol de la izquierda
que se tuerce un poco» (pág. 208). Sobre las intromisiones de
su familia en su vida: «Que estudie en el salón. Que por qué
esa manía de estudiar en mi cuarto con lo frío que está, que
ellas no me molestan para nada...» (pág. 243).

Pablo cuenta hechos pasados, sin que podamos precisar
desde qué distancia temporal («Llegué hacia la mitad de septiembre, después de un viaje interminable», pág. 63). Tampoco
sabemos qué es exactamente ese relato en primera persona:
¿un diario? ¿una novela? Pablo le dice a Emilio que él no es
escritor, y que está tomando notas «para un trabajo de Gramática General», cosa que no tiene nada que ver con lo que estamos leyendo. Su relato de los hechos empieza siendo el de un
narrador testigo o periférico, que cuenta lo que ve y observa a
su alrededor (las conversaciones y actitudes de las gentes que
lo acompañan en su viaje en tren). Pero su importancia en la
acción lo convierte pronto en narrador protagonista, ya que él
es el personaje más importante de la mayoría de los hechos
que relata.

La narración en tercera persona se hace en la modalidad
omnisciente selectiva. El narrador omnisciente limita sus po-
deres a lo que oye y ve, o cuenta desde la perspectiva de un
personaje. La escena del capítulo uno, que tiene como protagonista a Julia, Mercedes e Isabel, desde que salen de misa
hasta que se instalan en el mirador para desayunar, es un buen
ejemplo de esa técnica que se limita a reproducir el diálogo y
a describir escuetamente el escenario y los movimientos de
los personajes. No se puede decir que se trata de una técnica
de ojo de cámara porque el narrador hace uso de la omnisciencia para informarnos, por ejemplo, de que en la habitación del

mirador «se barría y se quitaba el polvo lo primero». Pero no tiene nada que ver con la omnisciencia típica del siglo XIX: jamás interviene con comentarios ni juicios de valor y se mantiene en una postura neutral. Tampoco hace uso de la omnisciencia para analizar lo que sienten los personajes o lo que piensan. En este sentido es llamativa la forma en que cuenta la escena de Tali en el Casino cuando, al negarse a bailar con Manolo Torre, él la deja sola. De lo que pasa por su interior no dice nada. Se limita a transcribir una sensación y después a enumerar sus actos. Mediante el discurso indirecto libre (que transcribo en cursiva) nos da cuenta de los pensamientos de la chica, referidos a una situación concreta, la dificultad de dejarle un mensaje a su amiga. Pero no hay explicaciones psicológicas del tipo: sentía vergüenza, humillación, alivio, etc.

> Al quedarse sola, sentía Natalia que le zumbaba todo el local vertiginosamente alrededor. Estuvo un rato con los ojos cerrados. Luego cogió el bolso de Gertru de encima de la silla y buscó dentro. *Lápiz no tenía. Llaves, cartas, fotos, una barra de labios. Con la barra se escribía muy gordo pero servía igual.* Escogió una cartulina alargada: «Los jefes y oficiales del Aeropuerto invitan a usted...», y debajo en letras rojas dejó escrito: «Me voy porque me ha entrado mucho dolor de cabeza, N.»... (pág. 105).

La misma distancia se mantiene con el personaje de Elvira, cuyo contradictorio comportamiento con Emilio y con Pablo se presta al análisis psicológico. El narrador transcribe alguna vez sus pensamientos mediante monólogos o discursos indirectos libres, pero predomina la mera narración de sus actos, de modo que al final es el lector quien debe decidir sobre los verdaderos motivos que llevan a Elvira a tomar la decisión de casarse y a Pablo a abandonar la ciudad.

Las distintas perspectivas desde las cuales se cuentan los hechos enriquecen la visión de la realidad. Los puntos de vista de Pablo y de Tali se completan con la perspectiva de la voz en tercera persona que actúa en muchos casos como mera introductora del diálogo de personajes.

Además de las dos perspectivas fundamentales, de Tali y Pablo, también en los capítulos en tercera persona el foco narrativo cambia de orientación para ofrecernos dos visiones de un mismo hecho. Un ejemplo interesante de esta técnica se encuentra en el capítulo doce: El diálogo entre Gertru y Ángel en el que él le riñe por haberle dejado un bocadillo de tortilla a su nombre en el hotel, se interrumpe para hacernos oír la conversación de los dos amigos de Ángel, que observan a la pareja y están haciendo conjeturas sobre los motivos de la riña. La actitud paternalista del novio se ve más fuera de lugar todavía, más falsa y sin fundamento, cuando oímos los comentarios de los amigos que lo han acompañado en la farra nocturna. El diario de Tali ofrecerá un nuevo y último punto de vista sobre la figura del novio de Gertru y sobre las posibilidades de felicidad de la chica en su matrimonio: Petrita López le cuenta a Tali lo que ha oído de él a su familia: «Que el novio de Gertru es un pinta y que en su casa ha oído ella decir que cuando va a Madrid vive con una señora extranjera» (pág. 252).

En la construcción de personajes no hay descripción física y psicológica de los personajes por parte del narrador en tercera persona. Este tipo de información directa, que es característica de la novela realista del siglo XIX, no se utiliza. Se sustituye por la información que proporcionan unos personajes sobre otros. De ese modo nos enteramos del aspecto físico de los personajes principales. Dicen las chicas sobre Pablo:

> —Él desde luego está de miedo —dijo Goyita—. ¿Es extranjero, no? Se le nota un acento especial (pág. 149).
> ¿No es uno delgado, de canas así en los lados? ¿De gafas sin montura? (pág. 251).

Pero lo fundamental en la novela, en lo que se refiere a construcción de personajes, es que los vemos hacerse ante nuestros ojos, mediante el diálogo o el relato de sus actos, bien a través de la voz del narrador omnisciente o por los comentarios vertidos en diarios o cartas. Los vemos crecer, evolucionar, vivir.

Quizá convenga añadir que esto no depende tanto de la técnica empleada cuanto de la maestría con que se maneje. Carmen Martín Gaite es maestra en el arte de hacer hablar a sus personajes como seres reales y ENTRE VISILLOS es uno de los mejores ejemplos de esa maestría.

El gran número de personajes que aparece en la novela podría llevar a considerarla de «protagonista colectivo», como *La colmena* de Cela o *La noria,* de Luis Romero. La unidad de la estructura se mantiene porque estos personajes coinciden en determinados espacios: el Casino, el estudio de Yoni, la casa de Gertru... y porque algunos personajes funcionan como ejes en torno a los cuales giran otros de menor importancia, como veremos más adelante.

PALABRA EN EL TIEMPO Y EN EL ESPACIO

ENTRE VISILLOS se sitúa en un lugar y en un tiempo muy concretos, fechables: una capital de provincia de los años cincuenta. Pero al mismo tiempo esa pequeña ciudad provinciana, como la Vetusta de Clarín o la Orbajosa de *Doña Perfecta* de Galdós, «es posible que esté en todas partes y por doquiera que los españoles revuelvan los ojos», según explica el narrador de esta última.

E igual que *Doña Perfecta* y *La Regenta,* la novela supera el peligro del localismo para convertirse en la representación de un modo de vivir que puede darse en cualquier parte. Se puede ver en ella la misma estructura que Ricardo Gullón descubrió en la novela de Galdós: círculos concéntricos que van ensanchando su significado: la familia, la ciudad, España, el Universo.

Se incluye, pues, ENTRE VISILLOS en la línea de novelas realistas en la que también se encuentran *La colmena, Cinco horas con Mario* y *Tiempo de silencio;* novelas que trascienden su punto de partida, muy reconocible, para convertirse en visiones existenciales que pueden referirse a cualquier país y a cualquier tiempo.

Vamos a ir viendo algunos de esos elementos más despacio.

La familia

Como elemento de época encontramos la familia patriarcal, representada sobre todo por la de Talita, pero vislumbrada también en muchos otros personajes secundarios. El padre, como cabeza de familia, es el encargado de marcar unas reglas de conducta que abarcan todos los aspectos de la vida, desde las relaciones amorosas de las hijas hasta las horas de comer:

> Goyita antes de las dos se levantó y cogió su bolso.
> —Pero, ¿te vas tan pronto?
> —Ya sabes que a mi padre le gusta comer a punto.
> —Mujer, estamos en ferias.
> —Sí, pero él no mira eso (pág. 81).

La familia es una institución todavía muy fuerte, pero en ella apunta ya la disolución que pronto tendría lugar. Como elementos retrógrados, representantes de las fuerzas que tienden a mantener a todos los miembros dependientes y unidos, encontramos, en la familia de Talita, a la tía Concha y al padre. La primera víctima de esa forma de vivir es la hermana mayor, Mercedes, que a los treinta años ya es considerada una solterona y a quien la frustración y la represión de los deseos insatisfechos llevan a alinearse con la tía soltera. Julia, la hija segunda, presionada entre lo que se consideran los deberes de «una señorita» y los deseos de encontrarse con su novio, acaba escogiendo el camino de la independencia al decidir su salida de la familia y de la ciudad.

La familia de Elvira resulta más moderna y abierta, probablemente por el talante intelectual del padre, profesor de Enseñanza Media. Elvira ha estudiado en el Instituto y no en colegio de monjas como las burguesas ricas, y la familia la anima a cultivar su afición a la pintura y a dedicarse a ello profesionalmente. Pero, desaparecido el padre, se respetan estrictamente las normas sociales, empezando por la del luto:

> Elvira se levantó a echar las persianas y se acordó de que estaría por lo menos año y medio sin ir al cine. Para marzo del que viene, no. Para el otro marzo. Eran plazos consabidos, marcados automáticamente con anticipación y exactitud, como si se tratase del vencimiento de una letra. Con las medias grises, la primera película. A eso se llamaba el alivio de luto (pág. 147).

El luto, que es una de las constantes de la vida ciudadana, además de unos plazos precisos para el color de la ropa y la asistencia a espectáculos, tiene manifestaciones más difusas que abarcan y afectan a todos los aspectos de la vida. Incluso a algunos que hoy resulta difícil entender:

> A la madre le gustaba que estuviesen los balcones cerrados, que se notara al entrar de la calle aquel aire sofocante y artificial. «Es una casa de luto», había dicho (pág. 155).

Por supuesto las relaciones sociales se ven también restringidas por esa costumbre, aunque Elvira en este caso no se pliegue a las normas:

> Cruzamos la plaza. Le dijo Yoni a Elvira que si la veían acompañada de dos hombres que no eran Emilio, y en pleno luto, que la iban a criticar.
> —Que digan misa —exclamó ella con voz alegre... (pág. 275).

Casi todas las familias que aparecen en la novela pertenecen a la clase media, con más o menos dinero. La clase baja aparece representada únicamente por Alicia Sampelayo, la niña mal vestida, estudiosa y no muy lista de quien Tali se hace amiga al faltarle Gertru. El desorden y el ruido caracterizan su entorno: un niño que llora, una mujer que chilla, otra que vocifera, un secador de pelo encendido... Una simple cortina de flores separa el lugar en que ella duerme y estudia de la peluquería de su madrastra, pero Alicia está tan acostumbrada al ruido que ni siquiera lo oye.

Ese mundo y el de Tali tienen bien marcadas las distancias; sólo en el Instituto se tolera la coincidencia y aun con disgusto. Desde la primera página de la novela sabemos que Gertru no va a seguir estudiando «porque a Ángel no le gusta el ambiente del Instituto». Y los profesores son conscientes de que el paso de Elvira y de Tali por sus aulas marca una excepción, ya que por dinero y posición social ambas tenían que haber estudiado en colegio de monjas, según le explica a Pablo uno de sus colegas de enseñanza:

> ... las chicas de familias conocidas lo corriente, cuando hacían el bachillerato, era que lo hicieran en colegios de monjas, donde enseñaban más religión y buenas maneras, y no había tanta mezcla.
> —¿Pero mezcla de qué? —le pregunté a don Salvador.
> —Mezcla de chicas humildes. La matrícula del Instituto es más barata que en un colegio y vienen muchas chicas de pueblos, ya lo habrá notado. No es de buen tono estudiar aquí (pág. 236).

La mezcla de clase se produce a veces, gracias al dinero, en el Casino. Mercedes despotrica contra ello, sin tener en cuenta que también ellas son hijas de un negociante enriquecido:

> ... No sé que pasa este año en el Casino. Y cuidado que la orquesta es buena, pero no sé.
> —La mezcla —saltó Mercedes con saña—. La mezcla que hay. Decíamos de la niña del wolfram. La niña del wolfram, la duquesa de Roquefeler, al lado de las cosas que se han visto este año. Hasta la del Toronto, ¿para qué decir más?, si hasta

la del Toronto se ha vestido de tul rosa. Y por las mañanas en el puesto. Así que, claro, es un tufo a pescadilla... (pág. 59).

El rechazo es a veces mutuo. La tía Concha no ve con simpatía que Alicia Sampelayo vaya a estudiar a casa con Tali:

> Desde que viene Alicia, han vuelto a hablar varias veces en las comidas de lo conveniente que habría sido que yo este año no me hubiera matriculado en el Instituto. Dicen que mientras estaba Gertru, menos mal, pero que ahora he perdido todo contacto con la gente educada (pág. 245).

Pero tampoco Tali es bien acogida en la casa de Alicia. La madrastra la recibe de malos modos («¿qué la quieres tú?») y prácticamente la empuja a irse: «Alicia, cuando se vaya esa chica, ven a la cocina» (págs. 215-217).

Y Alicia está convencida como de un hecho incontrovertible de que su amistad con Tali no podrá prolongarse, pese a las protestas en contra de ésta:

> —... Verás cómo luego, dentro de un par de años, no seremos amigas ya, no lo podremos ser.
> —¿Pero por qué?
> —Porque sí. Lo verás. (pág. 246).

El pequeño mundo femenino

El título de la novela, ENTRE VISILLOS, adelanta la importancia que va a conceder la autora al mundo doméstico, reducido, de las mujeres. No, precisamente, para complacerse en él, sino para dejar constancia de este entramado menudo que para muchas mujeres acaba siendo una red de la que no pueden escapar.

Un espacio importante de ese mundo femenino es el mirador, el lugar desde el que las mujeres de la familia o las visitas pueden observar el mundo sin abandonar el ámbito doméstico. Permite enterarse con discreción de lo que sucede fuera y ser al mismo tiempo, si lo desean, objeto de contemplación, al asomarse. El mirador de la familia de Talita es muy apreciado por su situación de esquina, de él dicen las visitas que es «un coche parado», algo más estimable para las mujeres que el automóvil, que pertenece al ámbito de lo masculino: el mundo pasa igualmente frente a sus ventanas y no se corre el riesgo de salir de casa.

El mirador, como espacio privilegiado, es objeto del mayor cuidado, es lo primero que se limpia y asea de la casa. Ya a la hora del desayuno está listo para recibir a las chicas y a sus amigas que vienen de misa. En el mirador está la mesa camilla, la radio, el costurero, una butaca de orejas y una lámpara en forma de quinqué. El cambio de estaciones se refleja en las faldas de la camilla, de cretona en cuanto llega el calor, de paño grueso las de invierno. Cada familia decide con pequeñas variaciones personales el momento del cambio:

> Isabel se había quedado de pie junto a la camilla cubierta de tela rameada. Dijo:
> —Nosotras ya hemos puesto las faldillas de invierno. Dice mamá que éstas de cretona le dan un poco de frío por las tardes (pág. 54).

En esta novela el espacio femenino por excelencia es el mirador. La cocina no aparece, quizá por tratarse de familias burguesas con criadas que se encargan de ese aspecto de la vida doméstica. Y todavía el cuarto propio de que habla Virginia Woolf [4] es un privilegio del que muy pocas disfrutan.

Talita tiene un dormitorio para ella sola, y en él escribe su diario a escondidas, pero se trata de un cuarto frío, poco agradable, y por eso le ponen una mesa en el salón para que estu-

---

[4]   En *Una habitación propia* Virginia Woolf vinculaba la creatividad literaria de la mujer a la independencia económica y social; la habitación propia se convirtió en el símbolo de esa independencia.

die allí, cosa que a ella no le gusta porque siente que las visitas, que están en el mirador, curiosean y hablan de ella. Sus hermanas mayores comparten habitación. Elvira tiene un cuarto independiente en el que pinta, fuma y se tumba en una cama turca cuando está deprimida o aburrida y en el que recibe a sus amigas e incluso a Emilio y a Pablo. Es lo más parecido al espacio privado que Woolf consideraba imprescindible para el desarrollo de la independencia femenina. Pero la verdad es que no parece servirle de gran cosa ya que al final acaba refugiándose en el cuarto donde su hermano y Emilio preparan las oposiciones, silenciosa y aburrida, sin ganas de hacer nada y sólo deseosa de un poco de compañía.

Capítulo aparte merecería el modo de hablar de los personajes femeninos. Carmen Martín Gaite pertenece a ese tipo de escritores que, como Galdós o Delibes, tienen un oído especial para captar el lenguaje. Los personajes se individualizan por su modo de expresarse, sus palabras nunca suenan a falso o a reconstrucción literaria, sino a un habla auténtica, vivida[5]. Y eso es más evidente en los personajes de mujer porque su lenguaje se aparta de la norma culta que rige el habla de los personajes masculinos. El lenguaje de las chicas es mucho más coloquial y en cierto modo creativo: «Mira que eres faenista» (pág. 53), le dice Isabel a Mercedes. Y hablando de la necesidad de ir a la peluquería dice de su pelo: «Se me pone enseguida incapaz» (pág. 60). También Julia utiliza ese adjetivo para referirse al insufrible comportamiento de su hermana Mercedes en los últimos tiempos: «Está incapaz, no se le puede hablar» (pág. 248). Para manifestar su desinterés por ir al Casino Julia dice: «A mí me da igual. Total, está siempre tan ful» (pág. 59). La madre de Goyita resume su impresión sobre el modo de vestir de la chica madrileña con la expresiva frase «Pues va hecha una exagerada». No menos expresiva es

---

[5] Para las características de este lenguaje, véase Manuel Seco, «La lengua coloquial: *Entre visillos* de Carmen Martín Gaite», *El comentario de texto,* Madrid, Castalia, 1973, págs. 361-379.

la frase hecha que le espeta a Pablo la chica coja en el baile:
«No me gusta servir de plato de segunda mesa» (pág. 137).
Mercedes pondera su preocupación por el noviazgo de Julia
diciendo «... todo el día preocupada, que ni como ni vivo, pensando en su dichoso asunto» (págs. 194-195) y su desprecio
por Federico Hortal: «¿Gustarme? ¡Pero si le he hecho unos
feos!» (pág. 264). En la petición de mano de Gertru se dice de
una amiga ausente: «Tiene una casa que es una cucada»
(pág. 265). Marisol, la chica madrileña, afinando su crítica,
opina que en San Sebastián en verano las fiestas del hotel Cristina «es lo único que se pone un poco medio bien» (pág. 75).
Goyita se refiere a Toñi, su mejor amiga, diciendo: «Mi más
amiga no está hoy [...] es un cielo» (pág. 80).

Junto al lenguaje, se reflejan gestos y actitudes específica-
mente femeninos: Julia comprueba si unos niños le han roto la
media al tirarle un petardo (pág. 51); ella y sus amigas doblan
la mantilla al salir de misa y le clavan una horquilla dorada
(pág. 52); las señoras que acuden a dar el pésame en coche
examinan, antes de entrar en la casa, si se han arrugado la ropa
(pág. 89); las casadas jóvenes que acuden a la petición de Gertru se dedican a hablar de sus criadas (pág. 265). Y las solteras
ocultan celosamente su edad (pág. 60).

Lo que sorprende a veces es el acierto para caracterizar con un
detalle la vida provinciana, las costumbres, de modo que un objeto pueda llegar a alcanzar valor simbólico. Creo que no es
ajeno al hecho de ser mujer la atención que se presta a la manera de vestirse, hasta el punto de que sea una prenda de ropa la
que alcanza ese rango de símbolo. Podría ser el velo, la mantilla
que las mujeres llevaban en la cabeza para ir a misa, pero eso
resultaría demasiado evidente y casi tópico. En esta novela es la
rebeca, la chaquetita que se ponía por encima de blusas o trajes, lo
que caracteriza el gusto y las costumbres provincianas femeninas [6].

---

[6]   Me sorprende que Emma Martinell Gifre, que ha estudiado los objetos en
la obra de la autora, no haya reparado en esta prenda. Véase *El mundo de los objetos en la obra de Carmen Martín Gaite,* Universidad de Extremadura, 1996.

El nombre procede de la película *Rebeca,* donde la protagonista, mientras es una tímida y apocada dama de compañía,
viste ese tipo de chaqueta de lana fina. La rebeca, aparte de su
utilidad para combatir el frío, fue muy estimada por el aire
modesto y recatado que confería a quien la usaba. Frente a la
chica de Madrid que conoce Goyita en el tren y que «va hecha
una exagerada», con gran escote, sandalias y uñas de los pies
pintadas, las chicas de provincias llevan medias y sobre todo
rebecas. Una de color rosa y manga corta lleva Goyita a la
vuelta de vacaciones del verano, y Julia y sus amigas las llevan a misa y se las quitan al acercarse al portal de sus casas, es
decir, cuando entran ya en el ámbito familiar (pág. 52). Lydia,
la futura suegra de Gertru, mujer que se supone cosmopolita y
elegante, le da a esa prenda, al final de la novela, su definitivo
carácter de símbolo del estilo provinciano:

> Por Dios, las rebecas —había dicho Lydia—, qué amor les
> tenéis las chicas de provincias a las rebecas. Estropeáis los
> conjuntos más bonitos por plantarles una rebeca encima...
> (pág. 260).

La ciudad

Me parece imprescindible dejar claro desde el comienzo
que en ningún momento hay costumbrismo ni complaciente ni
crítico en las descripciones de la ciudad o de los ambientes en
donde se desarrolla la acción.

Las narraciones más críticas, el baile del Casino, por ejemplo, o las visitas de duelo en casa de Elvira, son el telón de
fondo sobre el que se levantan los dramas personales, o bien
están contados como una perspectiva que nos permite entender mejor a alguno de los personajes. De igual modo, la tran-
quilidad de una plaza, el color dorado de las piedras de los mo-
numentos o del río al caer la tarde, nos dicen más de los ojos
que los miran que del escenario en sí mismo.

Hay que subrayar, pues, que los ambientes en los que se desarrolla la vida social de la ciudad están casi siempre vistos desde la óptica de un personaje y, por ello, en cierto modo, deformados. Las visitas de duelo son observadas por Pablo, que se siente totalmente ajeno a la situación e incómodo por las circunstancias que lo han llevado allí. La larga escena sirve para marcar la distancia entre el joven que ha estudiado y se ha formado en Alemania y unas costumbres tradicionales que le parecen carentes de sentido. Pablo pertenece a otro mundo y notamos que su permanencia en aquél no va a crear más que problemas para él mismo y para quienes le traten.

Lo mismo sucede con la escena del baile del Casino. En este caso es Talita quien ve con ojos lejanos y críticos cuanto allí sucede. Su malestar es el síntoma de su rebeldía contra el papel que la sociedad quiere hacerle representar.

No hay, por tanto, descripción directa por parte del narrador, sino perspectivas desde los personajes, que revelan su intimidad por la forma de ver y entender el mundo que los rodea, y que se van configurando como personajes precisamente por esa forma de enfrentarse a la realidad externa.

Individuo y sociedad

Más importante en la novela que el aspecto de retrato de costumbres es el de relato de la lucha del individuo con su medio y las distintas formas de superarlo o de ser vencidos por él[7]. No importa tanto la visión concreta de la España provinciana de la posguerra, cuanto esa rebeldía de un individuo contra la sociedad o, al contrario, su sumisión o su integración en ella; si-

---

[7]   Para Mirella Servodino y Marcia L. Welles esta lucha es una constante en la obra de la autora y se manifiesta en los temas antitéticos conformismo-rebelión, alienación-comunicación. Véase el «Preface» al libro colectivo *From Fiction to Metafiction: Essays in Honor of Carmen Martín Gaite,* Lincoln Nebraska: Society of Spanish and Spanish-American Studies, 1983, pág. 10.

tuaciones que son intemporales y que se dan en cualquier tiempo y lugar. En la novela aparecen reflejadas prácticamente todas las modalidades de ese enfrentamiento, desde la integración sin problemas (Gertru, Emilio) a la que se consigue con amargura y resentimiento (Mercedes, Goyita); desde los intentos de rebeldía fracasados (Elvira, el padre de Tali) a los triunfantes (Julia y suponemos que Tali).

La figura del padre de Natalia sirve además para plantear el problema de la incomunicación. El padre cómplice y admirado en la infancia se convierte con los años en una figura lejana, juzgada con compasión pero con implacable lucidez. Veamos las conclusiones a que llega Natalia cuando intenta hacerlo consciente del cambio sufrido, de cómo se ha ido alejando de sus hijas para acercarse a las posturas retrógradas de la tía soltera:

> Estaba muy dolido, pero no comprende que yo lo que quiero es ayudarle a ser más sincero, a darse cuenta de lo que tiene alrededor. No he conseguido que nos entendamos, he visto que es imposible y también su cobardía [...] Me ha hablado de dinero, de seguridad y de derechos. A mí las lágrimas se me han ido secando, pero cada vez estaba más triste. Él, como no he vuelto a hablar, se ha creído que me estaba convenciendo de algo, pero yo ni le oía. Hablaba cada vez en un tono más seguro y satisfecho, más hueco, y hacía frases, seguramente escuchándose, como quien gana un pleito (págs. 254-255).

El tedio

El aburrimiento, o más profundamente el tedio de vivir, la falta de esperanzas y de ilusiones, pesa como una losa sobre la vida de esa pequeña ciudad de provincias y aplasta sobre todo a las mujeres. Las chicas se aburren a morir esperando la aparición de los chicos que les gustan y haciendo planes para un futuro que casi nunca llega a realizarse felizmente.

El personaje que es más consciente de ese tedio y que lo manifiesta de forma más clara es Elvira:

—¿Qué piensas? ¿Estás triste?
—Ni siquiera. Embobada. Me aburro, ¡si vieras cómo me aburro! (pág. 157).

Es la que vive de forma más dramática esa falta de horizontes, pero también, en cierto modo, de una forma menos auténtica, más literaria que real. Incluso para expresar su rebeldía utiliza una expresión tomada de Miguel Hernández, aunque no haya una cita expresa. En su primer encuentro con Pablo le dice:

No puede entender nada. Si le explico por qué no fui a Suiza se reirá, dirá que qué disparate, que eso no puede ser. Creerá que lo ha entendido, pero no habrá entendido nada. Solamente uno que vive aquí metido puede llegar a resignarse con las cosas que pasan aquí, y hasta puede creer que vive y que respira. ¡Pero yo no! Yo me ahogo, yo no me resigno, yo me desespero (pág. 91).

Sus últimas palabras nos traen el recuerdo del verso inicial de uno de los sonetos de *El rayo que no cesa:* «No me conformo, no: me desespero». Quizá se trate de un recuerdo de la autora y no del personaje, pero en la segunda ocasión en que se encuentra con Pablo ya no cabe duda del talante literario de Elvira. Cita de memoria unos versos de Juan Ramón Jiménez con los que se identifica, porque expresan la sensación de «desdoblamiento entre cuerpo y alma» que también ella siente:

Mis raíces, qué hondas en la tierra,
mis alas, qué altas en el cielo,
y qué dolor de corazón distendido (pág. 168).

La impresión del tedio se encarna de forma mucho más auténtica en la figura de Goyita, en su visión de lo que va a ser el invierno que se acerca y, probablemente, muchos otros inviernos de su vida:

> Todo lo del verano se les desmoronaba como si no lo hubieran vivido. San Sebastián, el chico mejicano. Marisol en el Casino con sus trajes diferentes acaparándose a Toñuca, su amiga íntima, y a Manolo Torre. Ahora ya estaban de cara al invierno interminable. Tardes enteras yendo al corte y a clase de inglés, esperando sentada a la camilla a que Manolo viniera de la finca y se lo dijeran sus amigas, o que alguna vez la llamara por teléfono (pág. 152).

La represión sexual

Está presente a lo largo de toda la novela, pero aparece tratada de forma indirecta, sutil, sin cargar las tintas y fijando la atención en pequeños detalles, por ejemplo, el gesto de las chicas de cerrarse la chaqueta sobre el pecho, como protegiéndose.

Gran parte de los problemas entre Julia y Miguel, el novio, proceden de la distinta concepción de las relaciones prematrimoniales. Julia cree necesaria la castidad absoluta y llega a pedirle perdón a Miguel por haber consentido en sus caricias. Él se ríe de lo que le parecen ñoñeces y ella se entristece de que él no estime lo que todos consideran más importante en una chica: la inocencia. A Julia le gusta lo que su novio le dice en sus cartas, pero se siente obligada a pedirle que no le diga «esas cosas»; se pasa la vida recordando los momentos en los que él la ha abrazado y besado, siente que eso es lo que da alegría a su vida, pero se confiesa una y otra vez de esos mismos pensamientos.

Julia vive el problema de la represión de una forma más consciente y por ello más sana que su hermana Mercedes o que Elvira, sobre todo porque espera arreglarlo al casarse y hacer de ese modo lícito lo que Miguel, y también ella, desean. Elvira, por el contrario, cae continuamente en contradic-

ciones entre lo que hace y lo que quiere, y entre sus posturas
de chica liberada y los prejuicios que la dominan. Cuando Pablo la besa en su casa lo primero que se le ocurre decir es: «Dirás que soy una fresca. Yo no quería que pasase lo que ha pasado». La decisión de casarse rápidamente con Emilio parece
dictada por el afán de protegerse contra la atracción que siente
por Pablo. Se refugia en el amor de un amigo de infancia al
que ella puede manipular a su antojo.

El aspecto más penoso de esa represión se encarna en Mercedes, que con treinta años es ya, prácticamente, una solterona
amargada. Su situación se resume en el pensamiento de Julia,
cuando, al recibir la carta de su novio, se arrepiente de haber
hablado con dureza a su hermana: «Me vuelvo dura con Mercedes, que no tiene nada, la pobre, que no sabe lo que es leer
una carta así» (pág. 202).

Las paredes tienen ojos

Hay un aspecto de la vida de las pequeñas ciudades que está
muy bien conseguido en esta novela: la impresión de que todo el
mundo sabe de todo el mundo. Este conocimiento de la vida
ajena puede tener el aspecto positivo de solidaridad, de calor hu-
mano del que carecen las grandes urbes, en las que alguien puede
llegar a morirse sin que nadie se entere hasta que el mal olor de-
lata el cadáver. Pero puede tener también el aspecto negativo
de sentirse sometido a una vigilancia continua por parte de los demás; de ser objeto de murmuración y de curiosidad malsana. Es
éste el aspecto que predomina en ENTRE VISILLOS, aunque como
siempre sin cargar las tintas y expresado de forma sutil.

Los problemas de Julia con su novio, que es un tema que no
tenía por qué haber trascendido del ámbito doméstico, son del
dominio público. Puede deberse a sus propias confidencias a las
amigas y la indiscreción de su hermana Mercedes. Pero, ¿cómo
saben personas a quienes Mercedes no trata habitualmente que
le gusta Federico Hortal, cuando ella misma no es consciente de

lo que le está pasando? Recordemos la petición de mano de Gertru. Amigas ya casadas de Mercedes la han visto con Federico y le preguntan si son novios. Ella lo desmiente con calor, pero el interrogatorio continúa implacable: «Pues no sé quién me dijo a mí que a ti te gustaba» (pág. 264). Las miradas que vigilan son extraordinariamente perspicaces y les ha bastado ver cómo baila abrazada a él en el estudio de Yoni para que todo su disimulo no sirva de nada y el tantán del cotilleo se ponga en marcha.

El ejemplo más llamativo de este saber difuso, del «dicen que dicen» transmitido de unos a otros, son los comentarios sobre Elvira y Pablo. Le preguntan por él las amigas y ante sus escuetas respuestas («ella dijo que no sabía nada, que apenas le conocía, que por qué le preguntaban a ella») la conclusión es inmediata:

> —Está por él que se mata —resumió Isabel cuando salieron—. Ya veis lo nerviosa que se pone en cuanto le preguntamos cosas. No suelta prenda, se ve que la quiere tener exclusiva (pág. 149).

¿Es ahí donde surge el rumor? Quizá. Lo que sabemos es que el comentario que Julia le hace a Tali sobre la relación de Elvira y Pablo, manifiesta ya la opinión consolidada: «Dicen que está medio enamorada de él» (pág. 251). El lector tiene la impresión de ser el único testigo en esa relación en la que ninguno de los implicados hace confidencias, pero es una impresión falsa. La mirada curiosa y ociosa de las pequeñas ciudades es capaz de traspasar las paredes más resistentes y penetrar en los recintos más íntimos de la vida.

Sólo hay una excepción. La curiosidad se estrella ante «el rostro impenetrable» de Teo, el hermano de Elvira. Prepara notarías y es un soltero deseado por las chicas casaderas que no entienden su reserva ni su alejamiento:

> Teo era serio y poco sociable. Nunca había ido al Casino ni se le había conocido novia. A las meriendas que alguna vez

había dado su hermana, no salía, ni llamaba a las chicas por su nombre, aunque las conociera bastante. Distante. Una especie de imposible. A Elvira era inútil sonsacarle algo de él, de sus gustos, de la vida que hacía.

No se crean que no le haga confidencias: «A ti bien te quiere», dicen. Y añaden: «Dos hermanos más unidos...» (pág. 221). Queda flotando en esos puntos suspensivos un airecillo de maledicencia, de sospecha, de algo quizá inconfesable, que enturbia la seria y respetable figura del futuro notario.

LOS PERSONAJES

Cuatro son los personajes centrales de ENTRE VISILLOS: Pablo, el narrador principal, el joven educado en el extranjero que vuelve a su ciudad natal para dar clases de alemán en el Instituto de enseñanza media; Natalia (Tali), la adolescente que escribe un diario en el que va plasmando sus sentimientos, experiencias e impresiones sobre cuanto la rodea; Elvira, la chica de buena familia, a quien le gusta pintar y que no sabe qué hacer con su vida; y Julia, hermana de Natalia, que se debate entre las exigencias del novio y las prohibiciones de la familia. De ellos, el que podemos considerar protagonista es Natalia: no sólo porque narra en primera persona a través de las páginas del diario (lo que sucede también con Pablo), sino que focaliza la acción de la novela en más ocasiones que ningún otro.

Cada uno de los personajes principales se convierte en eje en torno al cual giran otros personajes de menor entidad, cuyos caracteres están en cierto modo en función del personaje eje: así Emilio se configura como el enamorado de Elvira, ésa es su caracterización más importante. En torno a Julia giran Miguel y Mercedes. El primero es el novio de Julia y no sabemos nada de él que no se refiera a esa faceta de su vida. Y, de igual modo, Mercedes es la hermana amargada que nunca aparece sola sino en compañía o en función de Julia. Pablo y Natalia con sus respectivos cambios de escenario, van atrayendo a su órbita a gran número de personajes secundarios (la animadora del Casino, las amigas, las niñas del Instituto, los chicos del Casino o del Gran Hotel...).

De ese grupo de personajes secundarios me parece interesante destacar la figura de Emilio, en la cual la autora ha encarnado la servidumbre amorosa que normalmente aparece en personajes femeninos. Mucho más que Julia, que discute y critica la actitud de su novio, que intenta soluciones de compromiso, la postura de Emilio es de absoluta entrega, todo en su vida está encaminado a conseguir que Elvira se case con él, sin tener en cuenta que eso no quiere decir que ella corresponda a su amor; pero parece bastarle la posesión que el matrimonio significa. Sus manifestaciones de rendimiento y sus súplicas son constantes:

> Pero, Elvira, tú para mí lo eres todo [...] nos casaremos, nos tenemos que casar, cuando sea, eso sí. Tú lo sabes igual que yo. Dime lo que quieres que haga (pág. 159).
>
> Necesito saber que me quieres, estar seguro, si no, ¿de dónde voy a sacar las fuerzas para estudiar? Estudio sólo por ti, ¿tú quieres que estudie, verdad? (pág. 222).

Y a Pablo le hace una confesión que raramente se oye en boca de un hombre: la sumisión completa a los deseos de la persona amada, hasta perder la propia identidad:

> Si supiera lo que ella espera de mí, me volvería absolutamente de esa manera, aunque tuviera que vivir siempre una vida fingida, diciendo palabras postizas. Me adaptaría a lo que fuera, te lo juro (pág. 270).

Además de los personajes principales un gran número de figuras llena la novela. Algunas responden al esquematismo de tipos clásicos y casi tópicos, como el de Rosa, la animadora del Casino, con aspecto de mujer fatal, pero en realidad buena chica, sentimental y nostálgica, que llora cuando se emborracha, le pide a Pablo que la coja del brazo «para que los vieran los que salían detrás» (pág. 140), y se enamora del primero que la trata bien.

Yoni, el artista oficial, es otro retrato tipo. El dinero de su padre, a quien llama «el viejo cerdo», le ha permitido viajar y conocer mundo para volver a su ciudad y rodearse de una corte de admiradores que en ningún otro lugar podría conseguir con tan poco talento y sólo por el precio de las botellas de licor que consumen. Que sea homosexual, igual que su hermana, es un detalle accesorio. Su dinero parece ponerlos al amparo de posibles rechazos o críticas.

Gertru, la amiga de Tali, la jovencita de dieciséis años que se casa con el teniente de aviación, es también un tipo: la niña casadera, que no ve más horizontes en su vida que los que le brinda el matrimonio y que acepta sin rebeldías las normas que le van dictando el futuro marido y la suegra. Su integración en el mundo tradicional de los adultos es absoluta y sin problemas. Su novio encarna el tipo de hombre retrógrado, enemigo de todo avance social: busca a una chica inocente para un matrimonio sin riesgos y adoctrina a su futura, convencido de su papel de maestro y dueño: «Te llevo más de diez años, me voy a casar contigo. Te tienes que acostumbrar a que te riña alguna vez. ¿No lo comprendes? (pág. 179). Se niega a que Gertru estudie el año que le falta para acabar el bachillerato:

> Para casarte conmigo no necesitas saber latín ni geometría; conque sepas ser una mujer de tu casa, basta y sobra. Además, nos vamos a casar en seguida (pág. 199).

Mercedes y Goyita son dos versiones de un mismo tipo de mujer, cogidas a distinta edad. Goyita tiene aún esperanzas, ilusiones; Mercedes ya sólo tiene resentimientos y amargura y unas necesidades reprimidas que estallan de repente y rompen el molde de respetabilidad e indiferencia ante los hombres que se esfuerza en aparentar.

Algunos de estos retratos son apenas esbozos trazados con rapidez y resueltos en una sola escena. Es espléndido el de la chica coja a quien Pablo invita a bailar en el Casino. Toda la escena revela el choque de dos mundos que no pueden entenderse, no sólo el provinciano y el cosmopolita, sino el masculino y el de los más rancios prejuicios y convencionalismos femeninos. Pablo está allí para esperar a Rosa, la animadora; mientras habla con Emilio se les acercan dos chicas y una de ellas, desenvuelta y dicharachera, se lleva a Emilio a la pista de baile. Pablo se queda solo con una chica de aspecto tímido y reservado a quien no conoce. La invita a bailar y entonces se da cuenta de que es coja y que lo hace con dificultad. Se convierten en objetivo de la galería de mirones que no bailan. El conflicto se desencadena cuando, al acercarse a la tarima de la orquesta, Pablo le pregunta a la animadora si va a tardar mucho; ella le dice dónde tiene que esperarla. Todas las parejas de aquella parte han estado pendientes de la conversación. Y la chica coja se ofende. Está bailando con ella y no sólo se ha citado con otra mujer, sino con alguien inaceptable socialmente. Pablo puede haber pecado de descortés, pero en el comentario de ella se condensa toda la amargura y orgullo de la persona que se siente injustamente postergada: «No me gusta servir de plato de segunda mesa, eso conmigo no [...] Te creerás que todas somos como tu amiga» (pág. 137). Deja de bailar y le pide que la acompañe a la mesa donde está su familia. Allí le da las gracias, Pablo se inclina ligeramente y el padre se incorpora sonriente para corresponder a la atención que ha tenido con la chica. Todo un ceremonial que esconde una frustración cotidiana. Cuando Pablo se aleja oye cómo le preguntan si está cansada y la respuesta de ella: «Sí. Por mí podemos irnos cuando queráis».

Es, resumida, condensada en una sola escena, la misma postura de Mercedes, de Isabel, de todas las chicas que se refugian en la dignidad para superar su falta de atractivo con el sexo opuesto: «Conmigo podía haber dado», «A mí me lo podía hacer», son los comentarios que hace Mercedes sobre el comportamiento del novio de Julia. Goyita finge desinterés ante la noticia de que Manolo Torre, el chico que le gusta, está en la ciudad; pero lo llama inmediatamente por teléfono al Casino y cuelga cuando él se pone.

Por el contrario, Marisol, la madrileña, segura de su atractivo, no duda en dar facilidades: pide fuego a desconocidos y pega la hebra con ellos, se queda de pie donde más fácil sea que la saquen a bailar («... cuánto prejuicio tenéis. ¿No ves que a esa mesa de dentro no se atreven a acercarse? Si somos las mil y una niñas» (pág. 103). Su actitud con Manolo Torres es el reverso de la postura de la chica coja. Manolo ha intentado bailar con Tali, se ha ofrecido incluso a enseñarle; su timidez arisca (la llama «fierecilla») parece atraerlo. Cuando ella se niega a bailar, Manolo se va a invitar a Marisol, que no ha dejado de mirarlo y que no se considera «plato de segunda mesa», como la chica coja, sino que aprovecha la ocasión que se le presenta:

> ... Esa niña que sale ahora es la que estaba sentada contigo, ¿no?
> —Sí. Antes me ha dado calabazas.
> —¿Calabazas de qué?
> —De bailar, ¿qué te parece a ti?
> —Pues muy bien, porque si no, a lo mejor no te conozco (pág. 106).

Mención especial merece un personaje secundario al que ya me he referido: la niña pobre, Alicia Sampelayo. La escasez de medios materiales, la falta de libros en la infancia y la dureza de su vida diaria parecen haber condicionado la psicología de esa niña realista y de gran sentido práctico, pero sin las ilusiones propias de la adolescencia y sin ninguna capacidad para percibir la belleza.

Hay cierto naturalismo que recuerda a la Pardo Bazán, en el tratamiento de esa figura, en contraste con la sensibilidad (o el histerismo, que es su cara mala) de los personajes que han tenido una educación más refinada. Pablo, Elvira, Emilio, Tali, Julia son capaces de percibir la belleza de la ciudad en la que viven y de la naturaleza que los rodea. Alicia, no.

> Otro día le hablé del color que se le pone al río por las tardes, que si no le parecía algo maravilloso, a la puesta del sol, y me contestó que nunca se había fijado.
> —¿Pero cómo puede ser? ¿No se ve el río desde tu ventana?
> —Pues, sí. Pero nunca me he fijado. A mí me parece tan natural que ni me fijo. Un río como otro cualquiera. Agua que corre (pág. 247).

Y lo mismo sucede con la escritura. A Alicia hacer un diario «le parecía cosa de gente desocupada» porque ella cuando no estudia «tiene que ayudar a la madrastra a hacer la cena y a ponerle bigudís a las señoras» (pág. 247). Por el contrario, casi todas las chicas se pasan la vida escribiendo, ya sean diarios como Tali, o cartas como Elvira y Julita.

NOVELA DE APRENDIZAJE

La importancia concedida al personaje de Natalia hace que la novela pueda encuadrarse en el género de «novela de aprendizaje».

Natalia, la pequeña Tali, se encuentra en el momento de transición de la infancia a la juventud. En su vida se abren perspectivas nuevas, pero se cierran dolorosamente otras y se acumulan las pérdidas.

Lo positivo es que está decidida a seguir una carrera. Le gustan las Ciencias Naturales («todo lo que trata de bichos y flores y cosas de la Naturaleza» (pág. 212) y el profesor de alemán la ha animado a no renunciar a ello. También su postura a favor de la decisión de Julia de irse a Madrid anuncia una actitud de independencia referida a su propia vida. Pero en el momento en el que la estamos viendo vivir predominan las pérdidas y un sentimiento de incomunicación que se deriva de ellas.

Tali pierde primero el vínculo infantil que la unía a su padre. Sigue siendo la pequeña, pero ella lo siente lejano y, sobre todo, equivocado en sus posturas. Aunque intenta recuperar la vieja confianza y restablecer el diálogo desde la nueva situación, el intento acaba en fracaso. Su padre, al ver que ella entra en su dormitorio para rascarle la espalda, dice: «Vaya, chiquita; vuelven los tiempos felices» (pág. 254). Pero no vuelven. Él no sabe entender lo que su hija le está diciendo y Tali renuncia al diálogo. Ha perdido el mundo de la infancia y no ha conseguido ser aceptada tal como es en la actualidad.

La segunda gran pérdida la sufre cuando su amiga íntima, Gertru, entra de golpe con su compromiso oficial en el mundo de los adultos. Ya no hay comunicación entre ellas, aunque se mantiene el cariño. A Gertru le apetece hablar de su puesta de largo, de los regalos que ha recibido. Tali se siente lejana y ajena a ese mundo y a esa nueva imagen de su amiga, con los ojos pintados y con un vestido de organza que le impide sentarse en el campo sobre la hierba, como siempre habían hecho.

Mientras Gertru se mueve con relativa soltura en el mundo de las chicas «mayores» (el Casino, el estudio de Yoni), Tali se siente completamente desplazada. Su aparición por el Casino, adonde se resistía a ir, es un completo fracaso: no es capaz de mantener una conversación intrascendente, seguir una broma, aceptar un cumplido, o entrar en el juego de la coquetería; trata de usted al chico con el que la han emparejado y se niega a salir a la pista porque no sabe bailar. Y en la fiesta de petición de Gertru su aislamiento se convierte en desamparo: no tiene nada en común con el mundo que la rodea, no tiene allí más amiga que Gertru, pero también a ella siente que la ha perdido cuando ve su antiguo cuarto convertido en escaparate de los regalos. No mira apenas lo que su amiga le enseña: la pulsera, los bolsos, la radio pequeñita de pilas... Sus ojos buscan el mundo antiguo y desaparecido: no sólo los libros, los cuadernos de apuntes que ya han sido arrumbados en el cuarto trastero, sino y sobre todo la infancia compartida. Abrumada por la soledad y la pérdida llora sobre el hombro de su amiga.

En su relación con Pablo, Tali entra en el mundo del amor, pero lo vive más como pérdida que como enriquecimiento. Su entusiasmo por él la lleva a afianzarse en su postura de estudiar, pero ni siquiera es consciente de sus sentimientos. Se enamora sin saber que se enamora y sufre cuando se lo hacen ver.

El lector se da cuenta antes que Tali de sus sentimientos: su azaro excesivo en el primer encuentro con Pablo, el deseo imperioso de volver a verlo en seguida, su interés en explicarle las circunstancias de su vida y de su familia, su entusiasmo cuando está con él, son señales inequívocas de un flechazo y de un típico amor adolescente. Tali no espera correspondencia, ni siquiera se lo plantea. Ama a fondo perdido, con esa falta de cálculo y de esperanzas características del amor de los muy jóvenes, que sólo desean la presencia y nada más.

Cuando Alicia le hace ver que se ha enamorado del profesor, Tali se enfada con ella. Pero al transcribir esos hechos en el diario no niega que sea cierto:

> Dice que me he enamorado del profesor de alemán, que lo saco a relucir para cualquier cosa, aunque no tenga nada que ver. Ese día que lo dijo me enfadé un poco con ella y desde entonces hablamos menos y siempre que nos juntamos es para estudiar (pág. 247).

Desde que Alicia lo dice hasta que Tali lo escribe han pasado varios días, y ha tenido tiempo de reflexionar y probablemente de darse cuenta de que su amiga está en lo cierto. Por eso no argumenta en contra. Pero tampoco reconoce que tiene razón. Prefiere no hablar de ello, no indagar en un sentimiento que al hacerse consciente, la perturba, porque la obliga a salir de su mundo infantil en el que se ha quedado ya sola, sin amigas y sin padre.

En un trimestre, Tali ha pasado del mundo infantil al de los adultos. Ya no es el «pequeño bombero» que juega con las niñas del Instituto: su amiga íntima, dos meses más joven que ella, va a casarse; su hermana Julia la hace confidencias de mujer y recaba su opinión y su ayuda para realizar sus planes con el novio; habla con su padre no ya como una niña, sino como una persona que tiene responsabilidad y pide una atención de adulto. Decide estudiar una carrera e irse, como su hermana, a Madrid para hacerla. Y se enamora.

El balance de ese aprendizaje debería ser positivo; de hecho, objetivamente, lo es. Tali evoluciona bien; no parece que vaya a convertirse en una Mercedes o una Elvira. Pero la transición es dolorosa, y, por encima de los logros, lo que se impone en nuestro recuerdo es la imagen de esa jovencita, casi una niña, que llora en la estación mientras el tren se va. La imagen de Tali, diciendo adiós entre lágrimas a su primer amor.

MARINA MAYORAL

BIBLIOGRAFÍA

CALVI, Maria Vittoria, *Dialogo e conversazione nella narrativa di Carmen Martín Gaite,* Milán, Cooperativa Libraria, 1990.
> Contiene inteligentes observaciones sobre la función del diálogo en la obra de la autora.

JIMÉNEZ GONZÁLEZ, Mercedes, *Carmen Martín Gaite y la narración: Teoría y práctica,* Ann Arbor Michigan UMI, 1988.
> Tesis doctoral presentada en la Universidad de California, Riverside. Ofrece una rápida visión de su obra hasta 1987, encuadrándola en un panorama literario y sociopolítico.

KRONIK, John W., «A slice of life: C. M. Gaite's *Entre visillos*», en *From Fiction...,* 51.

MARTINELL GIFRE, Emma, *Carmen Martín Gaite,* Madrid, Instituto de Cooperación Iberoamericana, Ediciones de Cultura Hispánica, 1933.
> Es una transcripción de las sesiones de la Semana de Autor celebrada en ICI de Buenos Aires en octubre de 1990. Recoge opiniones muy interesantes de Carmen Martín Gaite que coloquia con los ponentes.

—, *El mundo de los objetos en la obra de Carmen Martín Gaite,* Universidad de Extremadura, 1966.
> Es una tesis doctoral, útil para estudiar un punto muy concreto.

SECO, Manuel, «La lengua coloquial: *Entre visillos* de Carmen Martín Gaite», Madrid, Castalia, *El comentario de textos,* 1973, págs. 361-379.

Magnífico estudio en el que se señala la diferencia entre lengua popular y coloquial.

SERVODIDIO, Mirella, y WELLES, Marcial L. (eds.), *From Fiction to Metafiction: Essays in Honor of Carmen Martín Gaite,* Lincoln Nebraska, Society of Spanish and Spanish-American Studies, 1983.

Interesantes estudios de Gonzalo Sobejano, Linda Gould Levine, etc.

ENTRE VISILLOS

ENTREVISTA OS

Para mi hermana Anita, que rodó las escaleras con su primer vestido de noche, y se reía, sentada en el rellano

PRIMERA PARTE

1

«Ayer vino Gertru. No la veía desde antes del verano. Salimos a dar un paseo. Me dijo que no creyera que porque ahora está tan contenta ya no se acuerda de mí; que estaba deseando poder tener un día para contarme cosas. Fuimos por la chopera del río paralela a la carretera de Madrid. Yo me acordaba del verano pasado, cuando veníamos a buscar bichos para la colección con nuestros frasquitos de boca ancha llenos de serrín empapado de gasolina. Dice que ella este curso por fin no se matricula, porque a Ángel no le gusta el ambiente del Instituto. Yo le pregunté que por qué, y es que ella por lo visto le ha contado lo de Fonsi, aquella chica de quinto que tuvo un hijo el año pasado. En nuestras casas no lo habíamos dicho; no sé por qué se lo ha tenido que contar a él. Me enseñó una polvera que le ha regalado, pequeñita, de oro.

—Fíjate qué ilusión. ¿Sabes lo que me dijo al dármela? Que la tenía guardada su madre para cuando tuviera la primera novia formal. Ya ves tú; ya le ha hablado de mí a su madre.

Que si no me parecía maravilloso. Me obligaba a mirarla, cogiéndome del brazo con sus gestos impulsivos. Se había pintado un poco los ojos y a mí me parecía que se iba a avergonzar de que se lo notase. Luego me contó que se pone de largo dentro de pocos días en una fiesta que dan en el Aeropuerto, que ella ya sabe cómo lo van a adornar todo, porque Ángel es capitán de aviación y uno de los que lo organizan; que han estado juntos comprando bebidas, farolillos y colgantes de colores. Me explicó con muchos detalles cómo es su traje de noche; se soltaba de mí entre las explicaciones, y daba vueltas de vals por la orilla, sorteando los árboles y echando la cabeza hacia atrás. Se paró en un tronco y me fue haciendo con el dedo una especie de plano de la entrada al Aeropuerto y de los hangares donde van a dar la fiesta. Quería que me lo imaginara exactamente para que le diera alguna idea original de cómo lo adornaría yo, por si le sirve a Ángel lo que yo diga. No comprendía que no hubiera convencido a mis hermanas para ir yo también, tan fantástico como será. No le quise contar que he tenido que insistir para convencerlos precisamente de lo contrario. Le dije sólo que soy pequeña todavía. Quería que hablara ella y me dejara a mí.

—Tú me llevas dos meses, Natalia. ¿Es que ya no te acuerdas? —dijo. Y se reía—. ¿Tan mayor te parezco ahora?

Estábamos en el sitio de las barcas y hacía una tarde muy buena. Yo quise que remáramos un poco, pero Gertru tenía prisa por volver a las siete, y además no quería arrugarse el vestido de organza amarilla. Yo me senté en la hierba, contra el tronco de un árbol, y ella se quedó de pie. Se agachaba a recoger piedras planas y las echaba al río; brincaban dos o tres veces antes de hundirse, parecían ranitas, y a mí me gustaba mirar los círculos que dejaban en el agua. Me dijo que por qué estaba tan callada, que le contase alguna cosa, pero yo no sabía qué contar...».

Tenía las piernas dobladas en pico, formando un montecito debajo de las ropas de la cama, y allí apoyaba el cuaderno donde escribía. Sintió un ruido en el picaporte y escondió el cuaderno debajo de la almohada; dejó caer las rodillas. Había voces en la calle, y una música de pitos y tamboril. Asomó una chica con uniforme de limpieza.

—Pero señorita Tali, ¿no sale al balcón?

—¿Cómo? —Puso una voz adormilada.

—Que si no se asoma. Llevan un rato bailando las gigantillas aquí mismo debajo; se van a marchar.

—Bueno, ya las vi ayer. Ahora voy, es que me he despertado hace un momento.

—Pues su tía ha preguntado y le he dicho que ya estaba levantada. No vaya a ser que se enfade como el otro día.

—Gracias, Candela, ¿qué hora es?

—Ya han dado las nueve y cuarto.

—Ya me levanto.

Descalza se desperezó junto al balcón. Había cesado la música y se oía el tropel de chiquillos que se desbandaban jubilosamente, escapando delante de las máscaras. Natalia levantó un poco el visillo. A los gigantes se les enredaban los faldones al correr. Perseguían a los niños agarrándose la sonriente cabezota para que no se les torciese, y con la otra mano empuñaban un garrote. Las manos era lo que daba más miedo, arrugadas, pequeñitas, como de simio disecado, contra los colores violentos de la cara. El tamboril volvió a tocar mientras se alejaban. Hacia la calle del Sol se dirigían; por donde la riada de niños los iba desviando, en torpes esguinces de una acera a otra. Detrás, los hombrecitos de la música: uno le daba al tambor y otros se agachaban a recoger perras y pesetas dentro de la boina. Natalia vio venir entre el barullo, sorteando chavales, a Mercedes y Julia con otra chica de beige. Se separó del cristal y se puso a vestirse.

—¡Bruto! —le gritó Mercedes a un niño que iba haciendo estallar fulminantes.

—¿Qué te ha hecho? —preguntó la de beige volviendo la cabeza. Y vio al niño que escapaba haciendo de avión, mientras Mercedes se miraba la media junto al calcañal.

—Una bestia. Me ha tirado un petardo de esos. Igual me ha hecho carrera.

—A ver. Carrera no parece. No la dejan a una ni andar. Dichosas gigantillas.

Alcanzaron a Julia que había seguido andado despacio y cruzaron la calle las tres juntas. El runrun del tamboril se alejaba con las risas de los niños. La amiga dijo:

—Pues oye, ¿sabes tú quién me ha parecido una chica que venía de comulgar?

—¿Quién? No sé.

—Goyita.

—Me choca, lo sabríamos —dijo Mercedes.

—Pueden haber llegado anoche.

—Claro que sí que sería ella —intervino Julia—. ¿Por qué no van a haber llegado? ¿Por que no lo sepas tú? No sé por qué lo tienes que saber todo tú.

La calle era fea y larga como un pasillo. Empezaban a levantarse las trampas metálicas de algunos escaparates y se descubrían al otro lado del cristal objetos polvorientos y amontonados. El dueño de la pañería había salido a la puerta y estaba inmóvil con dos dedos en el chaleco mirando al chico que allí delante, bajo su vigilancia, sacudía en la luz una pieza de tela. Cuando tocaron la acera, las saludó sin moverse, con un gesto del mentón. Ellas se venían quitando las rebecas.

—Buenos días, don José.

—Mujer, pues debíamos haber esperado a la salida por si acaso era ella. ¿Cómo no te fijaste seguro?

—Es que vi cuando se metía en su banco, y luego me la tapaba el púlpito casi del todo.

Llegaron al portal. Se pararon y la amiga bostezó.

—Me he levantado yo hoy con un dolor de cabeza... —Hizo un ademán de irse—. Bueno, chicas...

—Hija, qué prisa tienes.

—Claro; vosotras, como ya habéis llegado a casita...

Mercedes dobló la mantilla y le clavó en la mitad una horquilla dorada. Dijo:

—Súbete a desayunar con nosotras.

—No, no que ya os conozco y me entretenéis mucho.

—Bueno, y qué tienes que hacer. Que suba, ¿verdad, Julia?

—Claro.

—No, de verdad, me voy, que hoy dijo mi madre que iba a hacer las galletas de limón y la tengo que ayudar.

—Pues vaya cosa, llamamos a tu madre, total no te retrasas más que un ratito. Ni que fuera tanto lo que tiene que hacer.

—Que no, anda, que no empieces. ¿Vais a ir luego por casa de Elvira?

Mercedes se salió del portal y la cogió por un brazo. Se puso a tirar hacia dentro y la otra se debatía riendo a pequeños chilliditos.

—Ay, ay, bueno, ya, que me tiras...

—Venga, déjanos en paz, si estás muerta de ganas...

Julia, apoyada en la pared, las miraba sin intervenir.

—Anda, no hagáis el ganso —dijo—. Os mira la gente.

La amiga, ya libre, se arregló las horquillas sofocada.

—¿Pero tú ves las trazas que me has puesto? No debía de subir.

Subieron. Iba haciendo remilgos todavía por la escalera.

—Mira que eres faenista. Luego se me hace tarde. Si no fuera por lo bien que se está en el mirador...

De aquel mirador verde decían las visitas que era un coche parado, que allí sabía mejor que en ninguna parte del mundo el chocolate con picatostes.

—Candela, ponga otra taza para el desayuno. Se queda la señorita Isabel. Si está caliente, nos lo trae ya.

La doncella soltó el trapo del polvo y cerró una puerta que daba al pasillo; se veían dos camas a medio hacer. Retiró el cogedor a lo oscuro.

—Ahora mismo.

En la habitación del mirador estaba todo muy limpio. Allí se barría y se quitaba el polvo lo primero. Era grande y estaba separada en dos por un biombo de avestruces. La parte del fondo era más oscura. Había un piano y retratos ovalados. En la consola brillaba un reloj con pastorcitas doradas debajo de su fanal. El mirador quedaba en la parte de acá que era donde se estaba, donde la radio, el costurero y la camilla, donde la butaca de orejas y la lámpara en forma de quinqué. Era un mirador de esquina. Tenía en la pared un azulejo representando el Cristo del Gran Poder de Sevilla, y debajo un barómetro.

—Siéntate, Isabel.

Isabel se había quedado de pie junto a la camilla cubierta de tela rameada. Dijo:

—Nosotras ya hemos puesto las faldillas de invierno. Dice mamá que éstas de cretona le dan un poco de frío por las tardes.

—Pues sí. Temprano empieza, con lo bueno que hace. Si hace calor...

—Ya; es que es una friolera, ¿mi madre?, uh, algo de miedo.

—Pues lo que es aquí hasta dentro de veinte días por lo menos, ¿verdad?, no sacamos la ropa de la naftalina. Es llamar al mal tiempo. Pero siéntate, mujer. Yo ahora mismo vengo.

Julia miraba a la calle a través de los cristales. Se volvió un instante hacia su hermana.

—Toma, llévame el velo y la chaqueta si vas para allá.

—Sí, voy un momento a ver qué hace Natalia.

Isabel se sentó. Se puso a mirar un pequeño folleto de papel anaranjado con orla de estrellitas que estaba abierto en el costurero: «Día doce - Inauguración de la feria. A las nueve, dianas y alboradas. Las populares gigantillas recorrerán la ciudad. A las once, solemne misa cantada en la Santa Basílica Catedral con asistencia del Gobierno Civil y otras autoridades. A la una...». Lo cerró y se puso a hacer con él un cucurucho. Se curvó el dibujo de un banderillero que aparecía en la portada de atrás y las letras del anuncio «Coñac Veterano Osbor...».

—Y a mí que este año no me parece que estemos en ferias.

Julia no se volvió ni dijo nada. Daba el sol en la casa de enfrente, en unos escudos que tenía la piedra. Isabel vino y se acodó a su lado; le pasó un brazo por los hombros.

—Qué callada estás, mujer.

—Sí, no sé qué me pasa, estoy como dormida.

—La viudita del Conde Laurel.

Delante del mirador se ensanchaba la calle en una especie de plazuela triangular. Había un coche de línea con el motor en marcha y lo rodeaban algunas mujeres de oscuro que hablaban con los viajeros por las ventanillas abiertas. Auparon a una niña para que le diese un beso a uno de los de dentro. En un cartel que había arriba, sujeto a la baca, ponía los nombres de los pueblos.

—Porque tu novio no viene este año a las ferias, ¿no?

Julia se encogió de hombros y puso un gesto de fastidio.

—Hija, no sé. Que haga lo que quiera.

—¿Qué es? ¿Que estáis reñidos?

—No, no es que estemos reñidos. Estamos como siempre.

—¿Entonces?

—Estamos siempre medio así —dijo Julia haciendo un gesto de desaliento con la mano—. Por las cartas se entiende uno tan mal...

—Desde luego. Los noviazgos por carta son una lata. Ya ves lo que me pasó a mí con Antonio. Dos años, y total para dejarlo.

Julia se puso a morderse un padrastro con los ojos bajos. Se le empezaron a caer lágrimas en la mano.

—Claro que fui yo la que le dejé. Me aburrí de esperar, hija, y de calentarme la cabeza. Con un chico de fuera, todo lo que no sea casarse en seguida... ¿Pero qué te pasa, mujer, estás llorando?

Había bajado la barbilla hasta apoyarla en el pecho y lloraba con los ojos cerrados. Cuando oyó la pregunta de Isabel y sintió que la presión de su brazo se hacía más estrecha, se tapó la cara con las manos.

—Es que si vieras lo cansada que estoy —dijo con la voz ahogada—, si vieras... ya no puedo estar así.

De pronto levantó la cara y se limpió los ojos bruscamente. Dijo con urgencia, sin volver la cabeza:

—¿Viene Mercedes?

—No. ¿Por qué?

—No le digas nada de esto..., si no te importa.

—No, mujer. Descuida. Pero dime, ¿qué es lo que te pasa?

—Nada. —La voz se le había vuelto más tranquila—. Que nos entendemos mal, que me vuelve loca en las cartas, con las

ventoleras que le dan de que le quiero poco, y siempre pidién-
dome imposibles, cosas que yo no puedo hacer. Que no se
hace cargo... Fíjate: por ejemplo se enfada porque no voy a
Madrid. Si mi padre no me lleva, ¿qué querrá que haga yo?
Pues con eso ya, que no le quiero.

—Ah, eso siempre, eso todos. ¿Por qué te crees tú que reñi-
mos Antonio y yo? Pues por eso, nada más que porque no me
daba la gana de hacer lo que él quería.

—No, si nosotros no creo que terminemos. Si me quiere
mucho.

—Tú, de todas maneras, no seas tonta, no te dejes avasallar.
Yo por lo menos es lo que te aconsejo. Si te pones blanda es peor.
¿Que riñes? Pues santas pascuas. Ya ves yo, me pasé un berrinche horrible. Acuérdate, la primavera pasada, que ni ganas de ir
al cine tenía; pero luego se alegra una, yo por lo menos...

Se oyó un chirrido cercano y luego las tres campanadas de
menos cuarto en el reloj de la Catedral. Julia tenía los ojos fijos en la baca del coche de línea atestada de bultos y cestas.

—Si pudiera venir por lo menos un día o dos ahora por las
ferias... Hablando es otra cosa. De cartas se harta una, cuando
te contesta a una de enfadada, ya ni te acuerdas de por qué era
el enfado, porque a lo mejor ya has recibido luego otra suya, y
estás contenta. Te aburres de escribir, te aseguro...

—¿Pero y cómo viene tan poco a verte? ¿No puede?

—No. Siempre tiene cosas que hacer. Ya te digo, dice que
es más lógico que vaya yo, que a él aquí no se le ha perdido
nada, y que en cambio yo allí podría hacer muchas cosas y qué
sé yo qué. Ayudarle, animarle en lo suyo aunque sólo fuera.

—Pero y tú, ¿cómo vas a ir, mujer?

—No. Eso no. Podía ir a casa de los tíos como otras veces
que me he estado meses enteros. Pero bueno es mi padre.
Como que me va a dejar ahora, como antes, sabiendo que está
él allí.

—Él ¿qué hace?, ¿cosas de cine, no?

—Sí.

—¿Es director?

—No, director no. Ha estudiado en un Instituto de Cine, que les dan el título y tienen mucho porvenir, una cosa nueva. Él escribe guiones, los argumentos, ¿sabes?, o por ejemplo para adaptar una novela al cine. Porque tienen que cambiar cosas de la novela. No es lo mismo. Cambiar los diálogos y eso. Pero también hace él argumentos que se le ocurren.

—Sí —resumió Isabel—. Son esos nombres que vienen en las letras del principio de la película.

—Sí. Lo que pasa con ese trabajo es que hay que esperar mucho para colocar los guiones y ver mucha gente; conocer a unos y otros. Pero luego, cuando se tiene un nombre, ya se gana muchísimo, fíjate.

Julia hablaba ahora con cierta superioridad y la voz se le había ido coloreando.

—Y documentales y todo. Teniendo suerte...

Las cestas se bambolearon en el techo, cuando el coche de línea arrancó. Dobló la esquina y llegaron al mirador algunas voces agudas de adiós. Las mujeres de luto se quedaron quietas un momento hasta que ya no lo vieron. Luego se dispersaron lentamente.

—Pues Mercedes decía que os casabais este año que viene para verano, ¿no? ¿No te estabas haciendo ya el ajuar?

—Sí. Me lo estoy haciendo poco a poco. Ya veremos. A él todo eso de ajuar y peticiones y preparativos no le gusta. Dice que casarse en diez días, cuando decidamos, sin darle cuenta a nadie. Ya ves tú.

—Uy, por Dios, qué cosa más rara. Lo dirá de broma.

Entró Candela con la bandeja del desayuno, y la puso en la camilla. En el pasillo, Mercedes estaba discutiendo con Natalia, sin entrar.

—Mentira, no has desayunado. En la cocina no hay ninguna taza sucia. Te vienes al mirador con nosotras, por Dios, qué manía de estar siempre en otro lado, como la familia escocida.

Isabel y Julia se volvieron y se sentaron a la camilla.

—No le digas a Merche que estaba triste y eso —dijo Julia deprisa en voz baja, mirando a la puerta—. Son cosas que se dicen por decir, que unos días te levantas de mejor humor que otros. Como ella a Miguel no le tiene mucha simpatía...

—Por favor, mujer, qué bobada, yo qué le voy a decir.

—No te vayas a creer que no le quiero por lo que te he dicho. Yo no le cambiaba por ninguno.

—Pues claro.

—Es que ella siempre está con que no le quiero. A lo mejor a ti también te lo ha contado, se lo dice a todo el mundo.

Entró Mercedes. Natalia entró detrás.

—Buenos días.

Vio el rostro de la chica de beige. No sabía si la conocía o no. Se parecía a otras amigas de las hermanas. Todas le parecían la misma amiga.

—¿Conocías a Natalia?

Isabel miró el rostro pequeño, casi infantil.

—Pues creo que la he visto alguna vez en la calle, de lejos. Me parecía que era mayor. ¿Cómo estás?

—Bien, gracias —dijo ella, bajando los ojos.

Cogió el programa de las ferias y con una tijera de bordar le empezó a hacer dientes y adornos por todo el filo meticulosamente. Las briznas de papel se le caían en la falda.

—También es raro, ¿verdad?, que nunca nos hayamos conocido, con tantas veces como vengo a vuestra casa.

—¿Ésta? —la señaló Mercedes con el pitorro de la cafetera—. No me extraña; si nosotras la conocemos de milagro. Esto es más salvaje...

Isabel se sonreía, sin quitarle ojo. Detallaba las cejas espesas, los grandes ojos castaños.

—Uy por Dios, ¿no oyes lo que dicen? ¿A que no es para tanto?

—Me da igual. No, no me pongas café. Si ya he tomado.

—Bueno, pero estate quieta con esas tijeras, ¿qué estás haciendo? Lo pones todo perdido de papelines.

—Ah, mira, las tijeritas pequeñas —dijo Julia—. Las estuve buscando ayer. Luego me arreglas un poco las uñas, ¿eh, Isabel?

—Sí, mujer, encantada. Pero tengo que llamar a mi madre. ¿Vas a ir al Casino a la noche?

—Creo yo que daremos una vuelta. ¿Tú qué dices, Julia?

—A mí me da igual. Total, está siempre tan ful...

—Sí, es verdad, no sé qué pasa este año en el Casino. Y cuidado que la orquesta es buena, pero no sé.

—La mezcla —saltó Mercedes con saña—. La mezcla que hay. Decíamos de la niña del wolfram. La niña del wolfram, la duquesa de Roquefeler, al lado de las cosas que se han visto este año. Hasta la del Toronto, ¿para qué decir más?, si hasta la del Toronto se ha vestido de tul rosa. Y por las mañanas en el puesto. Así que claro, es un tufo a pescadilla...

—No, y que hay demasiadas niñas, y muchas de fuera. Pero sobre todo las nuevas, que vienen pegando, no te dejan un chico.

Isabel, al decir esto, volvió a mirar a Natalia y le sonrió.

—Sí, vosotras, vosotras, las de quince años sois las peores. Ella desvió la vista.

—A ésta la pondréis de largo.

—No quiere.

—¿Que no quiere? Será que no quiere tu padre, más bien.

—No. Soy yo, yo, la que no quiero —aclaró Natalia con voz de impaciencia.

—Hija, Tali, no hables así. Tampoco te han dicho nada. ¡Jesús! —se enfadó Mercedes.

—Bueno, es que es pequeña. Tendrá catorce años.

—Qué va. Ya ha cumplido dieciséis. Ella que se descuide y verá. De trece años las ponen de largo ahora. Pero se ha emperrado en que no, y como diga que no... Fíjate, si ya le había traído papá la tela para el traje de noche y todo, aquella que trajo de Bilbao, ¿no te la enseñé a ti?

—Uy, mujer, pues qué pena. ¿Es que no te hace ilusión?

—Tiempo tiene, dejarla —dijo Julia, y Tali la miró con agradecimiento—. Tiempo de bailar y de aburrirse de bailar. Precisamente...

—Dieciséis años no los representa, desde luego. De todas maneras, cuánta distancia entre vosotras. ¿O es que hubo hermanos en medio?

—No, sólo uno que nació muerto. Y desde ése hasta Natalia, nueve años.

Mercedes se quedó mirando a Julia y le pesó el silencio que se hizo. Sabía que Isabel podía estar calculando los años de ellas.

—Mamá murió de este parto, ¿lo sabías, no? Eso de los partos qué horrible, ¿verdad? —dijo aprisa—. Menos mal que ahora se muere menos gente.

—¿Qué es, que padecía del corazón?

—Sí. Del corazón. No llegó a conocerla a ésta.

—Gracias a tu tía. Es un sol vuestra tía, es como madre, ¿no?

—Fíjate.

Natalia se quitaba uno por uno, a pequeños pellizcos, los pedacitos de papel pegados a la falda. Siempre que estaba ella hacían las mismas preguntas y contaban las mismas historias. Siempre este largo silencio después de que se nombraba a mamá. Este ruido de cucharillas. Hoy cogería la bici y se iría lejos. Hoy iba a hacer muy bueno.

—¿Esta mermelada es la de pera?

—Sí, la ha hecho tía Concha.

—Os sale mejor que en casa. La de casa está demasiado espesa, y empalagosa; no sé en qué consiste.

—Ya ves tú. Y es la receta igual.

—Pues yo creo que sí voy a ir esta noche al casino —decidió Isabel—. Lo que es que me tendría que lavar la cabeza. Se me pone en seguida incapaz. Ya se me ha quitado casi toda la permanente.

Se exploraba el pelo con los dedos, por mechones. Julia acercó su silla y se lo tocó por detrás.

—A ver. Con Dop. Nosotros tenemos Dop; ¿por qué no te la lavas aquí?

—No. Iré a la tarde a la peluquería. Oye, que todavía no he llamado a mi madre, ¿qué hora es, tú?

Mercedes abrió las hojas del mirador y se asomó, inclinando el cuerpo hacia la izquierda. Se veía, cerrando la calle, la torre de la Catedral y la gran esfera blanca del reloj como un ojo gigantesco.

—Menos tres minutos —dijo metiéndose—. Me vuelve a atrasar.

Y adelantó su relojito de pulsera, sacándole la cuerda con las uñas, cuidadosamente.

2

Llegué hacia la mitad de septiembre, después de un viaje interminable. El tren tuvo dos averías, la segunda pesada de arreglar, ya a pocos kilómetros de la llegada, en medio de unos rastrojos, y en ese rato, que fue largo, se puso el sol y me dio tiempo a terminarme los pitillos. Había sido una tarde de mucho calor. Salí al pasillo. Un pastor, inmóvil, estaba mirando los vagones con las manos apoyadas en su palo y algunos de los borregos que se habían quedado por el sol tenían una sombra grotesca y movediza de patas muy largas. La sombra de algún perfil o un brazo de los viajeros asomados se movía también sobre la tierra. En el límite, a cosa de un kilómetro, vi unos pocos álamos y, apenas levantadas del sembrado, las casas de un pueblo chico. A un muchacho pecoso que andaba por allí con tirador en la mano le llamaron desde una ventanilla, le preguntaron que si podía traer unas gaseosas. «Mande, ¿es a mí?». «Unas gaseosas, digo, o algo para beber». No respondió y se echó a correr por el sendero camino del pueblo. Los viajeros, aburridos, empezaron a bajarse a la vía, y se formó desde la máquina a los vagones de primera una especie de paseo provinciano. El padre de una chica de rosa, que iba en mi departamento, se encontró con un amigo; se pusieron a lamentarse de no haberse encontrado en todo el trayecto. El de mi departamento venía de San Sebastián, decía que la mujer y los hijos se pasaban todo el santo día inventando gastos y diversiones. De tiendas y de meriendas y de cines. Uno que papá veinte duros, otro que nos vamos en bici a Igueldo, otro que venía tarde a cenar... «Y cuando llovía, no sabías dónde meterte con aquel gentío. Ni sitio para sentarse a leer el periódico. En el hotel te comían las moscas, en el café una cocacola diez pesetas, los cines abarrotados». Iba contando estas cosas por los dedos, disparándolos al aire sucesivamente en firmes sacudidas, empezando por el pulgar. Sacaron las petacas y fumaron. El otro señor había estado en un Balneario y decía que allí se comía muy bien y que era vida tranquila y sana. Le preguntó que si venían en segunda. «Sí. No encontramos primera con las dificultades de última hora. Ahí, en ese vagón, donde está asomada mi chica». La chica de rosa miraba hacia el pueblo con ojos de aburrimiento; el amigo de su padre puso un gesto ponderativo al volverse hacia arriba a mirarla, dijo que era muy guapa, que no se acordaba de ella. «Goyita, este señor es don Luis, el del almacén de curtidos». «Encantada». Sonreía al decir *can,* con los labios estirados. «Vaya, y qué, ahora a hacer estragos en las fiestas del Casino, ¿eh?, ¿o ya tienes novio tú?». «¿¿Ésta?, ¿novio? A buena parte va. Más le gusta bailar con unos y con otros. A ésta con novio, la mataba, fíjese. La mataba». «Hace bien ya lo creo, en divertirse todo lo que pueda. Juventud, divino tesoro. A ti te tengo que presentar yo a mi hijo el mayor, el que estudia Derecho. Menudo elemento también para eso del baile. A lo mejor lo conoces». Ella hizo un gesto ambiguo con la boca. «No sé. A lo mejor».

Me fui adonde la máquina, a curiosear la avería. Volvió el muchacho pecoso con un hombre vestido de pana y traían un burro cargado de sandías; se pusieron a venderlas entre la gente que tenía sed. Fue un acontecimiento y todos compraron; pedían dinero los niños a sus padres y los que se habían quedado en el tren encargaban a los de abajo que les comprasen. Me dio la impresión de que era como una gran familia de viajeros y que todos o casi todos se conocían. Yo también compré sandía, que la vendían por rajas gordas, y cuando volví a subir al departamento me goteaba el zumo por la barbilla. La chica de rosa se había puesto a hablar con otra vestida de rayas con escote muy grande en el traje, y estaban contrayendo una súbita y entusiasta amistad. La de rayas venía en primera, pero se sentó allí. «Me he tirado un viaje...», decía. «Todos viejos. Si lo sé me vengo aquí contigo». Era de Madrid y venía a pasar las fiestas a casa de un cuñado. La otra chica le explicaba con orgullo y suficiencia cómo eran las fiestas y le ofrecía presentarle a gente y llevarla con ella y sus amigas a los bailes de noche. Hablaban cada vez en tono más íntimo de cuchicheo y me empezó a entrar sueño. La chica de Madrid llevaba sandalias de tiras y las uñas de los pies pintadas de escarlata, la de rosa tenía medias. Con el topetazo de la maquina nueva que trajeron de la ciudad, volví a abrir los ojos. Cantaban los grillos furiosamente. El pastor había atravesado la vía y se alejaba lentamente con su rebaño disperso. Había cedido el calor de la tarde y las voces sonaban más animadas y despiertas, como liberadas. Las personas subían al tren en grupos, bromeando y traían el rostro satisfecho. Se metían en sus departamentos igual que cuando se entra en el vestíbulo en los entreactos del teatro. «Bueno, hombre, bueno. Parece que ahora va de veras».

Cuando volvió a arrancar el tren cerré otra vez los ojos. Pensaba que entre el retraso y eso de las fiestas lo más seguro era que no estuviera nadie en la estación a esperarme. Casi me iba a dormir del todo, cuando oí decir a alguien en el pasillo que ya se veía la Catedral, y salí. Todavía algunas nubes oscuras de la puesta de sol, que había sido violenta y roja, estaban quietas tiznando el cielo como rasgones. Vi el perfil de unas torres y los filos de muchos tejados coloreados, calientes todavía. Brillaban los cristales de los miradores y empezaban a encenderse bombillas poco destacadas en la tarde blanca. El río no lo vi. Luego el tren se metió entre dos terraplenes y pitó muy fuerte. Toda la gente estaba sacando los equipajes al pasillo.

Efectivamente, nadie había venido a esperarme. Me detuve un rato en el andén, mirando a todos lados entre las personas que se movían llamándose por sus nombres, pero a mí nin-

guna se dirigió. Apenas me había separado de las escalerillas
por las que bajé del tren y la gente al salir me tropezaba. En
dos grupos más allá, las chicas de mi departamento se habían
reunido con sus respectivas familias y se saludaban entre las
cabezas de los otros. «Adiós, mona, te llamaré», dijo la de Madrid agitando el brazo mientras alguien la tenía abrazada.
«¿Quién es esa chica?», le preguntó a la otra una señora que
me estaba rozando. «Yo qué sé, mamá; de Madrid». «Pues va
hecha una exagerada».

—Aquí está usted estorbando el paso; haga el favor —me
dijo un maletero.

Eché a andar, ya de los últimos, y dejé mi maleta en la consigna. La estación era un gran cobertizo antiguo y chocaba la
luz de neón del puesto de periódicos. Estaban haciendo reformas. Para salir había que dar un rodeo entre sacos de cemento,
pisando la tierra del campo. Afuera, en una plazuela con jardi-
nes, me quedé dudando sin saber lo que haría.

—¿Quiere coche, señor? A domicilio.

Me hablaba un hombrecito muy feo con chaqueta de cuero.
Me empujó a un pequeño autobús que tenía su entrada por la
trasera y dos bancos a los lados de un pasillo muy estrecho.
Estaban ocupados totalmente y mi llegada produjo miradas de
protesta. Me quedé de pie un poco encorvado para no darme
con la cabeza en el techo.

—¡Correrse para allá! —gritó el hombre, haciendo el ademán
de empujar a la gente con las manos—. ¡Vamos completos!

—Aquí no hay sitio para mí —dije yo, tratando de bajarme.

—¿Cómo que no hay sitio? —se enfadó el hombre.

Había subido al pasillo y estaba contando en voz alta los
viajeros.

—Son trece, hay un sitio; tiene que caber este señor. Há-
gase para allá, señora, quiten ese bolso. A ver si nos vamos.

Por fin me pude sentar de medio lado, sin hundirme mucho,
teniendo en las rodillas mi pequeño maletín. El hombre se había bajado, pero antes de cerrar la portezuela, volvió a meter
la cabeza. Yo ocupaba el último asiento, junto a la entrada.

—Oiga, se me olvidaba, ¿usted, adónde va?

—¿Yo?... —vacilé un momento—. Pues, al Instituto.

Adelantó un poco más el cuerpo y en la penumbra vi su gesto de incomprensión.

—¿Adónde dice?

—He dicho al Instituto. Instituto de Enseñanza Media —pronuncié con toda claridad.

—Y eso, ¿por dónde cae?

—Sí, hombre, cerca del Rollo —intervino alguien—. Al final de la cuesta de la cárcel.

Algunos viajeros empezaban a estar impacientes.

—Venga ya, hombre, ¿nos vamos o no? —protestó otro.

—Bueno, llevaremos primero a los del centro. ¡Cuidado, que cierro! ¡Tira, Manolo!

El motor sonaba ya muy fuerte y el coche se estremecía sin moverse. Volvió a sonar con dos o tres intervalos y por fin arrancó. A una señora que iba a mi lado le di con una esquina del maletín contra las rodillas.

—Dispense.

Me miró con un resoplido. Era gorda; la falda estrecha llena de arrugas tirantes de muslo a muslo. Se había sacado los zapatos por el talón. Miré a la portezuela. El hombre de la chaqueta de cuero se había quedado de pie sobre el estribo y viajaba allí, de espaldas a las calles que íbamos atravesando, como un timonel, sujeto a la ventanilla abierta. En el espacio que su cuerpo no tapaba, por los lados de esta ventanilla trasera, se recogía la luz de la calle, se veían desaparecer puertas, paredes, letreros, algunos transeúntes.

Bajábamos, me pareció, por una avenida de casas pequeñas, alguna con un trozo de jardín; sólo veía la parte baja. Saltaba el autobús sobre los adoquines del empedrado, tocando la bocina. En un cierto punto torcimos bordeando un parque con olor a churros fritos, y desde entonces se empezó a oír más ruido y a ver más gente. Bares y escaparates, coches y alguna moto. Eran calles estrechas y el coche iba despacio; renqueaba arrimándose a la acera. Tocaba sin cesar una bocina antigua con ladrido de perro. Más allá los bocinazos del coche coincidieron con risas jóvenes y sobresaltadas, y por los lados del hombrecillo que iba en el estribo, vi grupos de gente. Un señor se agachó y sacó la cabeza por la ventanilla. «¡Qué bonito lo han puesto este año!», dijo. Yo también miré. Había unos arcos de bombillas encendidas formando dibujos rojos y verdes encima de una calle ancha. En aquella calle el autobús se paró varias veces. Se llamaba la calle de Toro. El hombre saltaba del estribo a cada parada y abría la portezuela. «¡Toro, veintiséis!». «¡Toro, cincuenta!». Metía la cabeza para avisar, y, a la luz de una bombilla que se encendía en el techo, todos mirábamos los bultos de los viajeros que se levantaban y salían. Las conversaciones de dentro se hacían entonces un poco patentes, debajo de la débil luz del techo, como si sólo se hubieran revelado unos segundos, a guiños, de tan bisbeadas, y los que estábamos callados nos sosteníamos la mirada de banco a banco, o la dirigíamos hacia arriba porque se oían en la baca los pasos vigorosos de una persona que levantaba y revolvía maletas. «¡Ésa no es! ¡Esa marrón!», gritaban desde la calle los que habían salido. Y se destacaban las voces sobre los murmullos de risas y de pasos de la gente que paseaba allí fuera.

En una de estas paradas vi a la chica que venía de Madrid. Le vi la nuca, vuelta a otra persona. Hablaba de la amiga que se había echado en el viaje: «... una tal Goyita Lucas, dice que me va a presentar a amigas suyas...». «Uy, por Dios, mona. ¿Te fijaste en la rebeca rosa que traía de manga corta? Y el pelo largo así, con muchas horquillas y como mal rizado, ¿no sabes?» «... bueno, mujer, pero a ti que te meta en una pandilla de chicas jóvenes. No has tenido poca suerte ahora en ferias, con el barullo que hay». «No es que fuera fea del todo, pero no sé cómo explicarte. Era también la manera de hablar». «... yo que además ahora salgo tan poco por el niño» «... poco con el niño...» «... poco por el niño...» «... no, si no era antipática. Cursi, pero simpática». «... simpática...» «... antipática...». Otra vez arrancamos. Otra vez parar. Me dormí con la cabeza apoyada en la pared de la izquierda.

Cuando abrí los ojos, ya se habían bajado todos los viajeros y el hombre del cuero estaba sentado enfrente de mí, junto a la cabina del chófer. Aparté el maletín y me incorporé. Se oían cánticos y campanas.

—¡Rodea por la calle Antigua! —dijo el hombre.

Me volví hacia la ventanilla y saqué la cabeza. El coche había frenado a la entrada de una plazuela. Era una procesión. Pasaban mujeres en fila con velas encendidas; las llevaban separadas oblicuamente para que la llama no les prendiese en el velo. Empezaba a oscurecer. Cantaban. Entraban a cantar cada una un poquito más tarde y levantaban un conjunto de voces confusas e incomprensibles. Algo era del Redentor; a medida que unas se alejaban, las que venían detrás se habían cambiado a la estrofa anterior del cántico, y la traían reciente, como si a las otras se les hubiese desmayado y ellas la vinieran recogiendo. Una niña que iba de la mano, embobada mirando los monaguillos, se tropezó con una aleta de nuestro coche y se echó a llorar a grandes gritos.

—¿Qué? ¿Echó usted un sueñecito?

—Sí, señor. Ya veo que se ha quedado esto vacío. ¿Me falta mucho para llegar?

—No, ya muy poco. Si no hubiera sido por la procesión, habríamos salido más derecho.

Me pasé las manos por el pelo, me estiré los puños de la camisa.

El coche reculó. Pasaban cuatro señores de luto agarrando cintas de estandarte. Enfrente vi la iglesia y siluetas de niños en el campanario con las piernas hacia afuera contra la piedra, mirando abajo, hacia las primeras figuras de la procesión, que ya se metían por la gran puerta. Volteaban con fuerza las campanas.

—Pues sí, hombre, sí. ¿Viene a pasar las ferias?

Salimos a otra calle solitaria. El hombre se había reclinado a lo largo del banco de enfrente, apoyándose sobre un codo y se sujetaba la cara con la palma de la mano. Me estaba mirando. Yo le dije que sí con la cabeza. De pronto bajó las piernas y se corrió hasta quedar sentado justo enfrente de mí. Me dijo de plano, confidencial:

—Ya sabrá que pasado mañana no torea el monstruo.

Sus ojos pillaban de frente los míos.

—¿Cómo dice? Ah, no. No sabía nada.

—Le han cogido en la segunda de Alicante. Pronóstico reservado, siempre dicen lo mismo. Total que con tan pocos días para ponerse bueno, ya verá usted como no viene a ninguna. Nos hundieron las corridas.

Yo hice un vago gesto de condolencia y escapé con los ojos a otra parte. Sin mirarle, le oía con mayor libertad.

—... Y que no hay que darle vueltas. El que animaba el cartel de este año era él. Aparicio, ¿qué pinta?, ¿no le parece?

—Claro...

Subimos por una cuesta muy empinada. Parecía que el auto se iba a escurrir para atrás. No podía. Metió la segunda. El hombre me preguntó que si era extranjero y me pareció como si hubiese estado pensando en hacerme esta pregunta desde que empezó a hablar conmigo. No sabía si decirle que sí o que no. Por fin le dije que no. Luego se hizo una pausa y la aproveché para preguntarle lo que le debía. Habíamos llegado a la cima de la cuesta y atravesado una avenida. Andábamos ahora sobre un terreno sin pavimentar y el coche daba tumbos igual que si anduviera sobre los surcos de un sembrado. De pronto se paró. El chófer se volvió de perfil y dijo:

—Debe ser ese primer edificio que hay detrás de la tapia. Si a este señor no le importa, le dejamos aquí sin llegar a la puerta. Lo digo porque luego es peor para que demos la vuelta, señor Domingo, que está esto muy malo.

Yo dije que me daba igual. Esperé a recibir el dinero que me devolvía el hombre, y luego cogí mi maletín y me bajé. Me aparté a la escasa acera, al lado de una mujer que vendía caramelos, y esperé allí la maniobra que hacía el coche para dar la vuelta.

—Avíseme cuando llegue con las ruedas de atrás a la pared, haga el favor —dijo el chófer, sacando la cabeza.

Se lo avisé. Se nos echaban encima a la mujer y a mí. Luego, cuando ya se iban, me dijeron adiós con la mano.

Eché a andar. Vi, a la derecha, la tapia de que habían hablado. Para llegar a ella, tuve que atravesar un puente debajo del cual pasaban las vías del ferrocarril. La tapia, que se iniciaba justamente a continuación, era un paredón altísimo y muy largo, y sólo al final tenía acceso por un pequeño hueco cuadrangular sin puerta que lo cerrase. La franqueé y entré a un patio grande y absolutamente desnudo, como el de una cárcel. Al fondo, a unos cien metros, estaba la fachada del Instituto.

Era de piedra gris, sin ningún letrero ni adorno, y tenía solamente tres ventanales uno encima de otro y encima, a su vez, de una puerta demasiado pequeña hacia la cual iba avanzando. Todo estaba arrinconado en la parte de la izquierda, de tal manera que por el otro lado sobraba mucha pared. Chocaba la desproporción y la torpeza de aquella fachada que parecía dibujada por la mano de un niño. No había nadie. Graznaban en el tejado unos pájaros negros.

Me detuve en la puerta. Estaba entreabierta y no tenía timbre ni indicación alguna. Traté de empujarla, pero cedía con dificultad, y entré por la abertura que tenía, que era suficiente. Apareció una escalera blanca y una mujer que la estaba fregando, arrodillada en los primeros peldaños, de espaldas a mí. Me asusté un poco al vislumbrar, inesperadamente, el bulto de su cuerpo, porque todo ello estaba bastante oscuro.

—Buenas tardes, señora.

Volvió la cabeza.

—¿Es aquí el Instituto?

—¿El Instituto? Sí. Aquí.

Me miraba fijamente. Yo le di las gracias y empecé a subir la escalera, pisando por encima de unos periódicos que había puesto en los escalones recién humedecidos. Cuando estaba llegando al primer piso y ya no la veía, oí su voz desde abajo, llamándome.

—Oiga..., señor..., usted.

Me asomé por el hueco, apoyándome en la barandilla.

—¿Qué? ¿Me llamaba a mí?

Alzó la cabeza en la penumbra, sin incorporar su cuerpo, como si aquella postura de estar agachada, con las manos y las rodillas sobre el suelo, fuera en ella normal e inevitable. Dijo:

—No hay nadie arriba.

—¿Nadie? —repetí yo.

Y miré para arriba muy desconcertado. Vi en el primer piso una puerta de cristales cerrada, con un papel pegado a la izquierda, como de horarios o con algún aviso. Blanqueaba vagamente este papel al resplandor de una sucia bombilla encendida en lo alto de la puerta. También de más arriba, de una claraboya del techo con algunos cristales rotos, bajaba todavía una última y apagada claridad que se difundía por todo el hueco de la escalera. Esta luz y la de la bombilla luchaban débilmente, sin anularse.

—Pedro se ha ido hace un rato —añadió la mujer—. ¿Buscaba usted a Pedro?

Empecé a bajar despacio la escalera, tras una breve vacilación.

—¿Pedro? No sé quién es. Pero tendrá que haber un bedel, o alguna persona.

Había llegado de nuevo abajo.

—El bedel es Pedro. Pero es que ya es muy tarde. Mañana empiezan los exámenes de los libres.

—Entonces, ¿la residencia del Instituto no es aquí?

La mujer se incorporó un poco. Se secó las manos con el delantal.

—¿Qué residencia dice? A ver si viene equivocado. Aquí es el Instituto.

—Sí, de acuerdo. Pero yo digo la residencia de los profesores, creí que estaría en el mismo edificio. El sitio donde viven los profesores y los alumnos que no sean de aquí —aclaré impaciente ante sus ojos de asombro.

—No sé qué decirle. No he oído nada. Yo creo que viven todos en sus casas. Pero venga mañana y Pedro se lo dirá.

—Está bien. Muchas gracias.

—De nada.

Ya me iba. Salía por la puerta y me volví.

—Oiga, perdone. ¿Sabe usted a qué hora suele venir el Director por las mañanas?

No se había vuelto a agachar y me había seguido con los ojos, como si esperara verme entrar de nuevo. Dijo, inflando solemnemente la voz.

—El Director se ha muerto.

—¿Cómo? ¿Don Rafael Domínguez?

—No sé decirle cómo se llamaba de apellido.

—Pero, ¿está usted segura? —le busqué los ojos para cerciorarme—. Será hace pocos días.

—Cinco días hace. Bien segura estoy.

—¿Vivía él en la calle del Correo?

—Sí, señor. En el doce. Fui yo a llevar un recado a la casa, y en ese momento, lo sacaban.

Dijo «lo sacaban» con tono estremecido y lastimoso, como si se gozara evocando el fúnebre cortejo. Luego me miró a mí, maternalmente.

—¿Era pariente suyo?

—No, no... ¿Correo doce, ha dicho usted?

—Doce, sí, señor.

—Adiós, se lo agradezco.

Salí al patio, bordeé la tapia, llegué de nuevo al puente del ferrocarril. Allí me detuve. Los muros de aquel puente eran de cemento deteriorado, no mucho más bajos que yo. Apoyé la barbilla en el borde. Vi las traseras de las casas que daban a la vía, en lo alto de un terraplén escurridizo, las ventanas abiertas y encendidas. Ventanas de cocina. Prepararían la cena. Era un barrio de casas pobres. Por las ventanas salían voces agudas, de mujer. Fui siguiendo las vías rectas y solas hasta que se me perdían de vista, juntándose allá en el campo. El campo se adivinaba desdibujado, bajo las nubes oscuras que todavía no se habían fundido con la noche.

Oí acercarse un tren. Me lo sentí llegar vertiginosamente por la espalda, y me quedé muy quieto esperándolo. Luego lo vi aparecer debajo de mí y alejarse estruendosamente con sus vagones retemblantes y me escupió a la cara una bocanada de humo denso y rojo. Cerré los ojos. Todo el puente se había quedado retumbando. Cuando los abrí, el tren ya iba muy lejos con su luz encarnada. Una pareja de novios se había acodado junto a mí y miraban alejarse el tren con las caras muy juntas, los brazos cruzados por detrás, extasiados. «Es el de Portugal, ¿sabes, mi vida?». Ni me habían visto. Les tuve envidia.

Me separé de allí y me di cuenta de que estaba muy fatigado, de que necesitaba encontrar una pensión cualquiera para dormir aquella noche.

3

La chica de Madrid que venía a pasar las fiestas a casa de un cuñado hablaba de su veraneo en San Sebastián con descuido y confianza. Decía San Sebas.

—Mira que no haberte visto, mujer, en San Sebas; si allí nos conocemos todos. ¿Qué plan hacías tú? ¿Ibas al Cristina?

Goyita le envidiaba aquella desenvoltura. Ella otros veranos había ido a un pueblo de Ávila, donde tenía familia, y este año, de San Sebastián se traía una impresión pálida y sosa que ahora, al hablar con su amiga del tren, la desazonaba. Le parecía que no había estado allí, que se venía sin conocer la ciudad excitante y luminosa que le descubrían las palabras de la otra.

—¿Al Cristina, cómo; al Hotel Cristina?

—Sí, a las fiestas de tarde y de noche. Es lo único que se pone un poco medio bien.

—No, yo no he ido. Habría que vivir allí, me figuro; no sabía que dieran fiestas. ¿Estabas tú en el Hotel Cristina?

—Sí, claro. Creí que te lo había dicho. ¿Tú?

—No. Nosotros no. Nosotros en la Pensión Manolita, una que hay en la calle de Garibay, que tiene dos tiestos en la puerta.

La chica de Madrid era rubia y llevaba el pelo muy corto peinado con flequillo a lo Marina Vlady. Decía que era más cómodo así para nadar. Hablaba de yates y de pesca submarina, de skis acuáticos. Goyita no sabía nadar; se sentía a disgusto recordando el trocito de playa donde tenían ellos el toldo, un triángulo de arena limitado por piernas desnudas, por bolsas con nivea y bañadores; sus baños ridículos en las primeras olas junto a los niños de cinco años que echan barquitos, los gritos de júbilo cuando el agua le salpicaba más arriba de la cintura. Quería cambiar de conversación, salvar algo de su veraneo, que no se le viniera todo abajo.

—Al Tennis fui dos tardes y lo pasé muy bien. El último día estuve todo el rato con un chico mejicano que era majísimo. La rabia que lo conocí al final, ya cuando faltaban dos días para venirnos. Estaba bastante en plan.

—Qué rollo los hispanoamericanos, chica, qué peste. Parece que los regalan. Y luego se te ponen de un tierno. ¿A que se llamaba Raúl o Roberto o algún nombre por el estilo?

—No. Se llamaba Félix.

Esto del mejicano había sido lo único un poco parecido a una aventura y Goyita se complacía en aumentarlo. Le esperó en la estación asomada hasta el último momento, y todavía cuando el tren arrancó, pensaba que le iba a ver entrar con un ramo de flores y echar a correr a paso gimnástico tendiéndole la mano hacia la ventanilla. Hasta se le vinieron las lágrimas a los ojos de tanto escudriñar la puerta con este deseo, y las luces del andén se le alejaron temblando de llanto y sirimiri. Sabía muy bien que no la iba a escribir mandándole una foto que se hicieron juntos, ni se iban a volver a ver ni nada; y además tampoco le importaba demasiado que fuera así, pero se esforzaba por convencerse de lo contrario. Más que nada para justificar de alguna manera aquellos dos meses, y la ilusión que había puesto en ellos antes de ir; y sobre todo por poderle contar algo romántico a su amiga Toñuca. Había preguntado por ella en cuanto bajó del tren:

—Mamá, ¿ha vuelto Toñuca?

Lo tuvo que repetir varias veces. La madre contaba que José Mari había vuelto del campamento, que la criada se había despedido en el momento más inoportuno; hablaba de una tarjeta postal perdida. Logró que la hicieran caso cuando ya bajaban por la Avenida de la Estación.

—¿Cómo dices?

—Toñuca, que si ha vuelto.

—Sí, creo que el otro día te telefoneó.

—¿Qué le dijisteis?

—Yo no me puse.

Cuando llegó a casa, no sabía qué hacer parada en mitad de su cuarto que le parecía desconocido y más grande, con la hoja del calendario marcando el diecisiete de julio. Dejó la maleta sin deshacer y le entraron unos deseos irresistibles de bajar a la calle. Ya era casi de noche. Acababan de encender las bombillas de colores de unas guirnaldas tendidas de lado a lado sobre la gente que paseaba. Se encontró con un militar conocido de por la primavera. No se acordaba de su nombre.

—Hola, chica.

—Hola.

Echaron a andar juntos entre la gente. Le parecía que se había colado en la ciudad por una puerta trasera. Otros años había vuelto del veraneo mucho antes de que fueran las fiestas y había esperado a las amigas consumida de impaciencia. Ellas traían reciente el moreno de los brazos y los relatos de sus excursiones, la miraban con gesto de desconocerla. Sin embargo, era casi peor llegar la última, como ahora, y encontrarse con todo lo nuevo en marcha, no saber cómo hacer para reanudarlo. El militar le preguntó que si había estado en los toros.

—No. Acabo de llegar de veraneo.

—Yo tampoco. No debe haber sido nada del otro jueves. La ganadería esa va de capa caída.

Goyita miraba a los grupos de chicas cogidas del brazo. Las veía cruzar de una acera a otra; separarse, juntarse, echarse a reír.

—Oye, ¿tú conoces a mi amiga Toñuca, una que es un poco pelirroja?

—¿Pelirroja? No sé, no me doy cuenta.

—Sí, hombre; si me parece que fue ella quien nos presentó. Una así chatita, de buen tipo.

—Ah, sí, ya. ¿Qué es? ¿Que la estás buscando?

—Sí.

—Pues estará en el Casino. ¿Por qué no vas?

—¿Al Casino? No, hombre. He bajado sólo un momento, ya ves, de trapillo. Todavía huelo a tren. Si no la encontramos en esta vuelta, me subo a casa.

La gente daba la vuelta al llegar a la última manzana de la calle donde se acababan los arcos de luces. El militar la miraba.

—Anoche no estabas tú en el baile, ¿verdad? No te vi.

—¿Pero no te estoy diciendo que acabo de venir?

—¿Venir de dónde?

—De San Sebastián.

—Ah, qué suerte, tú. Estaría estupendo.

—Sí. Oye, ¿y el baile de anoche qué tal? ¿Divertido?

—Yo me fui temprano. Había demasiada gente. Esa amiga tuya sí que estaba. Oye, pues tú de San Sebastián vienes más guapa.

—¿Y es el primero de noche que ha habido?

—Creo que sí. El del aeropuerto es a la semana que viene. Ese estará bien. Anda difícil lo de las invitaciones con tanta gente como ha venido este año...

También, en casa, durante la cena comentaron lo mismo. Que cuánta gente. Que más gente que ningún año, que en ningún sitio se cabía. José María, el hermano, que acababa de volver del campamento, le contó que Toñuca tenía en casa unos franceses y que andaba todo el día con ellos de acá para allá. Que estaba muy moderna. Luego se puso a relatar sucedidos del campamento. De uno vasco que le llamaban Marco Bruto. Menudo elemento de los buenos elementos de allí. El último día, que estaba un poco bebido, se subió a unos cajones y empezó a echar un discurso metiéndose con los militares. Madre, qué risa. Ponía la misma cara del teniente, y le imitaba igual, los gestos, todo. Goyita preguntó si era uno alto, con la mandíbula saliente. Ella le conocía. Acompañaba a Isabel Segarra por el invierno. Cuando en esto viene el teniente, y todos a hacerle señas para que se callara. Si es otro se la carga, pero él tenía salidas para todo. Le vio y se queda tan fresco. Va y le dice, «Teniente, ¿le gusta a usted el circo?». A Pilintín, la pequeña, le hizo mucha gracia el nombre de Marco Bruto y la segunda vez que lo dijeron se le atragantó la comida de risa. Tosía y la madre le daba en la espalda golpes como azotes. Don Gregorio dijo que la juventud de ahora no tenía respeto por nada ni por nadie. Goyita miraba el borde de la sopera y el cucharón asomando. Le costaba trabajo pensar que estaba en casa. Se levantó sin tomar el postre y telefoneó a Toñuca. No estaba. Cenaba con sus amigos fuera de casa. Le dijo su madre que al día siguiente se iban en excursión a Toledo.

—Que no me llame ya. Dígale que he vuelto. Estoy cansada y me voy a acostar.

Tardó en dormirse. A la mañana siguiente, bastante temprano, la llamó la chica de Madrid. Salieron juntas. Por la tarde fueron al Casino. Era enorme la cantidad de caras desconocidas. El salón de té lo habían decorado en tonos amarillos. Se sentaron en la mesa de Mercedes, Isabel y chicas mayores. Hablaban de dos en dos con risas y misterios y casi no las hicieron caso. A la nueva la miraron con recelo. Goyita pidió un *gin fizz* y se puso a mirar los dibujos dorados de las paredes. Cantaba la animadora, una rubia muy llamativa, y hacía calor. Isabel, mientras se empolvaba la nariz daba pataditas en el suelo y cantaba también acompasándose con la voz del micrófono: «Imposible - ya sé que tu destino - nos separa - pero déjame amarte...». Le preguntó a Goyita que qué tal por Santander.

—Ha sido en San Sebastián donde hemos estado.

—Ah, creí que en Santander. En San Sebastián estuvimos nosotros el año pasado. Bueno, en Zarauz, pero íbamos mucho. Tú vienes bien morenita.

—Sí.

No las sacó nadie a bailar.

Cuando salieron, la de Madrid le dijo a Goyita que cuántas mujeres, que todo eran mujeres, que así era imposible ligar un plan divertido.

—Y luego estas amigas tuyas, no sé, son como viejas.

—¿No te gustan?

—No sé qué decirte. Parecen de señoras las conversaciones que tienen.

—Mi más amiga no está hoy —se excusó Goyita—. La conocerás mañana o pasado. Ésta te encantará. Es un cielo.

A su descontento se empezó a añadir la responsabilidad que sentía de divertir a la amiga de Madrid. Al día siguiente la llevó a ver la Catedral.

—Impone. Es enorme de grande, una de las de más mérito de España, ya lo habrás oído decir.

Subieron a la torre y volvieron muy cansadas. A Goyita le apretaban los zapatos. En la terraza de un café de la Plaza Mayor se encontraron con Toñuca y sus amigos extranjeros. Se sentaron con ellos. Goyita en seguida notó que la de Madrid le era simpática a Toñuca.

—Mira que llevarla a ver la Catedral, mujer, a quién se le ocurre. La tenemos que divertir de otra manera. Con las ganas que tiene.

—Hija, si es que estoy despistada todavía; no sé ni siquiera la gente que hay; es un lío venir del veraneo tan tarde. No te centras —se excusó Goyita.

—Nada, nada, que no tiene perdón llevarla a ver la Catedral.

—Sí, verdaderamente —dijo la de Madrid—. A mí todo me parece igual lo que construían en aquel tiempo. Vengan bóvedas y más bóvedas.

A uno de los chicos franceses le hacía mucha gracia lo de prisa que hablaba.

—Sus cabellos son rubios —dijo—. En cambio tiene mucha característica vivacidad española.

Hablaron de Madrid. Ellos iban a ir a Madrid después de las fiestas. Toñuca sabía algunas palabras de francés y servía de intérprete en los momentos de mucho lío. Se reía. Se reían todos menos Goyita, que estaba a disgusto. La de Madrid dijo que de Madrid al cielo, y que ella les acompañaría cuando fueran allí.

—¿Tú qué prefieres, el ambiente bohemio o los sitios finos? Porque los franceses a cada cual le da por una cosa.

Goyita, antes de las dos se levantó y cogió su bolso.

—Pero, ¿te vas tan pronto?

—Ya sabes que a mi padre le gusta comer a punto.

—Mujer, estamos en ferias.

—Sí, pero él no mira eso.

—Bueno, mona, pues luego te llamo. A tu amiga la acompañaremos nosotros.

Le dolía la cabeza y se echó la siesta. Vino José María a hablar con ella un rato. Las había visto en la Plaza y le preguntó que quién era la chica nueva.

—Una amiga mía, ¿por qué?

—Porque está de fenómeno. Si me la presentas, te doy una noticia bomba.

—Anda, déjame en paz, ¿no ves que quiero dormir un poco?

—Pero yo no te entiendo, ¿qué he dicho para que te enfades?

—Si no estoy enfadada, déjame.

—Entonces, ¿cuándo me presentas a tu amiga? Mira que la noticia que te doy a cambio es muy buena.

Goyita se quedó callada con los ojos en el techo, en las rayas de luz y sombra que proyectaba la persiana. Vio alargarse y borrarse la sombra de un vehículo que rodó en la calle. Luego otro detrás. Automóviles.

—¿Qué es? Dímelo, anda, lo que sea. Valiente bobada será.

José María se puso a mirar un libro. La vio de reojo incorporarse sobre los codos:

—No es bobada. Bien que te importa.

—Deja eso ahora, no seas. Dímelo. Te presento a Marisol cuando quieras.

—Vaya, el nombre no está mal. ¿Me la presentas seguro?

—Que sí.

—Pues está aquí Manolo Torre.

Goyita le miró desconcertada, como queriendo descifrarle la expresión. Se le vino mucho calor a la cara.

—Mentira. Qué mentiroso eres.

—¿Mentiroso? Bueno, como tú quieras.

—Claro que sí. Lo habrían visto mis amigas.

—¿Por qué lo van a haber visto? Ha venido a la corrida de hoy con su tío.

—¿Lo sabes tú?

—Naturalmente; eres tonta. ¿No ves que he estado tomando unas cañas con él en el Postigo? Como no me dejas contártelo...

Goyita volvió a tumbarse. Se puso los brazos detrás de la nuca.

—¿Y qué se cuenta el niño? ¿Por dónde ha andado este verano?

—Creo que en El Escorial. Traía una chaqueta... ¡Madre mía!

—¿Por qué? ¿Cómo era?

—Así como de chica, jaspeada, más rara... Me preguntó por ti.

—Hombre, qué acontecimiento. Ya lo puedo apuntar en mis memorias.

—Ah, eso allá tú si lo apuntas o no; pero no me vengas ahora con que no te importa que haya venido.

Se había acercado a la ventana y estaba mirando entre las rayas.

Vio destellar el sol de la siesta en el techo de un automóvil que desapareció velozmente.

—Pues no te digo que no; cuantos más chicos vengan, a más tocamos. Eso desde luego. ¿Te dijo si se piensa quedar muchos días?

—No. No me dijo nada.

Goyita se puso un brazo por los ojos.

—Venga, hombre, déjame dormir. No levantes la persiana ahora.

—Si es que estaba mirando. Ha pasado el coche ése amarillo que te dije; seguro que es extranjero. Está lleno de americanos el Gran Hotel. Otro imponente, oye, ¡qué cochazo! Deben de subir ya para los toros.

—No me interesa —dijo Goyita con los ojos cerrados—. Vete a mirarlo desde el comedor.

Luego, cuando se fue su hermano, alargó la muñeca para ver la hora y se echó fuera de la cama. Las cuatro y cuarto. Se apoyó en la coqueta, delante del espejo. No se oía nada por la casa; en la calle un rumor amortiguado y superpuesto de claxons alejándose. Con la barbilla en las palmas de las manos y la ceja izquierda ligeramente levantada, estuvo un rato espiándose la expresión del rostro plano y vulgar. Luego dijo en voz lenta, parecida a la de los doblajes de las películas: «Te he echado tanto de menos, tanto...». Volvió a mirar la hora, abrió la puerta con cuidado y salió al pasillo. Cruzó enfrente y empujó otra puerta. Era el despacho de su padre, un despacho de adorno, para ninguna cosa. Olía a puro apagado y estaban bajadas las persianas. Fue al teléfono y marcó un número. Tardaban en ponerse. Se echó la blusa para abajo. Se miró los hombros y el escote.

—Diga.

Escondió la cara contra el rincón de la pared:

—Oiga, por favor. Don Manuel Torre.

Hablaba muy bajo, mirando para la puerta cerrada.

—¿Cómo dice? ¿Quién?

—Señor Torre. ¿No es ahí el Nacional?

En el Hotel Nacional habían puesto barra de cafetería. Estaba lleno de gente.

—Voy a ver. Espere.

Zumbaban los turmix, subían y bajaban las manivelas negras de la cafetera exprés. El botones dejó abierta la puerta de la cabina: «Señor Torre... señor Torre». «... ¡Dos para leche!».

—Han dejado esto demasiado cubista —le estaba diciendo Manolo Torre a un limpiabotas conocido que acababa de hacerle el servicio—. Me gustaban más las sillas de antes.

—Pero así es más negocio. Menudo.

El botones se asomó al arco que daba al comedor. Le vio sentado con otro, vestido de aviador, y al limpiabotas, al lado de la mesa, que cogía la propina sonriendo. Lo menos cinco pesetas. Vaya señorito rumboso que era.

El aviador cogió un retrato que estaba encima del mantel al lado de las tazas de café. Le dijo a Manolo:

—Bueno, entonces qué. ¿Quedamos en que te gusta?

—Es una monada, chico, desde luego. Le doy diez.

—Y sobre todo mira, lo más importante, que es una cría. Ya ves, dieciséis años no cumplidos. Más ingenua que un grillo. Qué novio va a haber tenido antes ni qué nada. ¿No te parece?, es una garantía. Ya de meterte en estos líos tiene que ser con una chica así. Para pasar el rato vale cualquiera, pero casarse es otro cantar.

—Que sí, hombre, que estamos de acuerdo. Y que debe ser lista la chavala. Mira que pescarte a ti. Se puede creer. Lo que menos me podía figurar cuando has dicho que me querías contar una cosa.

Se acercó el botones:

—Le llaman al teléfono.

—¿A mí? ¿Quién es?

—No ha dicho.

—Vuelvo en seguida, Ángel.

—Sí, oye tú, date prisa, que decidamos lo que sea, porque se nos va a hacer tarde.

—No, hombre. Con la moto estamos en seguida. Si además no hay nada que decidir. Tú te vienes conmigo a la barrera y tu entrada para mi tío.

—Bueno, anda, pues despacha pronto.

Se quedó solo el aviador, mirando alejarse al otro entre las mesas. De la de al lado se levantaron una mujer morena con un traje de seda brillante muy estrecho y un señor canoso.

«Estupenda tarde, desde luego; hoy vamos a ver cosas buenas», iba diciendo el señor, que salía delante mordiendo su puro. Ella se demoró un poco estirándose el vestido por las caderas. Al pasar al lado del aviador, le tropezó la silla y se inclinó hacia él casi imperceptiblemente.

—Adiós, Ángel, orgulloso —le murmuró.

Atufaba a perfume francés. Un instante le sostuvo él la mirada entre pestañas y le mandó alargando el cuello una bocanada de humo con gesto de beso. Unos pasos más allá, el señor del puro le plantó la mano, a ella, en el brazo desnudo, muy cerca del sobaco.

Ángel volvió los ojos a la fotografía que había quedado encima de la mesa. Sacó la cartera, pero antes de guardarla, todavía la volvió a mirar. La chica estaba de perfil y se le veían unas pestañas larguísimas. Abajo ponía la firma «Gertru», en letra redondilla esmerada. Se le pusieron ojos soñadores, de codos en la mesa, esperando al amigo. Por la ventana se veían los soportales de la plaza, en primer término, y más allá el sol durísimo contra los adoquines. Pasó un autobús naranja atestado de personas que iban a los toros.

—Venga, ya estoy. Cuando quieras —dijo Manolo llegando.

—Has tardado poco. ¿Quién te llamaba?

—No sé. Han colgado cuando me he puesto. Alguna equivocación.

4

Durante dos días ni siquiera retiré el equipaje de la consigna, tal carácter de provisionalidad había adquirido mi estancia.

Muerto don Rafael Domínguez, desaparecía el pretexto de mi viaje, aunque la verdad es que yo mismo me daba cuenta, paseando por las calles de la ciudad, de que en el fondo nunca había pensado, ni aun antes de emprenderlo, que pudiera tener el viaje otro sentido ni objeto más que el que se estaba cumpliendo ahora, es decir, el de volver a mirar con ojos completamente distintos la ciudad en la que había vivido de niño, y pasearme otra vez por sus calles, que sólo fragmentariamente recordaba. Casi todo lo veía como cualquier turista profesional, pero de vez en cuando alguna cosa insignificante me hería los ojos de otra manera y la reconocía, se identificaba con una imagen vieja que yo guardaba en la memoria sin saberlo. Me parecía sentir entonces la mano de mi padre agarrando la mía, y me quedaba parado casi sin respiro, tan inesperada y viva era la sensación.

No me fue difícil encontrar el barrio donde habíamos vivido aquellos dos inviernos, cerca de la Plaza de Toros. Ahora por allí estaban construyendo mucho, asfaltando calles y abriendo otras nuevas. Se levantaban las casas amarillas, sonrosadas, lisas con sus ventanas simétricas. La nuestra, un viejo chalet con jardín, la habían demolido. También encontré la Catedral y el río. El río estaba cerca de mi pensión. Bajaba en curva la calle de arrabal empedrada de adoquines grandes y se veían por la cuesta arriba camionetas y carros de arena tirados por una ristra de tres o cuatro mulas, su carretero al pie, avanzando lentamente al mismo paso de los animales. Crucé a la orilla de allá atravesando el puente de piedra, y caminé hacia la izquierda por una carretera bordeada de árboles hasta dejar lejos la ciudad. Luego la vi toda al volver, reflejada en el río con el sol poniente como en tarjetas postales que había visto, y en el cuadro que mi padre pintó, perdido como casi todos después de la guerra.

A mediodía me gustaba sentarme en las terrazas de los cafés de la Plaza Mayor, y me estaba allí mucho rato mirando el ir y venir de la gente, que casi rozaba mi mesa, escuchando trozos de conversación de los otros vecinos, tan cerca sentados unos de otros que apenas podían cambiar sus sillas de postura. Había mucha animación. Sobre todo muchachas. Salían en bandadas de la sombra de los soportales a mezclarse con la gente que andaba por el sol. Se canteaban por entre las mesas del café y llamaban a otras, moviendo los brazos; se detenían a formar tertulias en las bocacalles. Venía la musiquilla insistente de un hombre que soplaba por el pito de los donnicanores con su cajón colgado donde los alineaba. Otro vendía globos. Los desplazaban con los empujones. En medio de la plaza tocaba una banda. Las rachas de música estridente a veces se apagaban en susurros o cubiertas por el ronquido de unos autobuses naranja que salían de debajo del Ayuntamiento cada cuarto de hora, despejando la gente aglomerada, envolviéndola en el humo de su cola negra.

Al tercer día de mi estancia todavía no había decidido ni quedarme ni marcharme, pero me entró curiosidad por conocer a la familia de don Rafael. No fui a verles con ningún proyecto determinado; sin embargo, con el presentimiento de que esta visita me ayudaría a tomar alguna actitud.

La calle del Correo era estrecha, calle de iglesias y conventos, con árboles antiguos. Me quedé parado delante del portal, indeciso; y unas señoras que bajaron de un Cadillac rojo me pidieron que las dejara pasar. «Oye, ¿me he arrugado mucho?», preguntó la que iba delante. Eran tres. No había portería. Eché escaleras arriba detrás de ellas, acomodando mi paso al suyo porque no quería adelantarlas. Sus tacones se movían de un peldaño a otro y hacían variar la postura de sus cuerpos esforzadamente, como en los saltos de la cámara lenta. Llegaron al rellano y se detuvieron, una de ellas llamó en la primera puerta.

—Por favor, saben ustedes, ¿los señores de Domínguez?

Se habían apartado un momento para dejarme paso y se volvieron hacia mí.

—Es aquí, en esta puerta —me miraban las tres con atención—. Donde nosotras hemos llamado.

Di las gracias y se hizo un silencio mientras esperábamos, pero de dentro de la casa venía un rumor de pasos y conversaciones.

Abrió alguien que estaba cerca de la puerta y ellas entraron con mucha confianza. Había grupos por todo el pasillo, personas que pasaban con sillas y otras que se despedían. A mí nadie me preguntó nada y di unos pasos sin rumbo fijo hasta el umbral de una habitación grande. «Por Dios, no se molesten, que no se mueva nadie por nosotras» entró diciendo una de las señoras que habían subido conmigo. Y oí sillas que se corrían. Eché una rápida mirada, sin atreverme a entrar. A la derecha había mujeres, alrededor de una mesa camilla y a la izquierda hombres, sentados y de pie, o apoyados en respaldos. Una doncella salió con una bandeja de vasos, y me pareció que me miraba con curiosidad. Me dieron ganas de marcharme, camuflado entre un grupo de personas que se iba en aquel momento, y hasta me separé de la pared para hacerlo, pero luego vi que se estaban despidiendo de una chica de luto en la puerta y que yo también lo tendría que hacer. «¿Para qué has salido, mujer, Elvi? ¡Qué disparate! Anda, anda con tu madre, la pobre». «Dijo mi hermana que a lo mejor vendría luego». Ponían voz compungida, como declamando. Le dieron besos a la muchacha de luto. Ella se mantuvo un instante con la puerta entreabierta a la escalera, diciendo adiós; luego se volvió de cara a mí para cerrarla y se quedó con la espalda apoyada en los brazos cruzados, con un gesto de cansancio. Me miró sin parpadear. En ese momento estábamos los dos solos frente a frente, separados por el estrecho pasillo que bruscamente se había vaciado. Le sostuve la mirada y supe que iba a hablarme; esperé.

—¿Usted buscaba a alguien? —preguntó por fin sin moverse ni ceder en la fijeza de su mirada.

—Seguramente a usted, por lo menos eso creo.

Hubo una pausa. Me turbé porque sus ojos brillaban demasiado, igual que con fiebre.

—¡Qué raro es esto! —dijo pasándose la mano por los ojos—. Por favor, no se mueva ni diga nada ahora, ¿quiere?

No me moví ni dije nada. De pronto había tenido la sensación de estar en el teatro. Su postura con la mano cubriéndole a medias el rostro, el tono misterioso y evocador de su voz, el ruido en la habitación a mis espaldas; todo me metía en situación. Hasta el perchero con sombreros colgados me pareció una decoración para aquella escena.

—No cabe duda de que usted es el del retrato —dijo sacando una voz lenta, pero decidida y volviendo a mirarme—. ¿Cómo es posible que venga precisamente hoy?

—¿Qué retrato? —me atreví a preguntar.

—Un retrato que tiene mi padre hecho en Suiza el año pasado con un grupo de gente, cuando el Congreso de Mineralogía.

Esperó, y yo asentí con la cabeza. Se acercó un poco. Cada paso, cada movimiento suyo me parecía que eran los que tenía que hacer, como si todo estuviese calculado.

—Esta fotografía hace tiempo que no la veía y anoche me desperté y la estuve buscando. Por una serie de razones que no puedo explicarle ahora, sentía mucha angustia y me llevé la fotografía a la cama para mirarla. Usted está al lado de mi padre. Nunca hasta ayer me había fijado, ni él me había hablado de usted, pero no sé; por un cierto gesto que él tiene allí, los dos juntos, me pareció que habrían sido amigos en ese viaje y me puse a imaginar el tipo de amistad que podría haber sido. Es rarísimo, pero me pasó así como se lo cuento. Me pareció que él vivía y que éramos amigos los tres. No pude dormir. Me moría encerrada en mi cuarto.

Ahora estaba casi junto a mí y ya no me miraba. Inclinó la cabeza contra las manos que había enlazado fuertemente. Lo que siguió lo entendí más confuso porque se puso a morderse los nudillos de los dedos, nerviosamente. Me contó que había estado a punto de ir a Suiza con su padre y que la noche anterior se desesperaba asomada al balcón de su cuarto pensando que eso ya nunca se podría remediar, que las cosas que podía haber hecho en aquel viaje ya nunca las haría y la gente que podría haber conocido ya no la conocería; y que pensando eso no se podía consolar. Que un viaje le puede cambiar a uno la vida, hacérsela ver de otra manera y a ella ese año se la habría cambiado. Le pregunté que por qué no había ido, pero no me contestó directamente.

—Si usted no vive aquí —dijo—, no puede entender ciertas cosas. Hace poco que está aquí, ¿no?

—Tres días.

—Tres días —repitió—. No puede entender nada. Si le explico por qué no fui a Suiza se reirá, dirá que qué disparate, que eso no puede ser. Creerá que lo ha entendido, pero no habrá entendido nada. Solamente uno que vive aquí metido puede llegar a resignarse con las cosas que pasan aquí, y hasta puede llegar a creer que vive y que respira. ¡Pero yo no! Yo me ahogo, yo no me resigno, yo me desespero.

Hablaba con rabia, con voz excitada, como si yo la estuviera contradiciendo. Había pasado de un tono a otro sin transición. Tuve miedo de que nos oyeran los de la habitación, porque se había ido desplazando hacia el hueco de la puerta y estábamos seguramente a la vista de las personas de dentro. Incluso parecía que ella se gozase en alzar la voz como si con sus últimas frases quisiera desafiar a alguna de aquellas personas, o tal vez a todas ellas. Se me ocurrió decirle que seguramente sacaba las cosas un poco de quicio bajo el peso de su desgracia, pero en seguida sentí que me había equivocado tratando de consolarla por ese camino. Lo vi en sus ojos casi furiosos.

—Aquí tendría que estar usted hace diez días de la mañana a la noche, aquí en esta casa, a ver si se ahogaba o no se ahogaba, como yo me ahogo. Oyendo cómo le dicen a uno de la mañana a la noche pobrecilla, pobre, pobrecilla. Día y noche, sin tregua, día y noche. Y venga de suspiros y de compasión y más compasión, para que no se pueda uno escapar. Y compasión también para el muerto, compasión a toneladas para todos, todos enterrados, el muerto y los vivos y todos. Usted ¿qué cree?, ¿que un muerto necesita tanta compasión?, ¿que necesita de los vivos para algo? Por lo menos a él, que le dejen en paz, ¿no le parece?

Estaba completamente junto a mí. Me llegaba por el hombro. Miré su rostro enrojecido que buscaba el mío y no supe al momento qué contestar. Estaba azarado pensando que los de dentro se estarían enterando de nuestra conversación. Parpadeó y dijo separándose, con voz más baja, insegura:

—Perdóneme. No sé por qué le he dicho estas cosas. Ni siquiera le conozco. No sé lo que me ha pasado. Yo...

Y se echó a llorar con violentos sollozos.

Miraron hacia nosotros de todas partes. Dijeron «pobrecita», con un clamor apagado, y una amiga vino y se puso a acariciarle la cabeza, le obligó a reclinarla en su hombro.

—Vamos, Elvira. Tienes que ser fuerte.

Yo me fijé en las puntas de mis zapatos, que estaban muy deslustradas para una visita así, pero en seguida levanté la cabeza. Había venido un muchacho de pies grandes.

—Elvira, ¿qué te ha pasado? ¿Por qué no te vas un poco a descansar, anda?

La tenía abrazada por los hombros y me miraba mucho a mí. Era delgado, el pelo un poco largo, y las patillas. Ella se limpió los ojos y levantó una mirada distinta.

—¡Qué tontería! —dijo, moviendo el pelo—. ¿Por qué me voy a ir a descansar si no estoy cansada? Mire —añadió, pero sin volver los ojos a mí—, le presento a mi hermano. Teo, este señor era amigo de papá. Atiéndele tú, por favor.

Hizo un saludo extraño, una especie de sonrisa al vacío y se dio la vuelta. La amiga la siguió. Se abrió el círculo de mujeres que estaban alrededor de la camilla, y la dejaron pasar en silencio, como a una imagen santa.

Yo seguí a Teo a la otra parte de la habitación, donde había exclusivamente hombres. Al principio, todos estaban pendientes de mí, y de cómo me sentaba, y si el silencio que se hizo con aquellos carraspeos de sillas hubiese continuado, su misma violencia me habría ayudado a encontrar un pretexto para marcharme, pero en seguida se reanudaron las conversaciones que nuestra llegada había interrumpido. Yo me senté en un diván, muy encajonado entre Teo y otro muchacho de chaleco, con cadena de oro colgando de bolsillo a bolsillo, que nos ofreció tabaco, sonriéndome con una particular amabilidad. Teo había oído hablar a su padre de mí, y sabía que era probable que viniera a dar una clase como auxiliar en el Instituto. Sin embargo, el telegrama que yo puse desde París diciendo que aceptaba en firme el ofrecimiento debía haber quedado en el Instituto sin que nadie lo abriera, porque según calculó él, por esas fechas su padre estaba ya moribundo. Me preguntó que de qué era la clase que me había ofrecido.

—En la última carta me hablaba principalmente de una vacante de alemán. Pero dijo que si yo aceptaba, ya lo veríamos cuando llegase. Por lo visto, siempre había huecos de profesor auxiliar. Él sabía que para mí esto de la clase era un pretexto para pasarme un invierno en esta ciudad, que recuerdo con simpatía por haber vivido en ella de niño con mi padre.

Me aburría mucho este tema de conversación, pero procuré disimularlo para que no se trasluciera el súbito desinterés que me había entrado por todo este asunto del Instituto, hasta tal punto de que no lo sentía relacionado conmigo.

—Creo que el señor Mata será quien se quede de director ahora —dijo Teo—. Le hablaremos en este sentido. Usted tendrá la carta de mi padre, que en paz descanse, que puede servirnos como justificante ante él. Es persona de nuestra confianza. Si usted espera, a lo mejor viene por aquí esta misma tarde y yo les pondré en contacto para que hablen personalmente.

—No, por favor, si es lo mismo. Él tendrá otros compromisos, como es natural. Yo tengo tiempo de volver a cualquiera de mis trabajos de otros años. En ninguna parte ha empezado el curso todavía.

Toda la conversación con Teo tuvo un tono cortés y protocolario.

Me hizo muchas preguntas que me sentí obligado a contestar con el mayor detalle posible, debido quizá al estilo frío y judicial de su interrogatorio, y a las prolijas esperanzas que me daba abogando en favor de mi asunto.

En las pausas me sentía liberado y estudiaba el modo de despedirme sin parecer grosero. Me enteré de que el chico de la izquierda había abierto cierta polémica en un periódico local. «Claro —decía—, a eso ya no han sabido qué contestarme. Guardé todos los cargos de peso para este segundo artículo, y les ha sentado como un rayo. Se habían creído que podían sofocar así por las buenas la voz de un ciudadano libre. Pero no me conocen, no. Qué me van a conocer». Le oía mejor que a los demás, debido a su vecindad y a que tenía la voz aguda. Dos veces se volvió hacia mí, como pidiendo mi asentimiento. De otros, por estar bastante hundido en el sofá, sólo veía piernas contra el borde de una silla, o en algún momento un poco de perfil. Un señor, que me parecía recordar del tren, le reprendió con tono enfático y paternal, le dijo que un día acababa mal, que qué cosas se le ocurrían. «Cosas de ímpetu juvenil, sí, eso ya, no te vayas a creer que yo no he sido como tú en mis tiempos, por eso te lo digo. Que el que más y el que menos, Emilio, todos llevamos dentro nuestro don Quijote. Pero esas quijotadas acaban con la reputación de uno». El chico le escuchaba mirándose las bocamangas con una leve sonrisa superior.

Teo me preguntó cosas del viaje a Suiza y de la amistad que me había unido con su padre, y yo, mientras contestaba, no podía dejar de pensar en Elvira. La veía entre las otras personas agrupadas al extremo opuesto de la habitación, igual que si la mirase por unos prismáticos puestos del revés. El humo del pitillo me alargaba y alejaba la habitación, volvía casi irreales las cosas que estaba contando. Muy allá, en la pared de enfrente, había un aparador con espejo biselado y el espejo reflejaba múltiples cabezas que se movían.

Al final, Teo quedó en llamarme por teléfono, después de su conversación con el nuevo Director, y me preguntó dónde me albergaba.

—En la pensión América. No sé si tendrá teléfono. Mejor que llame yo.

—¿América? ¿Dónde está eso? ¿Tú has oído la pensión América, Emilio?

—Es por allí cerca del Instituto —expliqué—. En un paseo ancho que baja. La noche que llegué estaba cansado y no tenía ganas de buscar. El nombre me hizo gracia.

—Ya sé dónde va a ser —dijo Emilio—. Tiene gracia, es verdad, pensión América, qué tendrá que ver en aquel barrio.

Y se sonrió. Tenía un rostro menudo, de cejas espesas. De pronto me pareció que había asistido a toda nuestra conversación y había tomado parte en ella. Cuando me levanté para irme, él se despidió también. Teo nos acompañó hasta la puerta, y se quedó en la ranura entornada hasta que desaparecimos escaleras abajo. Salimos juntos a la calle.

—Yo voy hacia allá; ¿usted?

Le dije que no llevaba dirección fija y esto pareció alegrarle. Decidió que iríamos juntos.

—Me llamo Emilio del Yerro —se presentó deteniéndose un momento para alargarme la mano—. Suelo tener bastante tiempo libre y me molesta que se aburra la gente que viene aquí. Si quiere usted, podemos ser amigos. Mejor dicho, si quieres. Te voy a tutear.

—Sí, claro. Yo me llamo Pablo Klein.

—Parece que te vas a quedar aquí este invierno, ¿no?

—Creo que sí. Depende.

—Sí, ya le he oído a Teo. Seguro que te quedas. Pues esto es aburrido para uno que llega nuevo, pero ya sabes, pasa como en todas partes, en cuanto te ambientas, lo puedes pasar estupendo. Dentro, claro está, de la limitación de una capital de provincia.

Le dije que yo no me solía aburrir en los sitios y él me cortó con viveza.

—Ah, no, yo tampoco. Quien tiene un poco de vida interior no puede aburrirse, eso lo he dicho yo siempre. En cierto modo yo soy un solitario, un enamorado de la soledad. Pero me refiero a que aquí hay círculos agradables, gente con la que se puede tratar, discutir, y esto se necesita muchas veces, ¿o no estás de acuerdo?

—Sí, sí.

Hablaba muy de prisa y me aturdía un poco.

—Estos mismos hermanos, particularmente ella, Elvira. Tú ya los conocías de antes, ¿no?

—¿A los hijos de don Rafael? No, no los conocía.

Pareció muy asombrado.

—Como ella se ha emocionado tanto al verte, y has dicho que viviste aquí de pequeño...

Hubo una pausa, pero yo no tuve tiempo de contestar nada.

—¿Y qué te ha parecido de ellos? —preguntó—. ¿De Elvira, qué te ha parecido?

—He hablado con ella poco rato, pero parece una chica de gran temperamento.

—Es extraordinaria, maravillosa —dijo con fuego—. Y Teo lo mismo —añadió un poco cortado porque yo le miraba—. Son de lo mejor que hay.

Luego hablamos de viajes que le gustaría hacer. Hablaba él sobre todo, y muchas veces se anticipaba a mis respuestas. Me cantó las alabanzas de la ciudad y dimos un paseo por calles que yo ya había recorrido.

—Son un remanso estas calles para el espíritu —decía—. Yo me conozco de memoria todos estos rincones.

Me habló de Kierkegaard, de Unamuno, de filósofos que habían vivido en ciudades pequeñas. Decía que leyendo las obras de Unamuno se le saltaban las lágrimas. Se veía que deseaba agradarme y hacer alarde de su cultura. Se había imaginado que yo era escritor y le decepcionó bastante cuando le dije que no lo era, que simplemente me interesaban los idiomas y tomaba notas para un trabajo de Gramática General.

—Yo soy ante todo poeta —dijo con énfasis—. Además de esto intento preparar unas oposiciones a Notarías.

Y se rió de la ingeniosidad del contraste.

Empezaba a caer la tarde y las piedras de los edificios se doraban despacio, como una carne. Emilio me contó la leyenda de dos o tres de aquellos edificios y se jactaba de estas historias como de viejas glorias de familia. Íbamos a paso perezoso, deteniéndonos mucho. Por la calle de la Catedral unos niños se disputaban en el suelo a mordiscos y patadas un pedazo de hielo que se había caído de una camioneta. El pedazo pasaba de mano en mano y chillaban soltándolo, queriéndoselo llevar a la boca para esconderlo de los otros; dos o tres veces se revolcaron en racimo, agitando piernas y brazos, y era cada vez más pequeño. Al final uno de ellos levantó los puños apretados y cuando los abrió brillaba apenas una esquirla que se consumió goteando. Lanzó un grito de triunfo, y los otros le miraron con desconsuelo las manos vacías.

Yo me paré a mirarlos y a Emilio le interrumpieron su discurso.

—Qué chicos —dijo con antipatía, subiéndose a la acera.

Luego vio que yo me reía y me imitó, desconcertado.

—¿Te gustan los niños?

Hacía preguntas continuamente y me miraba con ojos ansiosos como si quisiera clasificarme, encasillarme.

—¿Qué niños? Según qué niños.

—Eres una persona rara —dijo después de un poco.

Languideció la charla y de pronto me pareció que no tenía ningún sentido nuestro paseo, que todo había sido forzado y postizo. En silencio volvimos hacia las calles del centro. Él estaba citado con unos amigos. Hablándome de ellos, sobre todo de un escultor que tenía su estudio en el ático del Gran

Hotel, volvió a ponerse locuaz. Por lo visto daba reuniones en aquel estudio, y me quiso animar para que yo subiera con él a conocer a este grupo.

—Sobre todo por Yoni, te encantará. Ha viajado mucho. Es de lo más libre y original.

Le prometí venir con él otro día. Estaba un poco cansado de su charla y quería llegarme hasta la estación para retirar mi equipaje de la consigna. A la puerta del Gran Hotel, un edificio lujoso, nos despedimos.

5

Al salir de los toros, no encontraban el coche. Traían en los ojos chispas de sol, del oro de los trajes, y caminaban aturdidas sorteando los automóviles que se ponían en marcha, la gente de la salida, los puestos de helados y gaseosas.

—No os perdáis de mí, niñas —dijo el padre de Gertru, volviéndose hacia ellas.

Gertru se paró a esperar a Natalia, que se había quedado rezagada.

—Ven, no te quedes atrás. Tú cógete del brazo.

—No, mejor sueltas; nos empujan menos. Si no me pierdo.

—Es que me tuerzo un poco con los tacones, ¿sabes?

Le hablaba sin mirarla, atenta al equilibrio de su peineta. Natalia se dejó coger del brazo. Sintió el ruido del traje de glasé.

—Qué incómoda debes ir con eso. No sé cómo puedes. No podías ni aplaudir.

Una señora le enganchó el encaje de la mantilla con los colgantes de una pulsera gorda. Se detuvieron a desprenderse. El padre de Gertru ya las estaba llamando desde el coche, con la bocina.

—Vamos, vamos, papá. Espera. Mira a ver, Tali. Yo creo que me la ha rasgado un poco.

Entraron al asiento de atrás. Gertru la primera y se tuvo que agachar mucho. Bajó la ventanilla y puso el mantón de manila para afuera muy colocadito. Arrancaron. Iban despacio, al paso de la gente, y algunos asomaban la cara al interior con curiosidad, hombres sudorosos con gorros de papel. Uno le tiró un beso a Gertru. Ella se puso a abanicarse muy deprisa.

—Qué calor, ¿verdad, tú?

Entraba el aire fresco, el murmullo de los comentarios. Salieron a lo asfaltado. El padre preguntó que adónde iban, que si llevaban a Natalia primero.

—No, no, si Tali se viene con nosotros. Te vienes, boba. Primero merendamos en casa, y luego lo que te he dicho.

—No sé qué hacer, de verdad; me da un poco de apuro —dijo Tali.

—Pero apuro por qué. Si ha sido él el que ha dicho que te quiere conocer. ¿No ves que le estoy hablando siempre? ¿No tienes ganas de conocerle tú?

Hablaban ahora con voz de secreto, mirando el suelo del coche.

—Sí, mujer, si no es por eso. Es que a lo mejor os molesto, y además yo al Casino no he ido nunca.

—Alguna vez tiene que ser la primera. ¿No te dejan tus hermanas?

—Ya lo sabes que sí me dejan.

—Anda, mujer, y te pinto un poco los labios, te pongo bien guapa. ¿No te hace ilusión?

Natalia se quedó mirando la calle. En el borde de la acera había gente parada, niños, manchas de colorado. Adelantaron al coche de los picadores que trotaba sonando campanillas.

—Ha quedado en llamar. Le decimos que nos guarde mesa. Me quito esto, merendamos. Sobre las ocho y media podemos llegar, ¿te apetece?

Merendaron en casa de Gertru, se mudó ella y llegaron al Casino a las ocho. Ángel, que había salido a la puerta a esperarlas, las vio venir del brazo arrimadas a la pared. Su novia le sonrió. La otra chica venía mirando para el suelo. Les dijo que estaba todo llenísimo, que la única mesa que había encontrado se la estaba guardando un amigo.

—Bueno, esta será Tali, me figuro —dijo mirándola.

—Sí, mira, Tali, te presento a Ángel.

—Vaya, encantando, la famosa Tali.

Ella le tendió en línea recta una mano pequeña y rígida que no se plegaba al apretón.

—Mucho gusto.

—Creo que eres un rato lista tú.

—¿Por qué?

—Ah, yo no sé. La fama de lo bueno llega a todas partes. Eso pregúntaselo a Gertru.

Se reía mirándola. Tenía un bigote rubio muy fino.

—Es que yo le he contado, ¿sabes?, que siempre me has ayudado a aprobar y todas las cosas. Lo salada que eres.

Gertru hablaba con una voz distinta de la suya de siempre, más nasal.

—Qué bobada —dijo Natalia—. ¿Entramos?

Subieron cuatro escalones. Le azaraba que la hubieran dejado entre los dos. Al final de los escalones se estacionaba un grupo de chicas que cuchicheaban señalando hacia adentro, a través de una puerta de cristales; se rozaban los vuelos de sus vestidos. Ángel se adelantó a sujetarles la puerta y salió una bocanada de calor con los acordes de un swing, delgados, buceando entre el barullo. Al entrar, sólo se veían personas paradas, espaldas pegando unas a otras como en las últimas filas de la misa de una. Una escalera. Columnas. Se abrieron paso.

—Uf, cómo está esto —dijo Gertru—. Mejor que vayas tú delante hasta la mesa. Ven, Tali. ¿Tenemos buena mesa?

—Muy buena, al borde de la pista.

Manolo Torre era el amigo que les estaba guardando la mesa. Se levantó al verles llegar, y después de las presentaciones se quería ir. Ángel le preguntó a Manolo que qué le parecía de su novia y él hizo muchas alabanzas de su belleza, con gracia y desparpajo. Tali era incapaz de mirarles a la cara a ninguno de los tres.

—Te advierto, oye, que la opinión de éste vale como ninguna en materia de chicas —dijo Ángel— y es exigente, ¿sabes? Todavía no se ha conocido casi ninguna a quien él haya dado diez. ¿A Gertru cuánto le das?

—Pues un nueve bien largo. Palabra.

Habían dejado de tocar. Tali miró a las parejas aglomeradas en filas compactas, que avanzaban apenas con un roce de suelas para salirse de la pista. Dejaban al descubierto las losas del suelo grandes, blancas, y los divanes de la orilla de enfrente, las mesas ocupadas por otras personas. «Que no hablen de mí», se repetía intensamente con las uñas clavadas en las palmas. «Que no me hagan caso ni me pregunten nada».

—¿Y esta amiguita tuya tan mona? —dijo Manolo.

Gertru la cogió del brazo desde su silla.

—Del Instituto. Pero es boba, le da apuro venir aquí.

Manolo puso gesto de conquistador. Echó el humo con ojos entornados.

—¿De veras? Va a haber que quitarle la timidez. Pero mírame, mujer, que te vea los ojos.

Ella los levantó hacia arriba, hacia una barandilla circular sostenida por las columnas, con gente asomada.

—¿Allí arriba qué hay? —preguntó con mucho azaro.

—¿Allí? Nada. La galería. En los balcones que dan a la calle se ponen las parejitas melosas que están en plan —explicó Ángel sonriendo.

—No, y por respirar también, chico. Esto de abajo se pone tremendo —y Manolo se pasó dos dedos por el cuello de la camisa—. ¿No notáis calor?

Los cuerpos de los que salían de bailar se dirigían a buscar el desagüe de la esquina y se dispersaban despacio hacia el bar o el salón de té, con un frotar de suelas. Toñuca y Marisol, que venían del salón de té, intentaban abrirse paso una detrás de otra, contra la corriente.

—Mira, por aquí —dijo Toñuca consiguiendo una pequeña brecha entre las espaldas de la gente—. ¿Me hace el favor?

Contra las paredes y las columnas, los grupos de los que estaban de pie defendían de los empellones una copa o un plato con almendras. Marisol se paró a pedirle fuego a unos muchachos.

—Tú —la llamó Toñuca, empinándose.

La vio venir con el pitillo encendido, volviéndose para atrás y hablando algo a aquellos chicos. Le preguntó de qué los conocía.

—¿Yo? De nada. De que me han dado lumbre. Igual se vienen con nosotras, si nos quedamos aquí. Parecen simpáticos.

—Oye, ¿pero no querías ir al tocador?

—Que no, mujer, qué va. Era un pretexto para salir de ahí dentro. Qué amor le tenéis a ese salón de té. Esto está mucho más animado.

Continuamente entraba gente nueva. Las muchachas recién llegadas fingían una altiva mirada circular como si buscasen a alguien, y hablaban unas con otras entre la confusión, sin avanzar. Dijo Toñuca que allí sin sentarse estaban como desairadas.

—Ay, chica, pero bailaremos, cuánto prejuicio tenéis. ¿No ves que a esa mesa de dentro no se atreven a acercarse? Si somos las mil y una niñas. ¿De dónde sacáis tantas amigas?

Toñuca no atendía ahora. Había puesto una cara sorprendida.

—Anda, si está ahí Manolo Torre.

—¿Quién?

—Nada. Manolo Torre, un chico que le gusta a Goyita.

—¿Cuál es?

—Ese de oscuro de la primera mesa. No mires tan descarado.

—¿Ese que mira ahora? Oye, qué mueble bizantino; está un rato bien el tío. ¿Y le conoces? Te dice no sé qué.

Toñuca le saludó con una sonrisa.

—Nada, me dice hola. No sé si entrar a contárselo a Goyita para que lo sepa.

—Déjalo, mujer, estate aquí conmigo hasta que vuelvan a tocar. ¿Es que no es de aquí ese chico?

—Sí, pero suele estar en la finca.

Manolo miró de reojo las caderas de Marisol.

—Oye —le dijo por lo bajo a Ángel—, ¿quién es esa chica de verde que está con la hermana de León?

—¿Esa del pitillo? No sé. Será nueva. ¿Se tima contigo o conmigo?

—Yo creo que conmigo.

Los músicos, vestidos de azul eléctrico, volvieron a coger los instrumentos con pereza. A Gertru le entró hormiguillo en los pies, quería bailar, salir de los primeros, antes de que se llenara la pista. Se puso de pie y cogió de la mano a Ángel. A Manolo le dejaron solo con Natalia.

—¿No te importará quedarte con ella hasta que volvamos, verdad? ¿O tenías prisa?

—A mí no me importa nada quedarme sola —dijo ella con los ojos serios.

—No, hombre, me quedo yo contigo, bonita, para que no te coma el lobo.

Estaban sentados en las esquinas opuestas y ella no le miraba. Vino un camarero y les preguntó que si iban a tomar algo.

—Vamos, pequeña, ¿qué tomas tú?

Dijo que sidra. Sidra no tenían.

—Toma un coñac. Verás qué rico.

—No. No tomo nada.

—Yo un coñac con seltz.

Se debía ver bien la pista desde aquella barandilla de arriba, se verían pequeñitas las cabezas. Y mejor todavía asomarse desde un avión que planeara encima de este hormigueo. O más alto, desde la torre de la Catedral.

—¿Qué miras?

—Nada.

Manolo arrimó su silla un poco.

—Te me has quedado muy lejos. Parece que no estemos juntos, ¿verdad?

—Y no estamos juntos.

Él se echó a reír. La miró desconcertado.

—¿Sabes que eres una fierecilla?

Marisol mientras tanto le taladraba con ojos lánguidos apoyada contra su columna. A Toñuca la sacaron a bailar y le preguntó que si no le importaba quedarse sola.

—Por Dios, qué disparate —dijo ella sin dejar de observar a Manolo—. No me conoces a mí.

Manolo se puso de pie y cogió a Tali de la mano.

—Anda, fierecilla.

—¿Qué quiere?

—Nada, mi vida, que bailemos. Pero por amor de Dios, monada, no me trates de usted.

Ella no se movió de su sitio.

—No sé bailar.

—Pero te enseño. Esto no se arregla hasta que bailemos, ya lo verás.

—¿Qué es lo que se arregla?

A Manolo se le puso una voz impaciente.

—Nada, hija, no sé. No te voy a estar rogando. ¿Quieres que te enseñe a bailar, sí o no?

—No.

—Pues te aseguro que es un plan el tuyo, rica, no sé para qué vienes.

Se sentó otra vez de medio lado. Marisol le miró con sorna; se miraron de plano esta vez. Tali bajó la cabeza al mantel y se puso a desmenuzar una pajita. Dijo:

—Es que yo no sé bailar, de verdad. Me da vergüenza. Vaya a sacar a otra chica. A mí no me importa, porque me marcho en seguida.

Él dio las gracias o dijo algo.

Dejó unos billetes debajo del cenicero y se fue. La animadora tenía cara de payaso. Debía estar sudando debajo de aquella mueca estirada que le disfiguraba el rostro. Al quedarse sola, sentía Natalia que le zumbaba todo el local vertiginosamente alrededor. Estuvo un rato con los ojos cerrados. Luego cogió el bolso de Gertru de encima de la silla y buscó dentro. Lápiz no tenía. Llaves, cartas, fotos, una barra de labios. Con la barra se escribía muy gordo, pero servía igual. Escogió una cartulina alargada: «Los jefes y oficiales del Aeropuerto invitan a usted...», y debajo en letras rojas dejó escrito: «Me voy porque me ha entrado mucho dolor de cabeza. N». Miró a la pista ciega, atestada, bajo la gran claraboya de cristales. A Gertru no la veía. Se levantó y salió. Pasó al lado de Manolo Torre que se había apoyado en la columna y le estaba encendiendo un pitillo a la chica de verde.

—¿Yo? La primera vez que veo a una persona —estaba diciendo ella—, igual que si nos conociéramos de toda la vida.

—¿Por qué no nos vamos arriba? —dijo Manolo mirándole la cara a la luz de la cerilla—. Te rapto para mí.

Natalia salió a la calle. Se sentía arrugadas las medias de cristal, arrugado el vestido de seda rojo. Todavía no se había ido el día del todo; quedaba algo de luz. Desde uno de los balcones de la galería alta, los torsos inclinados de espaldas al barullo de dentro. Manolo y Marisol, que acababan de asomarse, la vieron vacilar antes de cruzar la pequeña plaza.

—¿Conque igual que si nos conociéramos desde pequeños, eh? Qué diablo, tienes cara de diablo, lo estaba pensando antes. ¿Cómo te llamas?

—Marisol. Oye, es bonita esta plaza, muy romántica. Esa niña que sale ahora es la que estaba sentada contigo, ¿no?

—Sí. Antes me ha dado calabazas.

—¿Calabazas de qué?

—De bailar, ¿qué te parece a ti?

—Pues muy bien, porque si no, a lo mejor no te conozco.

Manolo la cogió del brazo; vio que se dejaba.

—¿No conocerme? Difícil. Era una cosa fatal. Marisol, preciosa, estaba preparado para esta tarde.

El cielo estaba moteado de vencejos altísimos, blanco, inmenso, como desbordado de una gran taza. Natalia respiró fuerte mientras se alejaba hacia las calles tranquilas. Enfiló la de su casa que hacía un poco de cuesta. Todavía llevaba dentro de la cabeza el eco de la música estridente y confusa de la fiesta.

Retrasó el paso cada vez más hasta llegar a su portal. Julia se asomó al mirador y la llamó.

—Tali, ¿qué haces ahí parada?

—Nada, hola. Es que no sé si subir todavía o darme una vuelta.

—¿A estas horas?

—No es tan tarde; no serán ni las nueve.

—Casi me iba contigo —dijo Julia.

—Pues baja.

—¿No te importa?

—Claro que no.

Julia se peinó un poco y se lavó los ojos con agua fría. A pesar de todo, su hermana le notó que los tenía rojos de haber llorado. Echaron a andar. Julia le preguntó que qué tal le había parecido el Casino y Tali dijo que bien, que se había venido porque tenía mucho calor. La otra no le preguntó nada más, tenía un aspecto distraído. Junto a la pared Norte de la Catedral, por la callejita, venía un aire fresco.

—Está buena la tarde —dijo Julia—. En casa te emperezas cuando te quedas sola. Me duele más la cabeza.

—¿No has salido? ¿Por qué no salías?

—Qué sé yo.

—¿Qué estabas haciendo?

—Un solitario. No tenía ganas de coser.

Doblaron la esquina de la Catedral. Estaba abierta la puertecita de madera que llevaba a las habitaciones del campanero y a la escalera de la torre. Julia no había subido nunca a la torre y su hermana le propuso que subieran; no podía comprender que no hubiera subido nunca.

—Anda, verás qué bonito, si es lo más bonito que hay. Te encantará. Se te despeja el dolor de cabeza.

Entró delante de ella con aire experto y decidido.

—No sé si se nos va a hacer tarde para la cena.

—No, mujer. Subir y bajar. Tú sígueme a mí.

La escalera de caracol estaba muy gastada y en algunos trozos se había roto la piedra de tanto pisarla. Julia se quedaba atrás y cuando estaba muy oscuro llamaba a su hermana, le decía que no fuera tan deprisa, que daba un poco de miedo a aquellas horas.

—Si voy aquí, boba. Te estoy esperando. ¿Puedes?

Llegaron a la primera barandilla. Tali no quería que se asomara Julia, decía que era mucho más bonito desde arriba, que siguieran y sería más ilusión.

—Anda, mira que eres, no te pares aquí. Si sólo falta otro poco como lo que hemos subido para llegar a las campanas.

—Se ve bien desde aquí ya.

—Mujer, no te asomes.

—Otro día, guapina, hoy es un poco tarde. Otro día vuelvo contigo y subo hasta lo último, de verdad. Hoy nos quedamos en ésta.

Salieron a la barandilla de piedra. Tali se empinó con el brazo extendido y le brillaban los ojos de entusiasmo.

—No seas loca —dijo su hermana, sujetándola—. Te vas a caer, ¿no te da vértigo?

—Qué va. Mira nuestra casa. Qué gusto, qué airecito. ¿Verdad que se está muy bien tan alto? Mira la Plaza Mayor.

Julia no dijo nada. Paseó un momento sus ojos sin pestañeo por toda aquella masa agrupada de la ciudad que empezaba a salpicarse de luces y le pareció una ciudad desconocida. Escondió la cabeza en los brazos contra la barandilla y se echó a llorar. Después de un poco, sintió que su hermana le ponía la mano sobre el hombro.

—Julia, no llores, ¿por qué lloras?

No levantó la cabeza. Oía los chillidos agudos de los pájaros que se iban a acostar y casi las rozaban con sus alas.

—¿Qué te pasa? No llores. ¿Es que has vuelto a reñir con papá?

—No —dijo entre hipos—. Sólo lo del otro día.

—¿Entonces? Háblale tú. Seguro que ya no está enfadado.

Julia levantó la cabeza y dijo con rabia:

—Pero yo no le quiero pedir perdón, yo no le tengo que pedir perdón de nada. Me quiero ir a Madrid, me tengo que ir. Si vuelvo a hablar con él es para decirle otra vez lo mismo. Se enfada y no quiere entender; Miguel también está enfadado, no me escribe. Yo no les puedo dar gusto a los dos.

Se conmovió al ver que Tali estaba escuchando con los ojos fijos y brillantes, al borde de las lágrimas.

—¿Qué hago, dime tú, qué hago? La tía y Mercedes también están en contra mía.

Natalia sacó una voz solemne.

—Si te vas a casar con Miguel, haz lo que él te pida. A él es a quien tienes que dar gusto. Espera a que se pasen las ferias, y si no viene a verte, ya lo arreglaremos para convencer a papá. O podemos escribir a los primos.

—Es que él quiere que esté bastante tiempo. Que vaya casi hasta que nos casemos —dijo Julia.

—¿Y tú también quieres?

—Yo también. No podemos estar siempre así, separados, riñendo por las cartas. Tali, no se puede. ¿Verdad que no tiene nada de particular que vaya yo? Tengo veintisiete años, Tali. Me voy a casar con él. ¿Verdad que no es tan horrible como me lo quieren poner todos?

Le buscaba con avidez el menudo perfil inclinado hacia las calles solitarias, apenas con algún ruido que llegaba ajenísimo.

—Me parece maravilloso que te quieras ir. Te tengo envidia. Ya verás cómo se arregla.

Ya había puntas de estrellas. Encima de sus cabezas chirrió la maquinaria del reloj, que era grande como una luna, anunciando que iban a ser las nueve y media en la ciudad.

6

La pensión América era una casa estrecha con desconchados debajo de los balcones. Se llamaba abajo, y abrían la puerta tirando de una cuerda desde el primer piso; tenía platos de cobre en la pared a derecha e izquierda, según se subía. Yo, durante varios días no fui más que para dormir, temprano, como era mi costumbre, y solamente vi a la mujer de pelo gris que me sostenía la cuerda de la puerta y me miraba subir los primeros peldaños desde el final del tramo; había cambiado con ella las palabras indispensables para el alojamiento. Me dio una habitación muy grande donde parecía navegar la cama sobre el piso fregado de madera. Era una cama de matrimonio; blanqueaba vagamente el embozo de la sábana bajo una luz escasa en el centro del techo altísimo.

Una noche me dio pereza salir a cenar a la calle porque me había pasado la tarde leyendo en mi cuarto y pensé tomar un bocado en la misma pensión. Salí al pasillo. No había nadie. Todas las puertas estaban cerradas menos una, al fondo, por cuya abertura salía a los baldosines el resplandor de dentro tendido en una raya gruesa y oblicua. Empujé la puerta; era el comedor, una habitación más bien pequeña con mesas preparadas. Al pronto no vi a nadie; luego, mientras entraba, sentí una presencia a mis espaldas y me volví un poco sobrecogido. La puerta, al empujarla, me había ocultado una mesa más que estaba en el rincón. Sentada a ella había una chica pálida con el pelo oxigenado peinado muy tirante y grandes pendientes de bisutería en forma de aro. Había apartado un poco su cubierto y estaba acodada con la cara descansando en la mano izquierda. Los ojos levantados, me miraba sin pestañear. Yo di las buenas noches y aparté una silla para sentarme.

—Hola —saludó ella familiarmente, con un movimiento de la cabeza.

Me senté. Al principio miraba obstinadamente el mantel manchado de vino tinto. Luego levanté los ojos y ella me seguía mirando. Su rostro completamente vulgar, parecido al de otras chicas rubias que había visto muchas veces me produjo una sensación de sosiego y somnolencia. Se sonrió.

—¿Eres nuevo?

No contesté inmediatamente. Sobre la pared, detrás de su cabeza, se agrandaba la sombra de la lámpara de cristal con sus tubitos opacos y movedizos colgados circularmente como flecos.

—¿Nuevo? No, no. Ya he venido hace días.

De una puertecita que había a la derecha medio camuflada entre dos altos aparadores oscuros, salió la mujer del pelo gris y vino olor de guiso y un chirrido de aceite en sartén. Pasó por delante de mi mesa y se quedó mirándome con expresión atónita. Me preguntó que si iba a cenar y le dije que sí.

—Pero esa mesa está ocupada. Si va a cenar todos los días, le pongo una para usted.

—No, todos los días no. Por de pronto, hoy. Creo que terminaré antes de que vengan las personas que la ocupan. Tardo poco en comer.

No se movía ni dejaba de mirarme.

—Yo ya digo, es que esa mesa, claro, ahí se pone siempre don Ernesto con el chico; si fuera usted a cenar siempre, le ponía una. Ya con sus botellas y cosas y todo...

—Ya le dije el primer día que no pensaba comer ni cenar aquí, pero ¿no me puedo poner en otro sitio?

—Sí, hombre, siéntate aquí conmigo —interrumpió la chica rubia.

Los dos miramos hacia su mesa. Había hablado sencillamente, con cierta autoridad, y ahora estaba retirando su bolso de encima del mantel para hacerme sitio.

—Lo que es como te metas en discusiones con ella, no acabáis en toda la noche. Anda, ven. Ponga usted aquí su cubierto, Juana.

La mujer nos miraba alternativamente, de pie entre las dos mesas, y parecía que se concentraba en esperar mi decisión. Cuando vio que me levantaba y me sentaba enfrente de la chica, me colocó el cubierto sin decir nada y desapareció. Volvió a estar todo en silencio. Ningún crujido ni voces revelaban la presencia de personas al otro lado de la puerta que daba al pasillo.

—Muchas gracias.

—Hijo, de nada. Lo hago por egoísmo, porque no puedo con las monsergas.

Tenía la mano rodeando un vaso de vino y reconocí las uñas afiladísimas laqueadas de rojo. La noche que llegué no tenía sueño y me asomé varias veces a la ventana de mi cuarto que daba a un callejón trasero. Mirando los perfiles de las casas, tenía una prisa nerviosa por dormir y que se hiciera de día, porque se borrara aquella luna apepinada y vacilante que parecía un barco, y el cuarto y el callejón y yo mismo nos hiciéramos reales y tuviéramos nuestro sitio a la luz del sol. Una de estas veces que me asomé, tuve un susto. Al nivel de mi ventana, un poco a la izquierda, tan cerca que hubiera podido tocarlo, sobresalía el brazo blanco e inmóvil de una mujer, sosteniendo entre los dedos un cigarrillo. Eran estos mismos dedos que ahora sobaban el vaso de vino.

—¿Dónde te metes? —me preguntó—. No te había visto nunca.

Hablaba en voz un poco baja, como si alguien fuera a oírnos. Yo al principio no noté que estaba bebida. Le hablé sin levantar los ojos de su mano, le dije que tenía mi habitación al lado de la suya. Me resultaba fácil tutearla como ella hacía.

—¿Al lado? Qué risa. ¿Es que me conocías ya?

—No te había visto hasta esta noche.

Me obligó a mirarla. Se inclinó de codos hacia mí. Entonces vi el brillo lechoso y mortecino de sus ojos, la mueca tirante con que se reía.

—Eso sí que tiene gracia —dijo—. ¿Es un acertijo? A mí me gustan los acertijos y tú me intrigas. Quieres que me interese por ti.

Le conté lo de la noche que le había visto las manos en la ventana. Y se rió mucho. Dijo que qué romántico. Me espiaba la expresión y yo no me reía.

—Me gustas tú porque cuentas las cosas sin chunga —dijo—. Parece mentira lo serio que eres. No se lo puede una ni creer.

Le salía una luz turbia mirándose la mano izquierda levantada en el aire.

—Qué emoción, conocerme por las manos, chico. No me había pasado nunca.

Luego me preguntó que si tenía novia y le dije que no.

—Me alegro. No me gusta alternar con los chicos de novia. Casado ya no me importa. De eso no te pregunto.

Durante la cena bebió sin cesar. Me contó que era la animadora del Casino; que ya hacía años que tenía ese oficio y me explicó cómo era el traje de lentejuelas con el que había debutado en un café de Cáceres, que todavía lo guardaba porque le estaba muy bien. Se llamaba Rosa, pero en los carteles le ponían Rosemary. Me preguntó cómo me llamaba yo. Era de un pueblo de Madrid. Me habló mucho rato del río de su pueblo, un río hermosísimo, y de los baños que se daban en el verano sus hermanos y ella. Cuando terminamos de cenar, se quedó en silencio con la cara apoyada en las palmas de las manos. A mis espaldas estaba el balcón abierto. Era una noche muy clara; se veía enfrente el caserón grande que estaba en la esquina de la curva que bajaba hacia el río, con sus rejas cruzadas en las ventanas. Tenía curiosidad por aquel edificio y le pregunté a ella que si era la cárcel.

—Qué va. La cárcel no. Me parece que es el manicomio. Ya ves, yo vine aquí porque necesito ahorrar y me dijeron que era barato, ¿verdad?; pues luego me alegré cuando supe lo del manicomio. Siempre es mejor tenerlo cerca, ¿no te parece?, por si acaso, que de tanto ir de acá para allá y unos y otros, no tendría de particular, pero nada, que un día... Oye, yo he bebido mucho —dijo sin transición—. Estoy mareada.

Se restregó los ojos y los dejó escondidos descansando en la mano.

Habían entrado otras personas en el comedor y nos miraban. Yo me empecé a encontrar a disgusto y se lo dije a ella.

—Que nos miran, ¿verdad? —dijo en voz alta y destemplada—. No, si no me extraña. Aquí la animadora, lagarto, lagarto, y los que van con ella igual, cosa perdida. Anda, vámonos, que miren a su padre. Me acompañas a mi cuarto y así te enseño fotos del río de mi pueblo. Nos metemos los dos en mi cuarto, nos sentamos en la cama, ¿quieres?

Apuró lo último del vino y se levantó. Yo hice lo mismo. Salió al pasillo delante de mí; andaba con paso inseguro sobre sus altos tacones.

Esperé a que abriera la puerta de su cuarto y diera la luz. Encima de la cama, medio deshecha, había un kimono rojo. Lo apartó para atrás.

—Siéntate aquí. ¿Dónde tengo las fotos ahora? Ah, sí, aquí. Tú las miras y yo me tumbo un poco, luego si se me pasa el mareo salimos. Me gusta estar contigo, Pablo. Te llamas como un chico de Guadalajara —se reía apoyando la cabeza en la almohada—, uno que era linotipista. ¡Ay, ya no hablo más, me da todo vueltas!

Me dio el grupo de fotos. Delante de unos árboles que se veían al fondo había varias muchachas con trajes de verano. Estaban muy chiquitas y no se veían bien.

—¿Eres tú alguna de éstas?

Se incorporó y dijo que no, que era su hermana Vale, que se parecían mucho. Me señalaba una cualquiera de las cabecitas con la uña puntiaguda del meñique, acercando su cara a la mía. Luego se volvió a tumbar. Todas las fotos estaban hechas en el mismo sitio y eran parecidas; las miré despacio una por una sin decir nada. Luego se las metí en el bolso abierto. Ella se había puesto una mano por los ojos.

—No me pongo mejor, oye, qué mal ahora, qué dolor de cabeza, tengo una náusea... no vamos a poder salir.

—No te preocupes de eso, no hables, a ver si se te pasa.

Me levanté y le quité con cuidado los zapatos, luego quité las cosas de encima de la cama y la tapé con la colcha, le puse sobre la frente un pañuelo mojado en agua fría. Ella se dejaba hacer sin abrir los ojos.

—Qué bueno eres, qué bueno, no hay nadie como tú; tú no te aprovechas de verme borracha.

Lloraba silenciosamente con los ojos cerrados. Y las lágrimas le formaban regueros por el maquillaje.

—No hables, no te muevas; tranquila.

—Por Dios, cuando te vayas que no te vean salir. Haz poco ruido, no sabes cómo son, que no te sienta nadie, tú de puntillas.

—No me oirán, no llores, anda, ¿te apago?

Todavía estuvo diciendo cosas durante algún rato, cada vez más incoherentes, hasta que se durmió y yo me fui a mi cuarto.

7

Julia subió el escalón con las rodillas, y acercó los ojos a la rejilla de su lado que acababa de abrirse. Distinguió confusamente los rasgos abultados del rostro de don Luis.

—Ave María Purísima.

—Sin pecado concebida.

—Padre, soy Julia.

—Ah, Julia. Julita. Vamos a ver, hija.

Siempre aquella cosa en la garganta, como un latido apresurado que entorpecía las primeras palabras. Siempre desde pequeña, y cada vez más agudizado. Sentía a sus espaldas las luces de las velas, los cánticos, los rezos, los ojos guiñados de los santos, mezclarse, menearse en un jarabe espeso y giratorio que se aplastaba contra ella inmovilizándola de cara a la madera, aturdiéndola con su hervor confuso. Apretó dentro del bolsillo de la chaqueta el papel arrugado y sobadísimo. Antes, a la luz escasa de una bombilla lo había estado repasando, pero la verdad es que fue más bien por deleite. Lo había escrito anoche, cuando el insomnio.

—Verá, padre, que algunas veces cuando he ido al cine, me excito y tengo malos sueños.

La cuestión era empezar aunque fuera con un rodeo, despegar la lengua, sentírsela húmeda.

—El cine, siempre el cine, cuántas veces lo mismo. Ahí está el mal consejero, ese dulce veneno que os mata a todas. Pero sueños, ¿cómo dormida?

—Sí, padre, casi siempre dormida. Aunque anoche no tanto. Anoche estaba bastante despierta y lo pensé porque quise. Y si estoy dormida, cuando me despierto me gusta haber soñado esas cosas.

—Pero de qué son esos sueños, vamos a ver. Anoche, por ejemplo, ¿qué soñabas?

—Nada, acordándome de mi novio, sobre todo de esa vez que fui a verle en Santander a su pensión, y de cuando nos bañábamos ese verano, y nos íbamos solos hasta las rocas.

—Pero, hija de mi alma, eso ya está confesado y perdonado mil veces. No te atormentes con pecados viejos. Después de aquello, Dios ha tenido misericordia de ti y te ha dado siempre fuerza para perseverar en el camino de la virtud. —Julia guardó silencio—. ¿No es así?

—Sí, padre.

—¿Entonces?

—Pero la tentación la tengo siempre. Yo creo que si le viera mucho, volvería a pasar lo de aquel verano. Anoche me desperté y estuve escribiéndole cosas como las que me escribe él, diciéndole que me acordaba mucho de todo lo de ese año cuando nos hicimos novios, que es mentira cuando le digo que me enfado por las cosas que me dice él en las cartas...; lo más malo que se puede usted figurar, con el deseo de excitarle.

—Bueno, bueno... ¿Le has mandado esa carta?

—No. La tengo aquí. La voy a romper.

—Bien, hija. ¿Ves cómo Dios no te abandona? ¿Ves cómo permite que tengas tentaciones para hacerte salir victoriosa de ellas? Los grandes edificios se levantan granito a granito.

Julia lloraba.

—Vamos, vamos. Estás haciendo un bien muy grande en un alma tibia y endurecida como la de ese muchacho. No decaigas, no eches abajo toda tu labor. Solamente a sus elegidos les pone Dios misiones tan duras. Piensa que cuando te cases, tienes que seguir influyendo en su alma.

—Pero, padre, si no influyo nada; si sigue pensando igual que antes. Si no aprecia nada lo que hago por él, se ríe de mí, dice que soy una ñoña.

—Sí lo aprecia, hija mía. En el fondo de su alma lo aprecia. La pureza es el adorno más fragante del alma de una joven y su blancura llega a los sentidos de todos los hombres. ¿Cuándo os casáis por fin?

—No sé. Yo digo que para la primavera. Ahora está enfadado.

—Bien, hija mía, bien. Yo rezaré por ti. ¿Algo más?

Julia quería hablar más, pero don Luis tenía voz de prisa. Ahora las mentirillas, el cotilleo, las malas contestaciones a la tía. Don Luis escondió un bostezo. Estaban cantando el «Cantemos al amor de los amores». La iglesia se apaisaba, dejaba de girar. Los altares, las velas y los santos volvían a sus sitios, desfilaban por la canción en línea vertical, despacio, como cuando se pasa un mareo.

—No vuelvas mucho al cine, hija. Hace siempre algún mal.

—Voy esta tarde; pero es dos erre. «Marcelino pan y vino», una de un milagro.

Mientras escuchaba la penitencia, miró la hora de reojo. Luego bajó la cabeza para recibir la absolución.

—Vete con Dios, hija. Tranquila.

La vieron entrar en el banco con la mirada recogida. Allí estaba su bolso. Doña Laura. De rodillas, mirando a las bombillitas que nimbaban los cabellos de la Milagrosa, perdida entre mujeres de oscuro, sintió mucho arrepentimiento. No había sido mala confesión. Rezó la Salve, fijándose mucho en lo que decía, y le pareció muy hermosa y muy dulce la actitud de la Virgen con los brazos caídos, y que la miraba. Luego salió a la calle, los ojos refrescados por un poco de llanto, y esparció en pedacitos minúsculos los papeles de la carta. Cruzó a casa a dejar el velo y a pintarse un poco. Isabel y Goyita ya la debían estar esperando a la puerta del cine.

Al entrar en el portal, casi se tropezó con un hombre que estaba sentado en el primer peldaño, fumando. A lo primero no le reconoció, a contraluz y con el susto. Él la abrazó por las rodillas y levantó la cara riendo.

—¡¡Miguel!! ¿Cuándo has venido? Me figuraba, fíjate; me lo figuraba que no ibas a avisar si venías. Pero suéltame, hombre, que me caigo, ¡ay!

—¿Dónde has ido? Te he llamado por teléfono tres veces.

Julia se separó y él se puso de pie. Traía una cazadora de cuero bastante manchada y no estaba bien afeitado. Se miraron.

—Me había ido a confesar.

—¡Qué guapa estás! Venga, vámonos, hay que aprovechar la tarde.

Ella quería subir a cambiarse de traje, pero no la dejó. La empujó a la puerta y echó a andar a su lado, cogiéndola por el pescuezo. De broma le daba meneones, columpiándola hacia sí. La despeinaba.

—Hombre, déjame. Déjame que guarde el velo por lo menos. Toma, guárdamelo tú.

—Ay Dios, cuánto velo, cuánta confesión. ¿Pero qué pecados tienes tú, si debes tener la conciencia como una patena de tanto limpiarla y relimpiarla?

Julia iba a disgusto, se sentía el moño medio deshecho. En el reloj de la barbería vio que eran menos cinco.

—Vamos a torcer por aquí —dijo él—. Vamos al río, a aquel sitio que fuimos la otra vez que vine a verte.

—No, verás. Yo primero tengo que ir a dar un recado a unas chicas amigas mías. No tardo nada.

—Venga, no empieces con planes, ya irás luego.

—Que no, hombre, que me están esperando a la puerta del cine, no les voy a hacer esa faena. Si es un minuto. Les digo que has venido y ya. Si me quieres esperar aquí en la barbería, de paso te afeitabas.

—Déjame de afeitados, voy bien así.

—Hombre, qué te cuesta. Mira que te presentas a verme de una facha y vestido de un modo...

Miguel sacó una voz segura y decidida.

—Te he dicho, Julia, que voy bien como voy. Si quieres presumir de novio delante de tus amigas, yo no soy ningún maniquí. Te buscas uno.

Siguieron en silencio. Ella hizo un gesto para desprenderse de la mano de él. Él la afianzó más fuerte.

—A ver dónde es ese cine.

—Pasada la Plaza.

—Mira que son unos problemas... Si no llegabas, ya entrarían ellas sin ti. El caso es buscarse compromisos, cosas que le aten a uno. Siempre igual.

Desde lejos vieron a las amigas, que estaban a la puerta del cine. Se habían salido a la calzada y miraban al arco de la Plaza, de donde arrancaba la calle.

—Hija, qué horitas —le saludó Isabel cuando la vio llegar—. Y cinco —y miraban las dos a Miguel disimuladamente—. Nos perdemos el Nodo.

Julia les explicó que había venido su novio a verla, y se lo presentó.

—Chica, qué ilusión te habrá hecho, ¿no?

—Fíjate, bárbaro. Además, de sorpresa.

—Y que ya no le esperaban, ¿ves, tanto lamentarte? No son tan malos los novios —comentó Isabel con una risita.

Miguel, después de darles la mano, se había quedado un poquito aparte y miraba para otro lado. Julia le cogió del brazo.

—¿Vienes para muchos días? —le preguntó Isabel, mirándole.

Él desvió la vista.

—No sé.

—Por lo menos que se quede a la «kermesse» del domingo, ¿no?

—Ya veremos —dijo Julia—. Igual se va mañana. Éste es así.

—Oye, es verdad que se parece un poco a James Mason —dijo Goyita, que le había estado mirando sin decir nada.

Se despidieron y Julia les pagó su entrada. Dijeron ellas que la podían cambiar por otras dos que estuvieran juntas, y así ya tenían sitio donde ir, que localidades había todavía en la taquilla.

—Resolvíais la tarde.

—Qué manía de meterse donde no les importa, qué tías —comentó Miguel cuando se separaron—. Venga, vámonos rápido.

—¿No quieres que cambiemos la entrada? A mí me hace bastante ilusión esta película.

—No, hombre, rómpela de una vez. En el cine nos vamos a meter, para que nos sigan controlando esas dos.

—No sé qué manía les has tomado sólo verlas, habrán dicho que eres un grosero.

—Si es que me pone malo esa voz tan tonta que sacabais las tres hablando de mí, tú igual que ellas, no se puede aguantar. Y ya les has ido diciendo que me parezco a James Mason, te debes pasar el día hablando estupideces. Sabes que estas cosas son las que me sacan de quicio.

—Pues Goyita no es nada tonta. Es muy amiga del invierno, de cuando íbamos al corte, y una chica bien maja. Lo de James Mason no se lo dije yo, palabra, lo dijo ella por un retrato tuyo que me vio una vez, el que llevo siempre en la carterita.

Pasada la Plaza dijo Miguel:

—Bueno, con esto se acaban las monsergas de hoy. No he venido para reñir; estar tarde no quiero reñir contigo para nada.

—Si eres tú el que riñes.

—He dicho que basta.

Bajaban ya camino del río. Hacía un poco de aire y Julia se abrochó la chaqueta. Él la cogió por los hombros y la atrajo fuertemente hacia sí. Sentía ella la presión de la mano a través de la tela; iba mirando furtivamente por si veía a alguien conocido.

—Casi no me dejas andar.

—Mejor.

—¿Con quién hablaste antes por teléfono?

—Con uno que debía ser tu padre.

—¿Cómo que debía ser? ¿No le has saludado?

—No.

—¿Por qué?

—Qué sé yo. Tampoco me ha saludado él a mí.

—¿Le dijiste quién eras?

—No.

—¿Entonces cómo te iba a saludar?

—Porque me conoció de sobra.

—Qué bobada. Si te hubiera conocido..

—Te digo que me ha conocido, qué ganas tienes de discutir. Ha estado seco y antipático, por eso no le he saludado yo.

—Y también porque no tenías ganas.

—Bueno, también porque no tenía ganas.

En el Puente Nuevo, Julia se soltó con el pretexto de arreglarse el moño y luego se acodó sin decir nada a mirar el agua del río que venía de color chocolate. Miguel, después de un poco, se puso a acariciarle el pelo, pero ella no se movió ni despegó la barbilla de las manos cruzadas. Olía fuertemente a gasolina de un camión que estaba llenando su depósito en el puesto que había en la entrada del Puente. Dijo Miguel que le parecía que no se había alegrado de verle, que qué le pasaba y como ella seguía muda, le separó bruscamente las manos de la cara.

—Di. ¿Por qué estás rara? ¿Qué te pasa?

—Nada.

—Pues háblame, di algo. ¿Has arreglado lo de ir a Madrid este invierno?... Pero hija, ¿por qué te pones a llorar? No te hagas la víctima de nada, no formes historias, ¿qué te he dicho para que llores?

La apretaba un brazo nerviosamente. Julia hizo fuerzas para volver a la postura de antes. Ponía, al sorberse las lágrimas, un gesto terco de incomprendida.

—Pero ¿qué te pasa? Explícamelo sin andar con lloriqueos, por lo que más quieras.

Ella levantó una cara irritada.

—Pero qué quieres que me pase. Lo de mi padre. Que parece que lo haces para fastidiar. Arriba tenías que haber subido a buscarme. Eso es lo que tenías que haber hecho, para que se vayan arreglando las cosas, en vez de ponerlo todo cada vez peor. Me preguntas que qué me pasa.

Arrancó a andar y a los pocos pasos se volvió a mirarle.

—Así cómo querrás que me dejen ir a Madrid ni nada. Eres egoísta, egoísta —dijo con voz rabiosa—. Todo que lo resuelva yo sola, tú nada, tú molestarte, de eso nada. Allá que me las componga, a ti qué te importa; pedir eso sí: que vengas a Madrid, a tu padre le dices lo que sea, a mí me importa un comino, como si fuera tan fácil.

Miguel se despegó de la barandilla del puente y echó a andar con ella, dejándola terminar tranquilamente. Después dijo con una voz normal:

—Tienes veintisiete años, Julia. Tienes que comprender que no te vas a pasar la vida atada a los permisos para cosas que son importantes para nosotros. A veces me has parecido inteligente, y que comprendías esto.

—Te mataba, te mataba —exclamó ella con voz de lágrimas y volviendo a mirarle enconadamente—. No entiendes nada, déjame en paz. Tú sí que no entiendes nada.

Se había detenido un momento para hablar y él la adelantó con sus pasos iguales y rítmicos. Julia vaciló un momento, como si al quedarse detrás de él sus razonamientos perdieran fuerza ante sí misma. Acortó la distancia, pero sin ponerse a su lado del todo.

—¿Qué te habrá hecho mi familia, pregunto yo, para que les tengas esa ojeriza?

—Les tengo la simpatía que me tienen ellos a mí.

—Me desesperas. Eres tú el que no les quieres; el que no puede ver a mi padre.

—Ni le quiero, ni le dejo de querer. Me da igual. Pero se mete en asuntos que no son suyos. Y le metes tú, que le consultas cosas que no le tienes que consultar... Sobre todo, Julia —dijo cambiando de tono—. Este tema de conversación me aburre. Me amargas la tarde por tonterías, como siempre. Para hablar de tu familia no te he venido a ver, me sobra con todas tus cartas. Soy tonto, vengo a verte para hacer las paces, para pasar una tarde sin cuestiones, creyendo que tienes arreglo, y nada... nunca escarmiento de una vez para otra.

Hablaba sin mirarla.

—Sí, como vienes tanto...

Siguieron en silencio. Habían salido del Puente y echaron hacia la izquierda por la carretera de Madrid, bajo la bóveda de los castaños de Indias que ensombrecían como un túnel. El sol se estaba poniendo y hacía un halo naranja por detrás de la torre de la Catedral. Miguel iba de prisa, con las manos en los bolsillos del pantalón. Julia hizo un pequeño escalofrío y se cruzó los brazos por delante. Dio la media en el reloj de la torre.

—No vayas tan deprisa. Si sigues así, me siento y te vas solo. ¿Has oído?

Pasó otra pareja de novios en dirección contraria y se quedó mirándoles con curiosidad. Miguel no había vuelto la cara, y Julia, que ya iba a sentarse o a darse la vuelta, tuvo vergüenza de los otros y dio dos o tres pasitos más vivos.

—Miguel —dijo llegando a su lado y cogiéndole del brazo.

—Qué pasa.

—Que no seas así.

Él se paró a mirarla, como esperando a que siguiera. Sacaba Julia una voz indecisa y suplicante.

—Es que es verdad, hombre.

—¿Qué es lo que es verdad? ¿Qué es lo que te he hecho, porque todavía no lo sé? A ver. Explícalo.

—No sé. Que debías haber subido, reconoce eso por lo menos. Así se ponen las cosas cada vez peor. Hoy ya casi estaba contenta con mi padre, si tú hubieras estado simpático... —Miguel hizo un gesto de impaciencia—. Ellos no te quieren mal, de verdad te lo digo, pero también ponte en su caso.

—Pero ¿en qué caso?

—Pues que les tiene que extrañar a la fuerza que yo haya dicho que nos vamos a casar para fines de primavera, y que tú no les conozcas más que de refilón, ni siquiera a Mercedes, ni te importen, que no tengas nunca un detalle con ellos. ¿No te parece?... Por Dios, no estés así.

Había un pretil de piedra. Miguel se paró.

—¿O es que no nos casamos para la primavera?

Miguel se sentó en el pretil, de espaldas a la carretera. Sacó un pitillo y lo encendió lentamente. Julia, al encaramarse para ponerse a su lado le vio el perfil a la lucecita de la cerilla, el pelo despeinado sobre los ojos, el gesto fosco y varonil.

—Hombre, contéstame por lo menos.

—Es un asunto que me aburre. Me aburres con continuas cantinelas. Ya te he dicho que si se puede nos casamos en primavera. Si no, se espera y en paz. Cuando se pueda. Si tú vienes a Madrid, no hay problemas, porque estaremos juntos y yo trabajaré más contigo. Nos podremos casar antes. Pero tú nunca me ayudas, Julia, sólo me sirves para achucharme, para ponerme problemas que no existen y para hacerme enormes los que hay. Se me quitan las ganas de todo, te lo juro.

Colgaban juntos los pies de los dos. Los zapatos de Miguel eran grandes y descuidados. Julia los miró con una repentina ternura. Empezaba a ponerse oscuro y el cielo estaba quieto, como tiznado de carbón. Parecía que por aquellos tiznones iba a bajar la noche a inundarlo todo. Ladró un perro en la otra orilla del río.

—Miguel.

—Qué.

—Que yo tampoco quiero que riñamos. Que te quiero. Es que las cosas se enredan así. Ya no volveremos a discutir esta tarde, si tú no quieres. Te lo juro.

Él se volvió despacio y le pasó un brazo por la cintura. Le brillaban los ojos muchísimo. Julia desvió los suyos. Se sintió desfallecer cuando oyó que le preguntaba:

—¿Bajamos ahí?

—¿Adónde ahí?

—A ese hondón. Se debe estar bien.

—Yo estoy bien aquí.

—Ahí se está mejor. Esta piedra no es cómoda.

—Bueno, pero, ¿qué hora es? No se nos vaya a hacer tarde.

—No. Es temprano. Es la una, todas las horas vienen detrás.

—No, de verdad, que no quiero llegar tarde.

—Anda, anda, doña sermones.

La ayudó a bajar. A mitad de la cuestilla la sujetó para que no resbalara y la fue a besar. Ella apretó los labios y los apartó un poco.

—¿Qué te pasa ahora? —dijo Miguel, irritado.

—Nada, que no quiero que me beses, que luego cada vez es peor.

—Pero peor qué, peor por qué.

—Por nada.

—Si no te besara no sabría si te sigo queriendo.

Se besaron sentados en el final de talud. Hacía un aire húmedo y se oían unas risas y chillidos de niño muy lejos, en unas casitas de hortelano de la otra orilla.

8

Recibí una carta de Elvira. Venían confundidas las señas de la pensión, y comprendí por la fecha que me llegaba con retraso y por casualidad. Era una carta muy sorprendente. Primero hablaba bastante de ella misma, de que solía obrar por impulsos y de que necesitaba desahogarse cuando algo de lo que había hecho o dicho le parecía incompleto o inadecuado, le hacían sufrir las cosas dejadas a medias. Con este preámbulo llegaba a aludir a nuestra conversación en el pasillo del día que fui a visitarles, la cual —decía— por culpa de las circunstancias y de su estado de nervios había sido sencillamente grotesca, pero al mismo tiempo le había dejado la sensación de algo extraño y alucinante presentido muchas veces, de algo que no se podía repetir, un momento que valía por muchos días iguales de hastío y desesperación. Que ella era intuitiva en todo, también en su obra (decía «su obra» sin especificar más, pensé que con el deseo de intrigarme), y que apenas cruzada la palabra conmigo había sabido que nos parecíamos en muchas cosas y que podíamos llegar a tener una amistad distinta de cualquier otra. Aun a riesgo de parecerme absurda, me confesaba que pensaba continuamente en esta conversación que tuvimos en el pasillo, y también con rabia en el papel ridículo que a ella le había tocado. Terminaba diciendo que había escrito la carta de un tirón y que no quería releerla. La carta, dentro del tono intencionadamente poético y confuso, era casi una declaración de amor.

Estuve dos días sin saber qué hacer. Para orientarme en mi comportamiento necesitaría haber vuelto a ver a Elvira, volver a oír su voz por lo menos, porque ni casi de su voz me acordaba. Una nueva visita a la casa me producía timidez, y en cuanto a escribir, las veces que intenté hacerlo me veía sumido en tal perplejidad que no lograba poner ni siquiera el encabezamiento. Por fin un día me decidí a llamar por teléfono para probar fortuna, con la esperanza de que cogiera ella el aparato, y mientras oía el ruido de la llamada me latía con fuerza el corazón como ante una puerta desconocida. Se puso Teo y fingí haber telefoneado para preguntar por el asunto del Instituto. Se alegró. Precisamente el día anterior había hablado con el director nuevo, el cual estaba conforme en aceptarme para el puesto de alemán vacante hasta que salieran las oposiciones que se calculaban hacia Semana Santa. Que podía ir a hablar con este señor a la secretaría del Instituto cualquier día laborable para que nos pusiéramos de acuerdo en los detalles. Se despidió cortésmente, como quien da por cancelado un asunto enojoso y me dijo que tendrían gusto en volverme a ver por allí. «Salude a su hermana», dije yo antes de colgar.

El asunto de la carta de Elvira se había vuelto para mí como una cuenta pendiente y empecé a encontrarme a disgusto en todas partes. Para librarme de esta obsesión me dio por pensar que si la carta se hubiese perdido —cosa muy posible porque no traía remite—, todo hubiera seguido como antes y yo no quedaba obligado a nada. Me pareció una solución maravillosa. «Se ha perdido —decidí—. Como si se hubiera perdido». Y me alegré. También ella seguramente se habría arrepentido ya de escribir lo que escribió, y se alegraría si supiera que no había llegado a mis manos.

Una mañana fui al Instituto para hablar con el nuevo director. Era un hombrecito calvo, de expresión irónica y bondadosa, y, contra lo que había temido, la entrevista con él fue semejante a una conversación entre viejos conocidos y pude hacerle toda clase de preguntas sin sentir violencia. Él me enteró de que la vacante de alemán que yo ocuparía pertenecía al

Instituto femenino, porque los alumnos estaban separados por sexos y tenían distintos horarios y profesorado. Las clases de las chicas eran por la tarde, y a mí me correspondían sexto y séptimo, que eran los cursos que daban idiomas. Le presenté algunos certificados que llevaba acreditando que había enseñado en otros pensionados extranjeros y apenas les echó una ojeada rápida. «No hace falta —dijo—, ya sé yo que don Rafael sabía escoger sus profesores». Firmé unos papeles y me enseñó los horarios para consultarme si me convenían los días y horas que me iban a corresponder. Yo le di las gracias y le contesté que me era indiferente porque disponía absolutamente de mi tiempo.

—¿Cómo? —se extrañó—. ¿No tiene ningún quehacer? ¿Ni clases particulares?

—Nada. No, señor. Clases puede que coja alguna más adelante, aunque no sé si merece la pena o no, total hasta la primavera.

—¿Sólo hasta la primavera se queda usted? ¿Las oposiciones no las ha firmado?

—No, señor.

—Pues es una pena, debía animarse, una persona con costumbre de enseñanza como usted. Ya sabrá que el plazo de admisión dura todo el mes de enero, de aquí a entonces tiene tiempo de decidirse.

Le dije que tal vez lo pensaría.

—Claro, hombre, hasta enero —se reía—, igual le toma usted cariño a esto, igual se echa novia.

Me puse de pie.

—No le digo que no, todo pudiera ser.

La entrevista había sido en una sala de visitas con sofás colorados y un retrato de Franco en la pared. Me acompañó hasta la puerta por el corredor vacío, de madera. Al final un reloj de pared marcaba una hora atrasada, a través de la esfera borrosa. Nos despedimos hasta primeros de octubre, que era cuando empezaba el curso y se ofreció a mí para cualquier cosa que necesitara.

—Si decide lo de las clases particulares y yo le puedo buscar alguna, y lo mismo lo de la oposición, si quiere que le oriente.

—Muchas gracias, lo tendré en cuenta. Hasta pronto —le saludé ya bajando por la escalera.

Esto de que no tuviera nada que hacer en todo el día y que sólo contara con las clases del Instituto también le intrigaba mucho a Rosa.

—¿Te has enterado de lo que te pagan? —me preguntó aquella tarde.

—No. No creo que sea gran cosa.

—¿Cómo? ¿No te lo ha dicho ese señor?

—Se me ha olvidado a mí preguntárselo.

—Pero, chico, tú andas mal de la chimenea.

Nos habíamos hecho muy amigos desde la noche que se emborrachó en la pensión y alguna otra vez habíamos comido juntos en la mesa y había venido conmigo a mis paseos. Siempre me insistía mucho para que fuera a oírla cantar al Casino y por fin una noche fui. Esa noche me volví a encontrar a Emilio del Yerro.

El Casino era una fachada antigua por delante de la cual había pasado muchas veces; las noches de fiesta le encendían unas bombillitas que perfilaba el dibujo de los balcones.

Tenía yo la idea de sentarme en un rincón apartado y tomarme un refresco tranquilamente mientras escuchaba a Rosa y esperaba que terminase su trabajo, pero de la primera cosa que me di cuenta al entrar, fue de que no existía ningún lugar apartado, sino que todos estaban ligados entre sí por secretos lazos, al descubierto de una ronda de ojos felinos. Muchachas esparcidas registraron mi entrada y siguieron el rumbo de mi indecisa mirada alrededor. No tocaba la música y no vi a Rosa. Había mesas por todas partes, totalmente ocupadas, un silencio ondulado de cuchicheos y redondeles de luz en el centro de la pista vacía. Comprendí que tenía que andar en cualquier dirección afectando desenvoltura. Vasos, botellas, adornos, largas faldas pálidas fueron quedando atrás en una habitación amarilla. Al fondo había una puerta con cortinas recogidas. La traspuse: era el bar. Me asaltó un rumor de voces masculinas. No habría más de tres mujeres entre los hombres que fumaban en grupos ocultando el mostrador, y una de ellas era Rosa, en el centro de un corro de chicos vestidos de etiqueta. Daba cara a la puerta y se apoyaba en un alto taburete. Me vio en seguida y me llamó levantando el brazo desnudo.

—Mira, ven, Pablo, te voy a presentar a unos amigos.

Los chicos me miraron y uno de ellos era Emilio. Se puso muy contento y me pasó un brazo por la espalda con familiaridad. Que qué casualidad, que dónde me metía, que se había acordado de mí tantas veces. Pidió un whisky para mí sin consultarme. Cuando Rosa salió a cantar, me quedé con todos.

—Ahora ya sí que tenemos que armarla —les dijo Emilio a los demás—. Ahora que ha venido este amigo, yo quiero que se divierta. Luego, cuando salgamos de aquí tenemos que armarla. Al Lampi, ¿os parece?, está abierto hasta las cinco y media de la madrugada. Vas a ver qué aguardiente con guindas —hablaba nerviosamente y hacía gestos como para acapararme y aislarme de todos.

Un tal Federico me empezó a llamar el filósofo, no sé por qué, y a dirigirme una serie de ironías que los otros amigos apoyaban con risas. Me era antipático, en todo lo que decía, su tono de gracioso oficial.

—Yo creo que el amigo ya sabe divertirse por cuenta propia —dijo—. La rubia le ha estado esperando toda la noche.

No contesté. Dije que me salía hacia la pista, que si querían venir ellos. Empezaba a oírse la música.

—Claro —insistió Federico—. Cada uno ha venido a lo que ha venido. Él tiene prisa por oír cantar a la rubia.

Ya me apercibí de que estaban todos algo bebidos, pero su insolencia me molestaba.

—Regular de prisa —dije secamente—. Es asunto mío.

—No nos sirve. Se pica —les dijo Federico a los otros—. No lo podemos meter en nuestro club.

—Bromean, bromean todo el tiempo. No les hagas caso, por favor —me dijo Emilio con voz suplicante—. Salimos, si quieres.

Su brazo en mi hombro me lo sentía igual que una mampara.

—Venga, déjanos disfrutar un poco del amigo, parece que te lo quieres comer. Otro whisky, oiga.

Había un militar de granos que estaba un poco aparte y que desde que había oído los primeros compases de la música miraba hacia las cortinas de la salida con ojos impacientes. Parecía que tenía poca confianza con los otros. Le llamaban Luis Colina, con nombre y apellido.

—Vamos afuera —dijo con una risita—. Hay que bailar. Tenemos a las chicas muy solas.

—Vete tú. Para mí las niñas esta noche están de más. Ya me doy por cumplido. Hay que hacerse desear.

—Sí, oye, se empalaga uno un poco. Vienen demasiado bien puestas, te dan complejo de que las vas a arrugar.

—Niñas de celofán.

—Niñas de las narices. Para su padre. Las que están de miedo este año son las casadas. ¿Te has fijado, Ernesto?

—Venga, si empezáis así... —insistió el militar.

—Pero vete tú, ¿para qué te hacemos falta?

—Además que vengan ellas aquí. Se acostumbran mal. No se hacen cargo de que uno necesita alguna vez servicio a domicilio.

—Es verdad. parecen reinas, chico.

Uno había empezado a bostezar y se rió en mitad del bostezo, apoyando con el codo en movimientos insensibles las últimas palabras como si le hubieran parecido geniales.

—... eso, eso, reinas.

—Bueno —repuso Emilio—. ¿Entonces qué hacéis?

—Yo me quedo —dijo uno—. ¿Tú, Federico, qué dices?

Se miraron indecisos. Tenían los ojos empañados, rojizos y los cuellos de pajarita reblandecidos de sudor.

—Terminar este cigarro, por lo menos, y lo que queda del vaso. Un respiro, digo yo: las cosas con calma.

Salí con Emilio y Luis Colina. A Emilio se le había puesto una expresión taciturna. Las muchachas de la habitación amarilla levantaron la cabeza a nuestro paso, y una de vestido de flores noté que me miraba fijamente, por fin me saludó con una sonrisa.

—Hombre, Goyita Lucas —dijo el militar—. Os dejo.

Estaba medio empotrada contra la pared en una mesa de chicas solas, y cuando se acercó nuestro compañero para sacarla a bailar, le vi una cara de hastío. Nos adelantaron, saliendo, y ella me rozó con el vuelo de su vestido largo. La miré, de cerca.

—Cuánto tiempo sin verte —me dijo.

—Sí, ya ves.

—Hasta luego.

Luis Colina era más bajo que ella. Cuando se abrazaron para bailar, vi que me miraba todavía por encima de la hombrera con galones dorados.

—¿De qué la conoces? —me preguntó Emilio.

—Del tren, cuando vine. Hasta ahora mismo no me he dado cuenta. Vino todo el tiempo en mi vagón, pero no sé si llegamos a cruzar la palabra.

—Claro, pero en una fiesta, todos somos amigos —dijo Emilio.

Fumaba mirando para el suelo y le sonaba una voz apagada. Al otro lado de los que se movían bailando, Rosa cantaba sobre una tarima, entre los músicos de uniforme azul. Me parecía completamente un ser de mentira con tanta pintura y los gestos afectados que hacía delante del micrófono.

—¿Has vuelto por casa de Elvira? —me preguntó Emilio.

Nos habíamos apoyado en el quicio de una puerta, al borde de la pista de baile.

—No. No he vuelto.

—Dirás que soy un frívolo —dijo como dolido, detrás de una breve pausa.

Me volví hacia él.

—Un frívolo, ¿por qué?

—Porque sí. Porque si quiero a Elvira y sufro por ella, no debía estar aquí haciendo el estúpido con esta gente, y de broma, y bebiendo. Pero es que a veces, chico, de tanto pensar en la misma cosa se vuelve uno loco.

—No sabía que quisieras a Elvira.

—¿Ella no te lo ha dicho?

Le miré extrañado.

—¿Ella? Pero si sólo la he visto aquel día.

—Sí, pero precisamente aquel día... ¿Aquel día no te dijo nada?

—Nada, ¿por qué me lo iba a decir?

—Tienes razón, no sé. Hace cosas tan fuera de lo corriente... Me tiene loco. Lo mío con ella es de novela, te lo juro, de novela de Dostoyevski.

Nos interrumpieron dos chicas que se pararon a saludar a Emilio.

A él se le cambió la cara y sacó un tono optimista y dicharachero. Una de ellas tenía un gesto receloso y apenas hablaba. La más parlanchina le recordó a Emilio que había sido su pareja en no sé qué carnavales y decidieron que eran viejitos ya, y que eran como hermanos y muchas otras efusiones. La mano en la manga, le propuso que bailaran y él se dejó invitar complacido.

A la otra chica, cuando se quedó sola conmigo le noté una gran timidez. No hablábamos: nos limitábamos a mirar la pista en línea recta. Ella seguía el compás de la música tamborileando con los dedos en el marco de la puerta. Le dije que si quería bailar y no me contestó, pero supuse que había aceptado y la cogí por el talle. Entonces vi que era coja. Una de las caderas se le movía esforzadamente debajo de los vuelos de tul, como un mecanismo que la desarticulaba. No la pude mirar ni una vez. La sentía cambiar de lado la cabeza y asomarla alternativamente por encima de cada uno de mis hombros. Desde una barandilla que había arriba, a través del aire enrarecido y caliente, nos miraban rostros de gentes que movían la boca para hablarse. Cuando llegamos cerca de la tarima de los músicos, Rosa, que estaba en un descanso de la canción, se inclinó hacia mí.

—Vaya, veo que te diviertes.

—Sí. ¿Tardas mucho?

—Otras dos canciones y se termina esto. Me esperas en el bar, ¿sabes?, o arriba en la balaustrada.

—De acuerdo.

Nos alejamos. Todas las parejas de aquella banda habían estado pendientes de la conversación.

—¿Por qué has bailado conmigo? —me preguntó la chica desabridamente.

—No sé. Pensé que te agradaría bailar, ¿por qué lo dices?

—Porque no me gusta servir de plato de segunda mesa, eso conmigo no.

No entendía. La miré a los ojos, venciendo la timidez que me producía hacerlo. Su mirada alta y seria escapaba a otra parte.

—Pero eso es absurdo. Yo... Dime qué es lo que te ha molestado.

—Quita, no me aprietes tanto.

Hacía un movimiento con la cintura hacia atrás. Yo no la estaba apretando en absoluto.

—Te creerás que todas somos como tu amiga.

—¿Mi amiga? ¿Quién? ¿Rosa?

—No sé cómo se llama ni me interesa tampoco. Estoy cansada. Haz el favor de acompañarme a la mesa.

Se soltó de mí y echó a andar entre las parejas que bailaban, con el cuerpo muy tieso. Yo la seguí. Vi que se detenía al llegar a una mesa que estaba al borde de la pista.

—Adiós, muchas gracias —dijo volviéndose.

Yo hice una ligera inclinación de cabeza, y un señor de gafas truman sentado con otras personas mayores se incorporó con una sonrisa de cortesía.

—¿Es que te has cansado? —oí que le preguntaban cuando volví la espalda.

—Sí. Por mí nos podemos ir cuando queráis.

Avancé indeciso hasta alcanzar la puerta donde estuvimos apoyados con Emilio. Al poco rato volvió él con su pareja y fuimos los tres a una mesa donde había varias personas jóvenes. Estaban también el militar y Goyita, que habían vuelto a bailar. La pareja de Emilio, una chica llena de euforia, les preguntaba a todos que si podía contar con ellos, y a mí también me lo preguntó:

—Pero, ¿para qué?

—Para irnos luego todos a casa de Lampi, al salir de aquí, a tomar chocolate y aguardiente con guindas.

—Pero hay que organizarlo a base de chico y chica, por pareja —dijo el militar—. Si no resulta aburrido.

—Hombre, pues claro, vaya un descubrimiento.

Goyita dijo que ella tenía que ir con su hermano, que si no, no podía. Estaba sentada a mi lado y se abanicaba con un abanico blanco con figuras de toreros. Me preguntó que si yo iba.

En aquel momento sonaba una música muy rápida y alegre y los que estaban en la pista se cogían de las manos y hacían una especie de corro, cantando y riéndose. Rosa llevaba el compás adelantando los hombros y los puños y decía en el micrófono «baa, baa, ba...».

—Bueno, tú, no os decidís ninguno, ¿vienes o no vienes? —apremiaba la chica que había bailado con Emilio—. Hay que saberlo.

Yo dije que no estaba solo, que tenía que contar con lo que quisiera hacer mi pareja.

—¿Tu pareja? —se extrañó Goyita—. ¿Con quién has venido?

—Con aquella chica —dije señalando a Rosa con el mentón—. Según lo que ella diga.

Había terminado de cantar y se retiraba de la tarima.

—Si me permitís un momento voy a buscarla.

La organizadora puso una cara alarmada, que a duras penas conseguía sonreír.

—¿A quién vas a traer aquí? ¿A la animadora? Oye, no, esas bromas no. Gente de esa no queremos.

—¿Por qué no, mujer? —intervino Emilio—. Es una chica muy simpática y nos puede divertir mucho... Pero Pablo, espera un momento.

Yo había echado a andar y Emilio me alcanzó en medio de la habitación amarilla. Me preguntó que por qué me iba sin terminar de decidir, y yo le dije que ya había decidido.

—¿Qué es lo que has decidido?

—Irme a la cama —le contesté—; me ha entrado sueño.

—No. Te has enfadado.

—No, hombre.

—Sí, te lo noto. Conmigo no te enfades. Yo no tengo más remedio que quedarme con ellas, ya has visto cómo le lían a uno. No te creas que no me iba yo mucho más a gusto contigo y con la animadora. Sobre todo por charlar contigo.

Me molestaba su tono humilde, de excusa. Le dije que no tenía por qué darme explicaciones de nada, que era muy natural que se quedase con sus amigas, igual que yo me marchaba con la mía. Se le puso una cara compungida.

—Si no es eso, hombre. Si es que lo siento de verdad. Me hubiera gustado que fuésemos todos juntos esta noche. Además, es que antes nos han interrumpido, y necesitaba hablarte. Estoy hecho polvo.

Le llamaron las chicas.

—¿Volverás al Casino otro día? —me dijo, yéndose.

—Pues sí, seguramente.

Volví, efectivamente, otros días, pero ya nunca le encontré allí.

Darme una vuelta por el Casino para oír cantar a Rosa, se había convertido en una costumbre.

Muchas veces me limitaba a saludarla desde la balaustrada de arriba, y luego me iba a dar un paseo o a sentarme en un café; y otras, que la hablaba, a lo mejor me decía que aquel día le había salido un plan bueno y que no se lo fuera yo a espantar; pero siempre recibía su saludo efusivo desde el micrófono y se le dulcificaba, al verme entrar, la mueca rígida que tenía recitando sus lánguidas canciones. Estaba orgullosa de mi amistad, a pesar de lo sosa que era y de lo poco que hablábamos, y yo también agradecía su compañía silenciosa. Los días que la acompañaba a la pensión, siempre me pedía que la cogiera del brazo para que lo vieran los que salían detrás de nosotros. Decía medio en broma que era mi novia, que qué iba a ser de su vida cuando nos tuviéramos que separar. Lo que más le gustaba era darme consejos tiernos y maternales, sobre todo me preguntaba que si necesitaba dinero, y yo siempre le contestaba que no.

—Pues, hijo, yo a ti nunca te veo comer. A mí me parece que te alimentas del aire.

Me preguntó por mis planes, y yo le dije que no tenía ninguno, pero no se quería convencer. Que eso no podía ser, que si era posible que me pensara pasar la vida siempre así, de un lado para otro, sin tener cosa fija.

—¿Pues no vives tú también de esa manera?

—Ay, pero no te creas que es por gusto, a la fuerza ahorcan. Si tú ganaras cuatro mil pesetas y te casaras conmigo, verías cómo echaba raíces para toda la vida, y de cantar mambos, ni esto.

Una tarde de sol dimos un paseo en barca por el río, remando uno de cada lado. Era una barca vieja que se vencía de una parte y parecía que nos íbamos a hundir. Nos metimos por un canalillo muy estrecho donde los árboles empezaban a amarillear, y nos paramos allí un rato a fumar un pitillo. Dijo que ella de pequeña cantaba una canción que era de dos en una barca, pero muy romántico porque salía la luna: «¡... no lejos de la orilla, qué bien, mamá, qué bien!».

Hacía gestos de chunga y la barca se balanceaba como un columpio. A la luz del día, Rosa tenía arrugas en la comisura de los ojos y de la boca y representaba unos treinta y cinco años. Por la noche estaba más guapa y más joven, pero languidecida, se volvía irreal; no tenía aquella risa brusca y estridente que me la hacía tan simpática a la luz del sol.

La tarde anterior a su marcha quiso que fuéramos de paseo por el barrio del Instituto para ver el sitio donde yo iba a trabajar.

—Uy, qué feo —dijo asomándose al patio—. Es muy triste. ¿Y aquí vas a venir todos los días?

—Ya ves.

—Bueno, ya me acordaré del sitio, feo y todo. Te voy a echar de menos. Seguro que me voy a acordar siempre de ti.

Aquella noche ya no tenía trabajo en el Casino. Anduvimos por las calles de la Catedral, y otra vez en el río, mirando las luces pobres que se meneaban sobre el agua en reguerillos. Fue una despedida lenta y deprimente. Al final estuvimos sentados en una terraza de la Plaza Mayor, tomando café. Yo tenía sueño. La gente que salía de los cines nos miraba al pasar, con ojos descarados. Hacía un poco de frío.

A la una le dije:

—¿Nos vamos?

—¿Tan pronto? Ahora da pereza moverse.

Hablaba con los ojos puestos en su taza vacía de café que inclinaba por el asa con dos dedos.

—Yo lo digo por ti, si te duermes tarde vas a perder el tren mañana, ¿no has dicho que sale a las ocho?

—Sí. ¿Y si lo pierdo?

Me miraba al decirlo.

—Tú verás.

Al llegar a casa nos paramos en el pasillo, casi a oscuras, entre las dos habitaciones. Hablábamos cuchicheando.

—Ya le dije antes a la vieja de aquí que mañana te cambie a mi cuarto. Estarás mejor porque es más grande.

—Bueno.

—Me gusta que te quedes en mi cuarto.

Le brillaban los ojos, como al borde del llanto. Luego sacudió la cabeza con un gesto afectado y me tendió la mano.

—Bueno, adiós, que es muy tarde. Y a ver si eres bueno. Me tienes que poner una postal de vez en cuando. Me cuentas qué tal te va, señor profesor.

—De acuerdo, Rosa, que tengas suerte.

Estábamos con las manos cogidas. Dijo, acercándose:

—Me figuro que me besarás.

Me incliné para besarla. Llevaba un carmín que sabía amargo.

9

«... Miguel, ¿por qué no me escribes? Yo había pensado no escribirte más, pero hoy es mi cumpleaños y estoy tan triste, y te echo tanto de menos que ya no puedo seguir sin escribirte. Ya ves que cedo, que no soy terca como dices tú, y siempre te lo acabo por perdonar todo.

Lo que hiciste no tuvo explicación, marcharte así sin más ni más, dejándome plantada en la calle, que lo vieron mi hermana y todas, no llegar a estar más que un día escaso. Lo que menos me figuraba era que de verdad te hubieras vuelto a Madrid, sólo por la discusión tan tonta de la buhardilla. Estaba segura de que me llamarías para pedir perdón, pero fui al hotel a buscarte y me dijeron que te habías ido. Y encima parece que la que te he ofendido he sido yo. Lo de que no sería capaz de vivir en una buhardilla lo dije por decir, seguramente viviría si llegara el caso, pero aunque no fuera capaz no es para que te enfades, no voy a poder decir nada. No creo que sea un pecado que prefiera vivir cómodamente y que te pregunte lo que ganas y esas cosas que saben todas las novias del mundo.

Pero Miguel, sobre todo escríbeme. ¿Qué quieres que explique en casa cuando me preguntan? Yo no sé qué he hecho para que te portes tan mal conmigo, ya no sé qué hacer para justificarte.

Te quiero, Miguel. ¿Será posible que no te acuerdes de que es mi cumpleaños? Qué días he pasado de llorar y de rabia y de no comer. Me lo han notado todos. Pero no estoy enfadada, tengo ganas de verte. No te puedo olvidar por mucho que quiera. No sé qué más decir. Siempre me parece que te van a aburrir mis cartas, por lo que tardas en contestar. Te mando esa foto de la mantilla, del único día que he salido desde que te fuiste. Estuve en el Casino y se nos acercó ese chico Federico que te dije. Estuve simpática con él, mitad por despecho de lo tuyo, mitad porque sé que a ti no te importa que esté con otros chicos. Quería que bailáramos, pero yo de eso sí que no soy capaz. No sé cómo no te dan celos de ver que le gusto un poco a otro chico. Me pregunta que si no eres celoso, y yo le he dicho que sí, porque me da apuro decir que casi te gusta que salga con un chico mejor que con amigas. Ayer me ha vuelto a llamar por teléfono, pero no me he puesto.

Miguel, te quiero. Me dolió que te rieras cuando te pedí perdón por lo del río de la noche anterior. Te debía gustar que te pidiera perdón por estas cosas y me tendrías tú que ayudar a no ser tan débil. Me dieron ganas de llorar cuando te reíste. Adiós, Miguel. Estoy muy triste, me acuerdo mucho de ti. Que me escribas. Que nos casemos pronto.

Rezo por ti. Te quiero. Adiós, Julia».

Sobre la A cayó una nueva lágrima. La dejó empapar el papel y luego la corrió un poco con el pañuelo. Hacía bonito; era como una amiba azul pálido de forma de bota. Cerró el sobre, y se le pasó la mañana con la carta sobre las rodillas, sentada al lado del mirador. De vez en cuando la tocaba debajo del mantel que estaba bordando y pensaba vagamente que tendría que salir a echarla, otras veces decidía levantarse para ir arreglar el armario de su cuarto, o leía sin ganas las páginas de un libro que tenía abierto en el costurero. Vinieron unas amigas de tía Concha y se sentaron un poco más allá con la tía, de forma que ella ni estaba en la visita, ni tampoco separada de lo que hablaban, y a pesar suyo le distraía escuchar los temas de conversación sobados y opacos, aquel ruido de voces la amparaba de su malestar. Así llegó la hora de comer.

A la tarde le dolían las piernas y los riñones y se echó siesta a pesar de lo mal que le sentaba. Sentía una voluptuosidad muy grande echándose en combinación encima de las sábanas tirantes. Cerró las maderas. «Miguel, guapo, guapo», dijo muchas veces debajo del embozo, antes de dormirse.

Vino Mercedes a llamarla, que había venido Isabel, que si quería ir con ellas un rato a casa de Elvira antes del cine. Dijo que sí y salieron las tres. Para ir a casa de Elvira había que pasar por calles solitarias. Era fiesta, una tarde nublada. Andaban soldados por la calle y padres con niños; y sobre todo muchachinas de quince años con rebecas de colores cogidas del brazo y riéndose.

El café Castilla estaba casi vacío. A través de la vidriera lateral se veía una sola mesa ocupada. Un hombre, de codos, miraba la calle, su taza vacía sobre el mármol, el puro apagado. Parecía más borroso bajo el cartel de toros pegado en el cristal, amarillo, rojo y blanco como una ventana de luz.

—Os invito a un helado —dijo Isabel.

Dieron la vuelta para buscar la entrada. Un pequeño mostrador sobresalía hacia la calle con las letras en rojo, HELADOS FRIGO, y la muchacha que los vendía hablaba desde su silla con los camareros de dentro. Pidieron de nata y fresa y Mercedes quería que cada cual pagara lo suyo, pero Isabel la esquivó con el hombro, sin querer guardarse el dinero que le ofrecía. Cruzaron a Correos y Julia echó la carta de Miguel con sello de urgencia.

—¿Pero todavía le escribes? —la riñó su hermana—. Pues, hija, también son ganas de hacer el tonto. ¿No ves que es un chulo? Conmigo podía haber dado.

Julia a lo primero no contestó. Luego, como la otra insistía, le dijo que se metiera en sus cosas y que la dejara en paz.

—No, rica, si por mí bien dejada estás. Buena cosa que me importa, lo digo por ti, que estás haciendo el indio, que no ves lo que tienes delante. Porque vamos, más claro que te lo está poniendo para que lo dejes, no te lo puede poner.

—Venga —intervino Isabel, mientras daba los últimos mordiscos a su helado—. A ver si os vais a poner a reñir ahora por una bobada. Tú déjala que se desengañe ella sola como nos ha pasado a todas, los golpes se los pega una sola. Cuanta más ilusión conserve, pues mejor.

A Julia le molestó el tono de mujer vivida con que se explicaba Isabel, sintió una irritación horrible contra las dos. Habían llegado al portal de casa de Elvira.

—Si es que es imbécil —dijo Mercedes—. Encima de que se le dicen las cosas por su bien.

—Mi bien yo me lo conozco, ¿has oído? —saltó Julia casi gritando y empujando a su hermana—. Ya estoy harta de oírte todo el día lo que es mi bien y lo que es mi mal. Te vas a la porra con tus consejos, te los guardas. Lo que quiero lo sé yo y a nadie le importa. ¡¡Te vas a la porra!!

Estaba fuera de sí. Dio la vuelta en el portal oscuro y se salió a la calle. Las últimas frases las había dicho llorando. Isabel y Mercedes se quedaron un momento quietas, mirando por donde se había ido. Luego Isabel la siguió a la puerta y la llamó. Julia avanzaba deprisa sin volver la cabeza y se oían un poco sus sollozos.

—Pero Julia, mujer, no seas tonta, ven acá. ¡Julia! Mira que por esa bobada...

—Déjala que se vaya. ¿No ves que está loca? Mejor que se vaya y nos deje pasar la tarde en paz. Déjala, Isabel.

—Me da no sé qué, mujer, que se vaya así. ¿Tiene su entrada del cine?

—Creo que sí. Venga. Si además es muy bruta, por mucho que la llames no te va a hacer caso.

Subieron. A Mercedes en mucho rato no se le pasó la indignación que tenía contra su hermana, y cada vez que se acordaba de la escena del portal hacía un gesto de impaciencia plegando los labios.

—Es mema, os lo digo. Me ha dejado mal para toda la tarde —les decía a las otras chicas que estaban en casa de Elvira.

Según explicó, lo que más le enconaba era que Julia se estuviera perdiendo un chico tan majo como Federico Hortal que no hacía más que llamarla por teléfono y querer salir con ella. Hablaba con orgullo de este pretendiente de su hermana en un tono dominante y agresivo de propietaria.

—Hija, ¿majo Federico? A mí me parece mucho mejor su novio que Federico —defendió Goyita, que estaba también allí—. Es muy guapo su novio. Además si le quiere...

—Pero calla, por Dios, si aunque le quiera, si es que hay cosas...

Elvira las escuchaba sin entrar en la conversación, con los ojos vagando por la repisa de su cuarto. Tenía los pómulos salientes, las manos nudosas. Jugaba sobre su falda negra, quitándose y poniéndose un anillo de aguamarina.

—Te debías pintar un poco estos días, Elvira. Estás muy pálida.

—¿Pálida? Yo la noto como siempre.

—Además, mujer, no se ha pintado nunca, ¿se va a pintar ahora? Parecería que estaba celebrando algo en vez de estar de luto.

—Claro, pero es que lo negro come tanto. Tiene mala cara, ¿no lo notáis? Yo decía una cosa discreta.

—Qué más da. Yo estoy bien. No lo hago por lo que digan, si tuviera ganas de pintarme, me pintaría.

El cuarto era pequeño, con cretonas de colores, bibelots y dibujos. Se veían por la ventana los árboles del jardín de las monjas, unas puntas oscuras.

—¿Y el estudio, Elvi, no lo pones?

—Se ha caído el techo con la lluvia. Ya esperaré a que pase el invierno para arreglarlo.

—Mujer, no des la luz, se ve bien todavía.

—Es que me pone triste esa media llovizna, qué tarde tan fea... ¿Qué película vais a ver?

—Una de piratas.

Elvira se levantó a echar las persianas y se acordó de que estaría por lo menos año y medio sin ir al cine. Para marzo del año que viene, no. Para el otro marzo. Eran plazos consabidos, marcados automáticamente con anticipación y exactitud, como si se tratase del vencimiento de una letra. Con las medias grises, la primera película. A eso se llamaba el alivio de luto.

Las chicas hablaron de cómo habían estado las fiestas, del baile del Aeropuerto, que había sido de ensueño. Que con los aviadores por medio, no se aburría nadie. Todo en buen plan, ni mucha luz ni poca, ni mucha bebida ni poca, sobrando chicos y una selección... Que al Casino ya no se podía ir con la plaga de las nuevas porque ellas se acaparaban a todos los chicos solteros. Andaban a la caza ¡y con un descaro!

—Andan como andamos todas —dijo Isabel riéndose—. Lo que pasa que están menos vistas y que no hay compromiso porque cuando se pasan las ferias se van. Ellas hacen bien en aprovecharse. Yo me estoy sentada en el Casino porque no hay de qué, bien lo sabe Dios, pero si tuviera el tipo de esa amiga de Goyita y el éxito que tiene, haría lo que hace ella.

—Hija, Isabel —saltó Mercedes con voz digna—. Pues pensando de distinta manera. Yo esos métodos no. A mí el que me quiera, aquí sentada o donde esté me tendrá que venir a buscar.

—¿Qué amiga de Goyita? —preguntó una.

—Esa Marisol.

Goyita bajó los ojos. Dijo:

—No es mi amiga.

—¿Que no es tu amiga? Será ahora.

—Ni ahora ni antes.

—Por Dios, Goyi, cómo dices eso. Acuérdate de los primeros días. Que si no nos la metes en la pandilla, yo creo que te da algo. Si se ha portado mal contigo, la culpa la has tenido tú por darle tanta confianza: ya lo sabes de todos los años cómo son las de fuera.

Goyita no contestó nada. Hablaron de lo bien que había resultado la orquesta del Casino, mucho menos rajados para la juerga que la del año pasado, a pesar de que tenía menos fama.

—Oye, por cierto —le dijo Mercedes a Elvira—. El que anda ahora con la animadora es ese amigo vuestro.

—¿Nuestro? ¿Qué amigo nuestro? —se extrañó Elvira.

—De Teo; ese profesor o lo que sea.

—Ah, bueno, Pablo... ¿Pero cómo con la animadora?

—Sí, hija, con la animadora, se ve que son amigos.

—No puede ser. Te habrás confundido.

—No —dijo Goyita—. No se ha confundido. Yo le conozco a ese chico porque hice el viaje para acá con él... Ha ido al Casino a buscar a la animadora dos noches. Y vive en la misma pensión.

Elvira se quedó pensativa.

—Qué raro —dijo luego—. No le pega nada. ¿Y ella qué tal es?

—Mona, pero va demasiado exagerada. Bueno, es lo suyo... Y además ya mayor. Al lado de él, vulgarita.

—Él desde luego está de miedo —dijo Goyita—. ¿Es extranjero, no? Se le nota un acento especial.

Isabel no le había visto nunca, dijo que a ver si se lo enseñaban. Le preguntaron a Elvira que a qué había venido, estaban todas pendientes de su contestación. Ella dijo que no sabía nada, que apenas le conocía, que por qué le preguntaban a ella.

—Está por él que se mata —resumió Isabel cuando salieron—. Ya veis lo nerviosa que se pone en cuanto le preguntamos cosas. No suelta prenda, se ve que quiere tener la exclusiva.

—Sí; pero como presume de que no le gustan los chicos... Como es un ser superior...

—¿Y Emilio? ¿En qué está con Emilio? A mí me da pena de ese chico.

—¿Pena por qué? Ella dice que no han sido novios nunca.

—Bueno, que diga lo que quiera. El año pasado, a ver si no eran novios...

El cine estaba cerca. En la puerta se reunieron todavía con más chicas, se distribuyeron las entradas y se pusieron a hacer cuentas de dinero.

—Espera, faltan dos cincuenta. Es que le pago también a Tere porque le debo lo del domingo.

—Bueno, ¿a que nos perdemos el documental?

Fueron entrando en fila, volviendo el cuerpo para hablarse. Mercedes miraba la calle para ver si veía llegar a Julia.

—Esta idiota es capaz de perderse la película por el berrinche.

Julia llegó cuando el Nodo y pasó por delante de todas. Guiñaba un poco los ojos miopes.

—Más allá tú, no te me sientes encima —era la voz aguda de Isabel.

Palpó la butaca vacía. Estaban enseñando unos embalses.

—Qué laterales, oye. —Cogió por el brazo a la de su izquierda, tratando de verle el rostro y se alegró cuando vio que era Goyita.

—Hola, siéntate. No es que sean laterales, es que hoy venimos el completo.

Julia buscó las gafas dentro del bolso. Lo del embalse era aburrido. Igual que otras veces: obreros trabajando y vagonetas, una máquina muy grande, los ministros en un puente. Luego cambiaba y salía el mar, unas regatas. Anda, si era Santander. ¿Sería del verano? ¿Estaría Miguel por allí? Piquío. ¡Qué maravilla si le viera! Buscaba con desazón el hueco más propicio entre las cabezas de los de delante.

—¿Qué te pasa? ¿No ves bien?

—Sí, sí que veo.

Por allí, por Piquío la fue a buscar hace tres años, el primer día de citarse solos. Se fueron muy lejos. Dios sabe hasta dónde. A ningún chico le habría podido tolerar las cosas que él le dijo aquella mañana, que fue más larga y más corta que ninguna, y eso antes de ser novios todavía. ¡Dios, qué verano había sido, nunca habría otro igual! Encendieron las luces para el descanso. Goyita tampoco hablaba. Solamente movió un poco la cabeza para contestar a las señas de Marisol, que estaba unas filas más adelante con Toñuca; le estaban diciendo que se verían a la salida, pero Goyita se volvió a Julia y le apretó el brazo, le pidió con voz apremiante:

—Yo a la salida me voy contigo, si no te importa. Ponemos un pretexto. No las quiero ver.

—¿A quiénes?

—A ésas. No quiero saber nada de ellas.

Y Julia en la voz le conoció que estaba triste.

—Sí, saldremos juntas —le dijo con simpatía—. Yo tampoco tengo ganas de ver a nadie esta tarde.

No volvieron a hablar, y se les pasó el descanso como sonámbulas, hundidas en la música de los anuncios, hasta que apagaron.

Julia no se enteró mucho de la película. Era de abordajes y hombres arrojados, una historia confusa. Les veía izar las velas del navío, y les admiraba perpleja y lejanamente. No era capaz de localizar aquellos mares y aquellas islas, ni se lo proponía, pero a ratos le parecía conocer tales paisajes, y unas rocas en tecnicolor eran de pronto las rocas de la playa de Santander donde Miguel y ella habían tomado el sol de hacía tres veranos, tumbados uno junto al otro. Y se sentía inocente de recrearse en aquel placer ya purgado, como si fueran imágenes de la película que se desarrollaban ante sus ojos. Se encendieron las luces y hubo que tomar una actitud, levantarse, salir a la calle. Goyita se le cogió del brazo.

—Es que se han portado muy mal conmigo, ¿sabes? Las dos, también Toñuca. Ya te contaré. Seguramente ahora quieren que vaya con ellas, pero yo no quiero.

Salieron a la calle. Había dejado de lloviznar, pero hacía un poco de viento, y la calle era de pronto distante y extraña alumbrada por las farolas. Julia no miró a su hermana y se alejó un poco del grupo que formaban todas paradas en la acera entre la gente que salía. Comentaban la película y decidían lo que iban a hacer. Marisol, la chica de Madrid, se les unió con Toñuca y se puso a despedirse de algunas de ellas dándoles besos, porque, según dijo, se marchaba ya al día siguiente. Se acercó a Goyita y le pasó un brazo por los hombros.

—Tú vendrás a dar una vuelta por el Casino para que nos despidamos, ¿no, mona?

—Sí, a lo mejor.

—Pues vente con nosotras, anda.

—No, de ir iré luego.

—Bueno, pero ven, ¿eh? Nada de a lo mejor.

—Sí, hasta luego —dijo Goyita, sin mirarla.

Se separó con Julia y echaron a andar por una calle que llevaba a la Plaza Mayor.

—Qué pronto se han pasado las ferias este año, ¿verdad? —dijo Goyita.

Todo lo del verano se les desmoronaba como si no lo hubieran vivido. San Sebastián, el chico mejicano. Marisol en el Casino con sus trajes diferentes acaparándose a Toñuca, su amiga íntima, y a Manolo Torre. Ahora ya estaban de cara al invierno interminable. Tardes enteras yendo al corte y a clase de inglés, esperando sentada a la camilla a que Manolo viniera de la finca y se lo dijeran sus amigas, o que alguna vez la llamara por teléfono.

—¿Qué tal lo has pasado? —le preguntó Julia.

Ella hizo un gesto de aburrimiento.

—Nada. Ferias más sosas en mi vida. Además, mujer, Toñuca, que es mi más amiga, me ha hecho tales faenas. Te lo digo, de no podérselo una creer.

Entraron en la Plaza. Paseaban algunas personas con gabardina por debajo de los soportales.

—¿Te vas a casa ya o damos una vuelta?

—Como quieras, pero mejor por fuera.

Estaban casi desiertas las terrazas. Goyita se cogió del brazo de Julia fuerte, con un afecto repentino.

—Para fuera hace ya fresquito —dijo Julia—. ¿Tienes frío?

—No, es que estoy como triste, no sé.

—Yo también estoy algo atontada esta tarde. Me ha levantado el cine dolor de cabeza.

Goyita de pronto hizo un recorte y se pegó concienzudamente a la vitrina de una zapatería. La presión de sus dedos se hizo más intensa en el brazo de Julia.

—¿Qué te pasa? —le preguntó Julia, poniéndose a su lado, de espaldas a la gente.

—Calla. Luis Colina, el militarcito, a ver si no nos ve.

Acechaba en los reflejos de la luna con ojos de inquietud. Julia le pasó una mano por los hombros.

—No te apures, mujer —le dijo bajito—, ¿qué es, que no te gusta?

—Ni pizca —confesó con voz mohína—, le ando huyendo todo el día. ¡Me ha dado unas ferias!...

Luis Colina la había reconocido y se acercó por detrás a saludarlas. A Julia no se acordaba si la conocía o no.

—Julia Ruiz —presentó Goyita—. Ya nos íbamos a casa. Está desagradable. —Se cruzó la rebeca, sin decidirse a echar a andar. Julia miraba hacia los jardincillos del centro en actitud expectante.

—Bueno, si no os importa, os acompaño. Sale uno a lo tontuno, ya a estas horas, y gusta encontrarse con las chicas guapas.

Ponía una risa sin ruido que le picardeaba en los ojos. Era bajito, de gesto obsequioso y desamparado.

Echaron a andar.

—Yo me voy por Prior —dijo Julia.

No había soltado el brazo del hombro de su amiga y se lo oprimió afectuosamente, como si quisiera animarla. Luis Colina iba del otro lado.

—¿Ya estás buena? —le preguntó a Goyita.

—¿Buena de qué?

—El otro día llamé a tu casa y me dijeron que estabas enferma.

—Ah, sí, me dolía la cabeza, no era nada. Te acompañamos, Julia.

—No, mujer, de ninguna manera, ya casi estoy, y el camino de tu casa es otro.

Se pararon a la entrada de la calle.

—A lo mejor un día te llamo, ¿te importa? —dijo Goyita—. Para ir al cine o hacer algo juntas. Como ahora con Toñuca estoy medio así...

—Cuando quieras, por Dios, me encantará.

Se besaron. Julia le dio la mano al militar, y desde la entrada de la calle, se volvió y les dijo adiós con la mano. Luego apretó el paso y torció a la izquierda. Al desembocar en la calle Antigua, una ráfaga de viento le puso escalofrío en la espalda. Eran las nueve y cuarto. Pronto habría castañeras y nevaría. Si estuviera Miguel diría que eran millonarios de tiempo y que la noche no tiene pared, se la llevaría hacia el río muy apretada contra sus costillas. La ciudad sería distinta, sólo se conocerían el uno al otro, a las puertas del largo invierno.

—Adiós, Julia.

—Adiós, doña Anuncia.

—Dile a la tía que mañana voy por la tarde a lo del jersey, que no se le olvide.

—Se lo diré, descuide.

—Y da recuerdos, hija.

—De su parte.

Se metió en el portal. Mañana iría a comulgar tempranito. Santa Teresa de Jesús decía: «Quien a Dios tiene, nada le falta».

10

Elvira se quedó sola. Se reveló el runrún de una charla en el cuarto de al lado. La voz de su madre. La de otra señora. Se tumbó en la cama turca. «Yo las envidio, Lucía, a las que son como usted —decía la visita—. Yo, cuando se murió mi hijo, ya ve la desgracia tan grande que fue aquella, pues nada, ni un día perdí el apetito, fíjese, y cada vez me ponía más gorda. Que era una desesperación aquello. Parecía que no sufría una».

Elvira se fue al despacho de su padre. Anduvo un rato mirando los lomos de los libros a la luz roja de la lámpara. Olía a cerrado. A la madre le gustaba que estuvieran los balcones cerrados, que se notara al entrar de la calle aquel aire sofocante y artificial. «Es una casa de luto», había dicho. Elvira se asomó al balcón y respiró con fuerza. Se había levantado un poco de aire húmedo. Miró los árboles, la masa oscura de los árboles a los dos lados de la calle estrecha, iluminados de trecho en trecho por una luz pequeña y oscilante que quedaba debajo de las copas. Ya era casi de noche. El aire arrastraba algún papel por las aceras. Enfrente estaba la tapia del jardín de las clarisas, alta y larga, perdiéndose de vista hacia la izquierda: un poco más allá blanqueaba el puesto de melones. Cerró los ojos, descansándolos en las palmas de las manos. Luego los escalones, el caño, la casa donde está la carnicería, la iglesia de la Cruz, la plazoleta, el andamio de la Caja de Ahorros. De niña, ¡qué grande le parecía la calle, los árboles qué altos! Y el misterio, el miedo de perderse, el deseo también. Los llamaban a voces desde el balcón, cuando estaban en lo mejor, cuando empezaba a hacerse de noche: «¡Niños, niños!», y ellos estaban siempre más allá, escondidos en los portales, sentados en los salientes, en los bordes, en los quicios, contando piedrecitas o mentiras, sumidos en un mundo extenso e intrincado. Había una calle muy cerca de la casa por donde no se podía bajar; «No vayáis por ahí, de ninguna manera»; tenía un farol a la entrada, y en lo poco que se veía desde fuera era ancha, de casas bajas, sin nada de particular. Entraba poca gente por allí, algunas mujeres y hombres desconocidos, seres privilegiados que habían desvelado el secreto. «El barrio chino —dijo un día una niña bizca que vendía el cupón con su abuelo—, el barrio chino, ja, eso es lo que hay ahí, ¿por qué lo miras?», y a Elvira le dio vergüenza estar apoyada en la tapia de enfrente, espiando algún acontecimiento maravilloso, separada de todos los niños, y le dijo a la chica: «Ya lo sé, ¿te crees que no lo sabía?»; pero todavía pasó mucho tiempo antes de que supiese que las paredes de aquellas casas no estaban decoradas como los mantones de manila, y que la gente vivía pobremente, sin túnicas ni kimonos multicolores, que se llamaba el barrio chino por otra cosa, qué sabe Dios por qué se llamaba así. Cuando venía el buen tiempo, cantaban una canción todos los niños, cantaban sobre todo aquella canción: «Mes de mayo, mes de mayo, mes de mayo primavera, cuando todos los soldados se marchan a la guerra...». La cantaban cogidos de las manos, cabalgando la calle inacabable. La terminaban y la volvían a cantar. Daban la vuelta cuando se acababa la calle. Daban la vuelta cuando se acababa la canción. Niño y niña. Brincaban, crecían, volaban; a tapar la calle nueva, la calle que nacía. Los niños agarraban muy fuerte de la mano: corrían más deprisa y no las dejaban soltarse a ellas. Y a Elvira, cuando empezaba a cansarse mucho, le gustaba echar la cabeza para atrás y dejarse arrastrar como en un carrusel de caballos, oyendo cantar a los otros y no sentía más que las manos de los niños que la cogían cada vez más fuerte. Era muy grande entonces la calle y estaba llena de maravillas.

—Señorita Elvira.

No quería abrir los ojos ni moverse. A lo mejor no la veían desde dentro.

—Pues en su cuarto no está. —(Era la criada.)

—Ya la veo. Está ahí fuera en el balcón —dijo la voz de Emilio.

A Elvira, en aquel momento, no le molestó que fuera Emilio el que venía. Le sintió salir y ponerse a su lado.

—Hola, ¿qué haces aquí tan sola?, ¿no está Teo?

—No sé nada.

—Le buscaba.

Ella no se movió.

—¿Qué piensas? ¿Estás triste?

—Ni siquiera. Embobada. Me aburro, ¡si vieras cómo me aburro!

—Pero, ¿por qué? ¿Qué piensas?

—Nada. ¿No te digo que nada? No es vivir, vivir así.

Miraba la calle.

—Si te molesto, me voy —dijo Emilio después de un poco.

Ella le miró. Era como un perro dócil Emilio, con los mismos ojos de la infancia. A veces la conmovía.

—No, hombre, al contrario. Me gusta que hayas venido. Te estaba viendo ahí abajo, de pequeño, con nosotros, cuando jugábamos en la primavera. Eran buenos tiempos.

Emilio miró a la calle, sin decir nada. Luego volvió los ojos de reflexión a la mano blanca de Elvira que se había apoyado en su manga.

—Di algo, hombre. Cuéntame algo. A ver si te voy a contagiar mi *spleen*. ¿Qué haces, escribes?

—Algo. Vámonos dentro. Hace frío.

—Yo no tengo frío, ¿tienes frío?

—No. Lo decía por ti. Pero además no está bien que estemos aquí asomados, Elvira, puede pasar alguien.

Ella se soltó y le buscó la mirada.

—¿Y qué pasa, di, qué pasa? A ver si por estar de luto ni siquiera voy a poder hablar contigo en el balcón, ¿es que estamos haciendo algo malo? Pareces mi madre.

—Si no es eso, Elvira, no es eso...

Ella se había puesto a mirar para otro lado.

—Entonces, ¿qué es?

—Nada. Ponte como estabas, por favor.

Elvira se acercó y la presión de sus dedos en la manga se hizo más cariñosa.

—Algunas veces eres tan raro, ¿qué te pasa?, como si tuvieras miedo de mí. Soy incapaz de decirte nada. Parece que se corta la confianza contigo, con lo bien que hablamos otras veces en cambio y lo a gusto que estamos; como si no fueras mi amigo de toda la vida.

Emilio no decía nada, había bajado los ojos. De pronto se soltó de ella y se metió en la habitación. Se sentó en una butaca en lo oscuro. Elvira entró detrás de él y encendió la luz de golpe. Le vio un aspecto abatido, las manos colgando a los lados del cuerpo.

—Me voy, Elvira —dijo, levantándose—. Dile a Teo que me telefonee, por favor.

Elvira le alcanzó en la puerta. Le empujó con suavidad hacia dentro y le hizo sentarse en el sofá. Se puso a su lado.

—Dime lo que te pasa.

—Nada, estoy cansado; tengo un poco de despiste, no sé bien lo que quiero hacer este invierno.

Sacó una cajetilla de chéster y le ofreció a Elvira.

—No, ahora no, puede venir mamá, ya sabes, luego empiezan las monsergas de siempre.

Él encendió su cerilla y al acercarla al pitillo la mano le temblaba. Elvira cruzó las piernas con voluptuosidad, arqueando los empeines. Emilio estaba muy cerca. Sentía deseos de reclinar la cabeza en su hombro y que el sofá fuera un tren, ellos dos compañeros casuales de viaje. Si se le viera por primera vez, ¿Emilio qué impresión causaría?, le gustaría saberlo.

Olía bien el humo del chéster.

—Te has vuelto a quedar callado. Algo más te pasa que no me quieres decir. A ver esa cara.

Él levantó unos ojos serios.

—Eres mala, Elvira, conmigo. No tienes piedad.

Tenían las rodillas muy cerca, las manos muy cerca. Los dedos de Elvira eran muy blancos sobre la falda negra.

—¿Pero por qué? Qué absurdo eres.

—No soy absurdo, tú eres mala. No me debes decir que yo soy tu amigo de toda la vida. Después de lo del año pasado, Elvira, eso no me lo debes decir.

—Dijimos que lo del año pasado lo olvidaríamos completamente.

—Yo no lo puedo olvidar, y tú lo sabes. Juegas conmigo, Elvira. No sé qué es lo que quieres de mí. Los días de la muerte de tu padre, me volvió a parecer que me querías, aquella tarde en el cuarto de Teo sobre todo, me pareció tan claro, dirás que soy un necio, preferiría no decírtelo, pero me miraste de un modo... hay cosas, Elvira, que no se pueden hacer con un hombre. A lo mejor te parece mal que te hable de esto.

Tenía una voz insegura y excitada. De vez en cuando alzaba unos ojos de súplica.

—Pero, Emilio, ya lo sabes que te quiero mucho. Más que a ningún amigo, ya lo sabes de siempre. ¿Por qué me va a parecer mal que me hables de eso ni de nada? Lo dijimos, que podríamos llegar a hablar de todo con entera confianza, ese fue el pacto del año pasado, creo que te acordarás.

Emilio le cogió las manos de encima del regazo, se las apretó con desesperación.

—Pero, Elvira, tú para mí lo eres todo y ¿yo qué he venido a ser para ti? Esas veces que me parece que me miras de un modo distinto, dime, ¿me equivoco? Dime nada más eso.

Elvira volvió a imaginar que le veía por vez primera, que iban juntos haciendo un viaje, y le pareció que el tren corría ahora más deprisa, que en la ventanilla desaparecía un paisaje amarillo y vertiginoso. Hizo un gesto negativo con la cabeza. Luego miró a Emilio y le vio unas chispitas más claras en lo oscuro de los ojos, esperando su respuesta.

—No, Emilio, no te equivocas esas veces.

Él había echado una rápida ojeada a la puerta. La cogió por los hombros y la besó con un beso brusco e inexperto que casi sofocó sus palabras, luego apartó una cara que le ardía y vio el rostro de ella inmóvil, sin expresión. Volvió a buscarle las manos.

—Elvira, dime, somos novios, ¿verdad que somos novios?

Ella se soltó de sus manos; miró a todas partes, de pronto, como si despertara.

—No lo eches a perder todo, por favor, no digas esa palabra.

—Pero nos casaremos —dijo Emilio—, nos casaremos, nos tenemos que casar, cuando sea, eso sí. Tú lo sabes igual que yo. Dime lo que quieres que haga.

—Será mejor que no vuelvas en algún tiempo —dijo Elvira con una voz delgada y opaca—. Pon un pretexto cualquiera.

No se había movido. Miraba un gemelo de la camisa de él que tenía una mella en el borde.

—Lo que tú quieras, mi vida. Pero dime qué hago, ¿la oposición la firmo? ¿Quieres tú que la firme? Ya he empezado a estudiar un poco, pero no tenía aliciente, ahora haré lo que digas, ahora tengo fuerzas para todo.

—Ya lo pensaremos —dijo Elvira—. Mejor que me escribas. Vete, van a venir.

Emilio se puso de pie. Dijo, mirando el reloj, con una sonrisa de hombre activo y entusiasta que planea el porvenir:

—Ahora son y media, a menos veinticinco estoy en casa, a menos veinte te estoy escribiendo; te voy a escribir una carta larga, una carta que dure toda la noche. Qué estupendo, me parece que vuelvo a vivir. Dile a Teo... bueno, no le digas nada.

Se inclinó hacia ella, y Elvira se dejó besar otra vez con un beso fugaz, medio mojado. Luego le vio volver la espalda y sintió la puerta de la calle que se cerraba. Se quedó un rato largo sin moverse, sin pensar en nada, mirando los libros de la biblioteca. Luego por la calle pasó alguien y el taconeo de sus suelas en el asfalto llenó la habitación. Todavía estaba el balcón entornado y se volvió a asomar, antes de cerrarlo. Los árboles, la tapia, la tienda del melonero, ¿por qué no se alzaban como una decoración? Era un telón que había servido demasiadas veces. Le hubiera gustado ver de golpe a sus pies una gran avenida con tranvías y anuncios de colores, y los transeúntes muy pequeños, muy abajo, que el balcón se fuera elevando y elevando como un ascensor sobre los ruidos de la ciudad hormigueante y difícil. Y muchas chicas venderían flores, serían camareros, mecanógrafas, serían médicos, maniquíes, periodistas, se pararían a mirar las tiendas y a tomar una naranjada, se perderían sus compañeros de trabajo entre los transeúntes, irían a tomar un tranvía para llegar a su barrio que estaba muy lejos.

Vino Teo a buscarla para cenar.

—¿Qué te pasa? ¿Te mareas?

—No; estoy bien.

—Como estabas con los ojos cerrados... ¿Ha venido Emilio, no?

—Sí.

—¿Qué ha dicho?

—Nada.

—Anda, entra. Siempre aquí en el despacho de papá. Vas a apenarte.

Durante la cena, hablaron de Pablo Klein. Teo había recibido una carta suya, dándole las gracias por su recomendación al director nuevo, que ya le había aceptado.

—¿Por qué no le dices que vuelva a vernos? —preguntó Elvira—. A lo mejor se encuentra solo aquí.

—Ya vendrá si quiere —dijo Teo—. No le quiero forzar. No es muy simpático.

—¿No te es simpático? ¿Por qué?

—No sé cómo explicarte. Da la impresión de que todo esto del puesto de alemán le importa un bledo, que es un pretexto, un juego, algo casual por lo que no piensa interesarse. Parece poco serio.

Elvira tenía la mirada fija en el mantel. Dijo:

—Pues papá le quería, le quería mucho.

—¿Tú cómo lo sabes?

—Lo sé.

La madre dijo que se acordaba perfectamente del padre de Pablo, de cuando habían vivido allí antes de la guerra; el pintor viudo le llamaba entonces la gente. Contó historias viejas que se quedaban como dibujadas en la pared. Iba siempre con el niño a todas partes, era un niño pálido, con pinta de mala salud. Se reían juntos y hablaban como si tuvieran la misma edad. A la madre, contando esas cosas de otro tiempo, le salía una voz de salmodia. Hacían cosas extravagantes. Vivían sin criada en un hotel alquilado por la Plaza de Toros. Elvira preguntó que en qué año fue todo eso y la madre echó la cuenta.

—El chico debe tener unos treinta años ahora. Vosotros erais mucho más pequeños. Papá fue a verlos. Yo le dije que me parecían gente rara... Un señor que llevaba su niño a todas partes, que se sentaba con él por las escaleras de la Catedral. Mal vestidos, gente que no se sabe a lo que viene. Ni siquiera estaba claro que la madre de aquel niño hubiese estado casada con el señor Klein y algunos decían que no se había muerto. Andaban detrás del señor para que hiciera una exposición de sus cuadros en el Casino.

—¿La hizo?

—Por fin me parece que no quiso, no me acuerdo bien. Papá decía que era un pintor extraordinario. Ya sabéis cómo era él con todo el mundo, ¿de quién hablaba mal? Todavía no ha habido ni una persona —movía las manos y la cabeza hacia el techo con énfasis—, lo que es una persona, ¡pues ni una!, que no le haya querido después de conocerle, ni un enemigo deja, bien lo podéis jurar. Corazón como el suyo, desde luego... un corazón así... difícilmente.

Había inclinado la cabeza y vertía lágrimas sobre el plato de postre. Elvira, antes de que arreciase el llanto, que era silencioso todavía, dobló su servilleta y se fue a acostar. Oyó, desde la puerta, que su madre decía:

—Tiene razón Elvirita, hijo; si papá quería tanto a ese chico, debíamos, a pesar de todo, ser como una familia para él. Tráele a casa algunas veces.

11

Cuando se marchó Rosa me quedó el pequeño vicio de ir al Casino algún rato, aunque no fuera más que para echar una mirada. Se habían pasado las fiestas y solamente los jueves y los domingos había un poco de baile a las ocho. Volví a ver a los amigos de Emilio, sobre todo a aquel Federico que me pareció que se burlaba de mí la primera noche en el bar, y comprobé con extrañeza que me consideraba amigo suyo. Casi siempre que me veían se venían a mi mesa, o a apoyarse conmigo en la barandilla alta, desde donde me gustaba ver bailar a la gente. También alguna vez, en vista de la confianza que me daban, me llegué a sentar en el grupo que formaban ellos, muchas veces jugando a dados de cubilete. Me recibían con alegría, llamándome por mi nombre, me daban palmadas en la espalda. A las chicas, solían hacerles poco caso, y hablaban de ellas con comentarios burlones. A través de sus conversaciones me familiaricé con los nombres de muchas, y las conocí de vista o de que me las presentaron; supe cosas de sus familias. Me incluían en su círculo de noticias y chismes, esperando que en mí despertaran el mismo interés que tenían para ellos. Un día pregunté por Emilio y me dijeron que se había encerrado a estudiar.

El Casino tenía también una buena biblioteca. Federico fue conmigo una tarde y me presentó al encargado para que me dejara sacar todos los libros que quisiera. Allí las butacas eran demasiado cómodas y daban modorra. Descubrí un café bastante solitario en la calle Antigua y empecé a ir allí con mis libros después de comer. Me ponía en un hueco que había con sofá de peluche junto a una ventana. En un rincón medio en penumbra, sobre un pequeño escenario con piano, tocaban durante un par de horas tres hombrecitos vestidos de oscuro. Casi nadie iba a aquel café, y las pocas personas que había, jugaban al dominó sin escuchar la música. El rumor de los fichazos sobre el mármol de los veladores se llevaba rachas de valses y habaneras, como un aire que las arañase. Sobre las seis se iba toda la gente de las tertulias y los músicos se bajaban de su hornacina, dejando las sillas removidas, y los atriles vacíos, se tomaban un café con leche en una mesa vecina a la mía. «Lo de siempre», le decían al camarero.

Al otro lado de la calle, enfrente de mi asiento, había una mercería. Muchas veces, al levantar los ojos del libro, los dejaba descansando en aquel escaparate. Los botones y puntillas, los objetos de plástico, formaban un mosaico de cosas en montón y al mismo tiempo cruzadas, combinadas, cambiándose de un color a otro, brillando. Me atraía y me producía letargo aquel escaparate, llegó a ser para mí la cosa más familiar.

Los amigos de Emilio se enteraron de que yo solía ir a estudiar a aquel café, y cuando tardaban algunos días en verme por el Casino, pasaban por allí, y desde fuera del cristal me hacían muecas antes de entrar a verme, o me tiraban una piedrecita. Me habían hablado mucho de las reuniones que daba un tal Yoni en el ático del Gran Hotel, y lo mismo que Emilio, hablaban de este chico como de un semidiós. Siempre me estaban diciendo que por qué no iba allí con ellos, y tanto insistieron que un día fui. A partir de las siete la gente andaba por la calle con un paso lentísimo como si les pesara la tarde que no terminaría nunca de pasar.

Yoni era hijo del dueño del Gran Hotel. Se hacía llamar así porque había vivido diez meses en Nueva York con un tío. Era un adolescente muy guapo, de pelo negro y ojos azules, y el estudio no lo tenía mal puesto, aunque un poco buscadamente original. Se estaba bien allí y tenía una buena discoteca. Le debían haber hablado de mí los otros con cierta admiración, lo noté en su deseo de parecerme independiente y avanzado, y también en su tono displicente, de hombre que está de vuelta de todo. Creo que no le fui muy simpático. Habló sobre todo de París, adonde quería ir en el invierno. Hacía unas cerámicas graciosas, ceniceros y mujeres desnudas con cuerpo de diversos colores. Estaba trabajando cuando llegamos nosotros y no lo dejó en todo el tiempo, pero los amigos estuvieron sirviéndose bebidas y poniendo música, sentados por el suelo.

—¿No te parece un tipo formidable? —me decía todo el tiempo Federico.

Volví otros días con ellos.

—Nos ha dicho Yoni que le pareces muy tímido —me dijeron—. Que no hace falta que te llevemos, que si te ha gustado estar allí, vayas tú solo siempre a la hora que te apetezca. Es que él tiene la costumbre de no hacer caso a nadie. Ya lo has visto, sigue trabajando vaya quien vaya. Pero no le distraemos, hasta le gusta.

Lo que más me admiró fue calcular el dinero que se debía gastar en bebidas para los amigos, y lo comenté con ellos. Les pregunté que si ganaba tanto con sus esculturas como para tener bebidas tan caras, pero por lo visto, el estudio y todos los lujos se los pagaba el padre, que tenía mucha fe en su talento. Yoni, sin embargo, hablaba de él con desprecio absoluto y le llamaba el viejo cerdo. Yo nunca le llegué a ver porque por allí no subía. Conocí, en cambio, a su hermana Teresa, el segundo día de ir por el estudio. Vivía en un apartamento contiguo al de Yoni, independientes los dos de su padre, y ella a veces le traía comida al hermano. Esta chica estaba separada de su marido, que vivía en Madrid con una artista de cine, y le mandaba a ella dinero de vez en cuando. Ella misma me contó estas cosas apenas nos presentaron, y según dijo, tenía como un privilegio el haber encontrado este estado de vida ideal. Hablaba con voz única, separando poco los dientes. Siempre había en su apartamento otras amigas muy guapas, que se reunían allí y hablaban del amor. Federico me dijo que Teresa era lesbiana.

De Elvira Domínguez volví a hablar en una de estas reuniones. Me enteré de que pintaba y de que Yoni la admiraba mucho por su falta de prejuicios. Se lo estaba explicando con mucho entusiasmo a otro chico que no la conocía, mientras le preparaba un cóctel en el bar. Yo estaba sentado cerca y les oí. Le dijo Yoni que era una de las pocas chicas iguales a un amigo.

—Como tú, o como otro.

El amigo se echó a reír.

—Se lo cuentas a quien quieras. Eso de la amistad entre hombre y mujer, ya no sale ni en el teatro.

Durante este tiempo yo pensaba mucho en Elvira y deseaba volver a verla.

Una tarde, poco antes de empezar el curso, hizo un sol hermoso y me fui de paseo al río. Había comido dos bocadillos en una taberna del arrabal y bebido casi un litro de un vino buenísimo. Estaba alegre sin saber el motivo. Veía los colores de todas las cosas con un brillo tan intenso que me daba pena pensar que se apagaría. La ciudad me parecía muy hermosa y excitante en su paz, hecha de trozos de todas las ciudades hermosas que había conocido. Me apoyé un rato bastante largo en la barandilla de piedra del Puente y me estuve allí, con los ojos medio cerrados, el sol en la nuca, oyendo los gritos de unos niños que se bañaban en la aceña. Luego me entró sueño y quise ir a tumbarme un rato en la orilla de allá del río, donde estaban paradas las barcas cuadradas que sacaban arena.

Desde el pretil de la carretera, antes de saltarlo para bajar a la orilla, vi una chica tumbada entre sol y sombra, y cuando ya bajaba la cuestecilla hacia el lugar donde ella estaba, se incorporó al ruido de mis pasos, y vi que era Elvira. No me extrañó ni me produjo timidez, como me hubiera ocurrido en otro momento. Estaba un poquito borracho y todo lo reconocía y me lo apropiaba apenas mirado, todo eran acontecimientos necesarios e inevitables. Encontrar a Elvira era igual que ver la torre de la Catedral de color tostado y azul dentro del río, igual que ir bajando con cuidado aquella cuesta, y sentir el ruido de un coche en la carretera. Llegué hasta donde estaba y la saludé con toda naturalidad como si nos hubiéramos visto el día anterior y otros días de atrás, y siempre; como si todo lo supiéramos el uno del otro. Me senté cerca de ella, sin pedirle permiso, y la miré.

—Vuélvase a tumbar, si estaba cómoda —le dije—. Yo también traía la idea de tirarme por aquí y quizá dormir. Es bueno este sitio, precisamente éste. La he visto desde arriba y he pensado: «Me lo ha quitado esa muchacha», pero podemos estar los dos. Casi nunca hay nadie por aquí; otras veces que he venido.

Me preguntó que si me gustaba pasear. Que si me gustaba la ciudad, que si me gustaba el río. Se había vuelto a tumbar y tenía las manos debajo de la nuca. Que cuándo empezaban las clases en el Instituto. Espaciaba las preguntas y yo le contestaba de un modo lacónico y desganado. No me miró ni una vez y luego cerró los ojos. Yo no tenía ganas de preguntarle nada, estaba a gusto con la espalda apoyada en un tronco, un poquito más alto que ella por el desnivel de la cuesta. Hubiera podido descender hasta su lado y pasarle el brazo por detrás de la cintura. En el silencio que se hizo vi que se le escapaban lágrimas de los párpados cerrados. De pronto me sentí incómodo, como cogido en falta, me acordé de la carta que me había escrito y que yo no había querido contestar. No entendía por qué lloraba, y además era lo mismo, pero pensé que me debía ir, comprendí que era una persona desconocida a quien había venido a molestar en su soledad. Me excusé con torpeza y me iba a levantar para marcharme pero ella me detuvo con un gesto de las manos.

—No se vaya, por favor —dijo luego, todavía sin abrir los ojos—. No me molesta que esté ahí, me gusta. Hábleme si tiene ganas y si no, no diga nada, pero no se vaya. Me hace compañía de todas maneras.

Me turbaba tenerla tan cerca, ver alzarse acompasadamente la curva de su pecho debajo del jersey negro. Me escurrí hasta quedar sentado a su lado, le pregunté si se encontraba mal o le pasaba algo.

—No, nada, sólo estoy deprimida. Me gustaría irme lejos, hacer un viaje largo que durase mucho. Escapar.

—¿Escapar de qué?

—De todo —dijo; y suspiró.

Me puse a hojear un libro que tenía allí en el suelo. Ella se incorporó después un poco.

—Le gusta Juan Ramón?

—¿Quién?

—Juan Ramón Jiménez, el autor de esas poesías.

—Ah, ya. No lo conozco.

—¿Es posible? Déjeme por favor un momento —dijo, quitándome el libro y buscando una página—. Es un poeta descomunal. Escuche esto:

> *Mis raíces, qué hondas en la tierra,*
> *mis alas, qué altas en el cielo,*
> *y qué dolor de corazón distendido.*

Lo recitó sin leerlo, aunque tenía el dedo en las líneas, con voz emocionada. Al acabar no sabía si mirarla o no, porque me pareció que el poema iba a ser más largo y estaba esperando a que siguiese.

—Es espléndido —dijo— poder decir una cosa así, ¿no cree?

A mí me dolía la cabeza. Tenía ganas de pedirle que me dejara apoyarla en su regazo. Me tumbé sin decir una palabra, y allí desde la tierra, mirando unas nubes que se movían, me era menos incómodo escuchar sus palabras. Se puso a hablar de lo limitado de la condición humana y decía muchos tópicos. Seguramente, sin mirarme vencía una cierta dificultad de comunicación. Me preguntó que si no sentía yo ese encarcelamiento de la carne de que hablaba el poema, tan patente algunas veces, ese desdoblamiento entre cuerpo y alma. Yo le dije que no, que creía que el cuerpo y el alma, tan traídos y llevados, venían a ser una misma cosa. No sé si se lo dije con una voz un poco aburrida.

—No sé cómo explicarle —se defendió ella—. Yo, por ejemplo, hoy aquí, lejos de la gente y de las circunstancias que me atan, me olvido del cuerpo, no me pesa, sería capaz de volar; pero en cuanto me ponga de pie y eche a andar hacia casa se me vendrá todo el recuerdo de mi limitación eso quiero decir, ¿lo entiende?

—Sí. Ya lo entiendo.

—¿Entonces?

—Nada.

—¿Por qué ha dicho que no hay alma?

—Pero, mujer, si yo no he dicho exactamente eso.

—Sí lo ha dicho.

—Además es lo mismo. Es cuestión de palabras. También yo estoy más a gusto aquí tumbado en este momento y no me acuerdo de ninguna cosa.

—Pero le parece ridículo lo que digo yo —se revolvió—. Se ríe; dentro de usted lo juzga.

Estaba sentada esperando que la mirase. Se había aproximado. Le vi los ojos grises y grandes, intrigados, casi encima de mí. Desde la carretera debíamos parecer dos novios. Lo único que deseaba era besarla.

—Se equivoca. No piense, por Dios, no dé vueltas a las cosas sencillas. Déjelas como están. Usted tiene ese vicio.

—¿Cómo sabe que tengo ese vicio? ¿Qué vicio? —dijo—. Explíquemelo mejor.

—Ya lo he dicho. No tiene nada que explicar. Se complace en dar vueltas a las cosas y en darse vueltas a sí misma. Es un vicio muy frecuente.

—¿Y qué más?

—Nada más. Mejor dicho, creo que también quiere parecer original.

Se quedó abatida y silenciosa. Luego de golpe se puso a hablarme de su carta, a justificarse de haberla escrito, a llamarse ridícula a sí misma; y de vez en cuando me miraba como esperando que la contradijese. Yo no fui capaz de decirle que no la había recibido porque sabía que me iba a conocer la mentira en los ojos.

—La escribí en un momento de crisis, de total sinceridad, pero usted, al no contestar, me hizo sentirme a disgusto conmigo misma, y vi lo inoportuna que había sido. Me hizo mucho daño no contestando. ¿Tan absurda le parecí?

—No, no absurda precisamente, ni mucho menos.

—¿Entonces?

Traté de esforzarme en dar una explicación que resultara adecuada pero la voz me titubeaba, y ella me cortó:

—Dejemos esto, por favor. Es inútil intentar hacerse entender de los demás. Una vez más me doy cuenta. Le pido perdón por haberle aburrido con semejante carta y con las explicaciones de ahora. Soy imbécil.

—¿Imbécil por qué?

—Porque sí. Le advierto que soy yo la primera que se ríe de sí misma —dijo en un tono altivo y agresivo—. De mi histerismo, si usted quiere llamarlo así.

—Yo no quiero llamarlo nada.

—Bueno, pues otros lo han dicho. Lo sé. Me complico la vida, me hago preguntas y me meto en líos. Digo lo que pienso y lo que siento; no tengo miedo de lo que piensen de mí. Y estoy contenta, a pesar de todo, siendo como soy.

Se hizo un silencio difícil de llenar. Yo todavía estaba tendido en el suelo. Sabía que ella estaba pendiente de que yo dijera algo y me hundía en el placer de no decir nada.

—No es usted persona de hacer muchos cumplidos —dijo.

—No los hago nunca.

Se echó a reír y le tembló la risa.

—¿Qué conversación tan increíble la que tenemos, ¿verdad?

Hice un gesto vago, pero de pronto me incorporé. Estaba muy agitada.

—Diga algo —me pidió—. Que no parezca que me da la razón en todo como a un estúpido, o que me oye como quien oye llover. No puedo sufrirlo. ¿Qué piensa?

—¿De qué?

—De mí, de las cosas que digo.

Tenía una mano encima del libro de poesías y parecía que le sobraba. Puse la mía encima y sentí un calor muy agradable.

—No pienso nada, aborrezco los problemas psicológicos. Mírame.

No retiró la mano, pero se echó a llorar.

—No sé, estoy nerviosa estos días. Siempre me he sentido ridícula con usted, desde el primer momento. Dirá usted. Dirá...

—No volvamos a empezar —corté—. Yo no digo nada. Y no me llames de usted. Somos amigos, ¿no?

Se sonrió asintiendo. Le alcé la cara por la barbilla. Estábamos muy cerca y vi que los labios le temblaban. De pronto se desprendió:

—¿Qué hora es? —preguntó—. Debe ser muy tarde.

Y se levantó.

—¡Uh!, tardísimo —dijo cuando supo la hora—. No, no vengas conmigo. Tengo una prisa horrible. Hasta otro día.

Ya iba subiendo por la cuestecilla con su libro en la mano.

—Espérame —le dije—. No te hagas la interesante. ¿Es que quieres jugar conmigo a la Cenicienta?

—Sí —dijo con una voz de buen humor.

Y se echó a correr por la carretera, diciéndome adiós. Yo me quedé un poco todavía. Cuando me fui de allí, tenía ganas de seguir bebiendo y estuve en varias tabernas de mi barrio.

Al día siguiente, lo único que recordaba de Elvira era lo cerca que la había tenido de mí y algo de mi tono insolente del principio. La telefoneé para disculparme, o no sabía muy bien para qué. Le pregunté que si podía verla.

—Sí —dijo—. Pero no quiero que te excuses. Me has hecho mucho bien con eso que dices tu insolencia. Ya te explicaré. Hasta te tendría que dar las gracias.

—¿Dónde te veo? —resumí.

—Puedes venir por casa.

—Habrá mucha gente. Tenía ganas de estar solo contigo.

—No, antes de las siete no habrá gente; hoy creo que no va a venir nadie.

Me citó a las seis. Era una tarde de domingo. La madre y el hermano se habían ido al cementerio. Apenas me abrió la puerta ella misma, me sentí a disgusto y tímido; no encontraba razón para aquella visita y tuve que hacer un esfuerzo para no llamarla de usted, al reconocer el trozo de pasillo donde nos habíamos hablado el primer día, cuando fui a darles el pésame. Ella, en cambio, era absolutamente dueña de la situación y me hizo pasar con desenvoltura y aplomo. La seguí a un cuartito pequeño que me dijo que era el suyo, y me trajo una taza de té. Me dijo que se alegraba de mi amistad, que esperaba merecerla, que precisamente necesitaba mucho de personas como yo que dicen siempre la verdad. Que nadie le había dicho de sí misma cosas como las que yo le había dicho la tarde anterior.

—Pero si yo no te dije nada de particular.

—Sí, que pienso demasiado en mí misma. Y es verdad: que me doy vueltas y me creo original. Algo así. Me sentó muy mal, te lo confieso, pero hiciste bien en decirlo, fuiste como nadie, son cosas que nadie dice.

Me explicó que en general la gente la admiraba. Que los chicos, sobre todo, la admiraban.

—No me creas fatua por esto, pero es verdad. Tengo bastantes amigos, y entre unos y otros me han hecho pensar que valgo algo más que otras chicas, porque soy así, impulsiva, ya lo ves tú mismo; porque leo y tengo inquietudes que otras chicas de aquí no suelen tener. Ellas me ponen verde, te lo puedes figurar, porque tengo amigos y salgo y voy a los sitios, lo que se puede en un sitio como éste. Porque con las chicas me aburro, lo lógico. Todo esto a ti te parecerá pueril. Tú en cambio no me admiras nada, te parezco vulgar, ¿verdad que no me admiras?

—¿Por qué te iba a admirar? Te conozco tan poco... Pero ves, ya estás hablando todo el rato de ti misma, salte de ti misma, no te creas el centro del mundo.

Se quedó repentinamente cortada.

—No te he querido decir nada que te ofenda —añadí—. Perdona. Pero creo que siendo tan subjetiva, creyéndote el centro del mundo, no podrás llegar a hacer nada demasiado bueno, ni siquiera a pintar bien, por ejemplo.

—¿Lo sabías que pinto? —preguntó complacida—. ¿Quién te lo ha dicho?

—Qué más da, lo he sabido por ahí.

—Yo no pinto bien, ni lo pretendo. Soy aficionada solamente —se defendió—. Eso para el que sea profesional.

Yo le dije que no se debe ser aficionado en ninguna cosa, que si no le parecía la pintura una cosa importante, que no cogiera nunca un pincel.

—¿A ti te parece una cosa importante?

—Hay otras cosas que lo son mucho más, desde luego.

—Pues tu padre pintaba. Creo que pintaba muy bien.

—Y eso qué tiene que ver.

Sacó un tono impaciente, como si se empezara a molestar. Estaba continuamente a la defensiva. Dijo:

—Además, eso de lo subjetivo no es verdad. Van Gogh era un pintor subjetivo, bien encerrado en sí mismo, y es espléndido. Murió alucinado, borracho; bueno, ya lo sabrás, se cortó una oreja. Yo le admiro.

Me eché a reír.

—¿Le admiras porque se cortó una oreja? ¿Qué tiene que ver eso con su pintura?

Se quedó un rato callada.

—Me tienes antipatía —dijo luego—. No sé por qué quieres estar conmigo.

Estaba sentada en una cama turca y continuamente subía los pies a la cama y los volvía a bajar. Me pareció guapísima.

—Porque me gustas —le dije—, la cosa es bien clara.

Se levantó, como si no me hubiera oído y dijo que me iba a enseñar sus cuadros, pero luego se arrepintió y se puso a darme explicaciones de lo malos que eran y también de las sensaciones que tenía cuando los pintaba, que se atormentaba pensando que aquello que veía ya no volvería a tener la luz que tenía en aquel momento, y que eso le daba prisa y angustia y le dificultaba trabajar bien. Me habló de lo horrible que le parecía sentir pasar el tiempo, envejecer.

—Dirás que qué cosas pienso tan raras, ¿no? —dijo con una risita.

Yo no contesté. La estaba mirando fijamente. Otra vez se había sentado, ahora más cerca de mi sillón.

—Esta tarde, por ejemplo, es distinta a cualquier otra y nunca se repetirá. Y cuando tú y yo seamos viejos, ni siquiera nos acordaremos. Es imposible apresar el tiempo, ¿no te parece?

Me levanté despacio y me puse a su lado en la cama turca. Bajó los ojos. Algo empezó a decir de *La náusea,* un libro de Jean-Paul Sartre, y todavía siguió hablando un poco y mirándose las manos sobre las rodillas, hasta que yo se las cogí.

—¿Por qué haces esto? —dijo cortándose—. Ya ayer, en el río...

—¿No eres una chica sin prejuicios? —sonreí.

Separó una mano y la movió en el aire con falsa naturalidad; la otra quedaba en su falda, debajo de las mías.

—Claro, qué bobada, no lo digo por eso. A ver si crees que me parece una gran cosa, pero tengo curiosidad por saber qué idea tienes formada de mí.

Se hacía la desenvuelta, pero vi que tenía miedo de que la besara.

La besé. La estuve besando hasta que no teníamos respiración. Luego ella se puso de pie con susto porque había oído algún ruido en la casa, se arregló el pelo con las manos torpes, antes de salir de la habitación. «Me esperas un momento», dijo. Y cuando volvió todavía hablaba con voz entrecortada.

—Ha venido una amiga mía. Está en el comedor. Si quieres salir a la visita o esperarme... no sé qué podríamos hacer.

—No, me voy —dije—. Ya te veré otro día. Pero no estés temblando.

—Escucha, antes de que te vayas. —Hablaba en un murmullo—. Dirás que soy una fresca. Yo no quería que pasara lo que ha pasado. ¿Me crees? No sé cómo se ha enredado todo así.

—No tiene importancia. Si tú quieres lo olvidaré. Pero te he besado porque me ha parecido que lo deseabas.

—Eres fatuo y grosero —se revolvió—. No es verdad eso.

—¿Quieres que lo olvide?

—Sí. No sé. Vete. Si no te importa, no digas que has estado aquí.

—¿A quién se lo iba a decir?

—No sé. —Estaba muy colorada—. A mi hermano, a Emilio, a tus amigos de ahora. Además es una bobada, díselo si quieres.

—No se lo diré, no te preocupes. A tu hermano y a Emilio nunca los veo. ¿Tanto miedo tienes?

—No —se revolvió—. Ya te he dicho que es una bobada. No tengo miedo de nadie. Pregónalo si quieres.

—Nos va a oír hablar tu amiga.

—Mejor. Eres malo y odioso.

Ni siquiera me dio la mano cuando me fui.

En la calle decidí que era mejor no volver a verla. Eché a andar sin saber hacia dónde. Estaba una tarde húmeda y suave. Llegué al Parque municipal y di un paseo por los caminos solitarios sintiendo el ruido que hacían mis zapatos al pisar sobre las hojas caídas. Luego me metí por calles y callejas, algunas que nunca había atravesado. Los bares y los faroles ya estaban encendidos. De un portal grande salió un chico que casi me tropezó. Era Emilio.

—Hombre, cuánto tiempo, qué casualidad.

Me abrazó. Nos quedamos parados allí en la acera. Yo estaba muy sorprendido del encuentro.

—Salgo ahora, fíjate, toda la tarde estudiando —me dijo.

—Ya, ya me han dicho tus amigos. Les pregunto por ti, muchas veces. Dicen que no te ven nada.

—Me he encerrado a estudiar, chico. Si no, no hay manera, estoy preparando las oposiciones a Notarías, no puede ser. Era ya mucho perder el tiempo. Vaya, vaya. Pablito, ¿y tú?

—Nada nuevo.

—¿Qué tal lo pasas? Mis amigos te quieren mucho. ¿Qué te parecen?

—Bien.

—Son buena gente. Algo inconscientes algunos. Pero Yoni es estupendo, ¿verdad?

—Sí.

—Sabía ya que te iba a gustar mucho Yoni. Pues yo ya te digo, no salgo nada. Pero estoy animado. En este tiempo de otoño, da gusto tener aliciente para meterse a estudiar. Gusta estar en casa trabajando, a las puertas del invierno, con este cielo gris que se pone.

Hablaba en un tono cordial y seguro, tan distinto del que tenía la última vez que le vi. Se lo dije.

—No te extrañe, yo soy ciclotímico. Tan pronto estoy en lo alto como en lo bajo. Lo malo, cuando estoy tan animado como ahora es que no escribo una línea.

—Ah, sí. Me dijiste que escribías. ¿Qué tipo de cosas escribes?

—Poemas. Pero ahora no. También cosas de crítica. Temas sociales, sobre todo. Algún día, si quieres, puedes venir a casa y te enseñaré algo. Vivo aquí mismo.

—Ah, muy bien. Vendré.

Miré la casa.

—En el tercero. Sí, me gustaría que vinieras. Saber tu opinión acerca de lo que escribo. Esta temporada me he aturdido a estudiar, pero no creas; suelo tener un gran dilema entre la carrera y mis escritos. He tenido temporadas de no saber por dónde tirar, y todavía no estoy seguro, pero es que claro, chico, de la literatura, por lo menos aquí en España, es dificilísimo vivir.

Seguíamos parados en la acera. Miró el reloj. Me dijo:

—Te extrañará que no te diga que subas ahora a casa, pero los domingos salgo un poco antes, para aprovechar y tengo prisa: estoy citado con Elvira. ¿Sabes que somos novios?

—No. No sabía nada.

—A nadie se lo he dicho más que a ti. Ni siquiera a Teo. No lo comentes con los amigos. Decir novios, y más con ella, es

algo que lo echa a perder todo, pero en fin, hemos compren-
dido que nos tenemos que casar. Esto es lo importante, ¿no te
parece?

—Tú sabrás. Seguramente.

Cuando se despidió me dijo:

—Por cierto, tú debías volver a visitarles. A Teo le gustaría.
Su madre, por lo visto, se acuerda bastante de ti, cuando eras
pequeño. Si quieres, yo te puedo acompañar.

—Bueno, ya nos pondremos de acuerdo.

Me fui a la pensión. Al día siguiente empezó el curso.

SEGUNDA PARTE

12

—Anda, sécate los ojos.

Gertru cogió el pañuelo grande que olía ligeramente a tabaco y colonia Varón Dandy. Todavía tenía los dobleces de recién planchado. Se enterneció al llevárselo a los ojos.

—Pero de verdad, Ángel —dijo con voz quebrada—. De verdad que era una broma; que yo no quería avergonzarte delante de los amigos ni nada, que te lo has tomado al revés. Con la ilusión que me hizo preparar el paquete...

—No, Gertru, chiquita, no me lo he tomado al revés. Es que hay cosas que una señorita no debe hacerlas. Te llevo más de diez años, me voy a casar contigo. Te tienes que acostumbrar a que te riña alguna vez. ¿No lo comprendes?

Gertru estaba mirando los sofás de enfrente y la gente sentada. La voz de Ángel tenía un tono autoritario que le quitaba toda dulzura, ponía distancia entre ellos. Protestó todavía:

—Pero por lo menos que entiendas que era una sorpresa, una cosa que me salió de dentro. Ni lo anduve envolviendo bien ni nada, vine corriendo a traértelo con el mismo traje que tenía puesto en casa, en cuanto colgué el teléfono. Yo misma vine. Tienes que entender esto, por favor. Tienes que saberte reír cuando alguna vez te dé una broma.

—No me digas lo que tengo que saber hacer —cortó él con dureza. Y añadió acercándose un poco, porque ella se apartaba con gesto huraño—: Por Dios, es que se te ocurren unas cosas... Imagínate cuando bajé con los amigos y me dio el paquete el conserje. Vamos, que no sabía qué cara poner. Lo desenvuelvo, y el bocadillo de tortilla. Habrán dicho que soy un desgraciado, que me hago alimentar de ti. Además el conserje te conoce, se han enterado todos.

Gertru levantó unos ojos de niño con rabieta.

—Y a mí qué me importa, a mí qué me importa. Dijiste que llevabas dos tardes sin merendar, que no te había llegado el giro de tu madre. Me hacía ilusión, no tiene nada de malo, digas lo que quieras no tiene nada de malo.

—Bueno, ya basta. ¿Por qué sigues llorando?, no te quiero ver llorar, ¿has oído? Si no te voy a poder advertir nada. Lo hago por tu bien, para enseñarte a quedar siempre en el lugar que te corresponde. Eres un crío tú. Anda, no seas tonta, pero serás crío.

Gertru se sonaba con los ojos bajos.

—Ángel está de riña con la novia —dijo Federico Hortal desde la mesa de enfrente, donde habían estado jugando a los dados.

Y se echó para atrás en la butaca, mirando en el aire una bocanada de humo. Se destacaba su figura delgada contra el metal de una vieja armadura que estaba al pie de la escalera. Sonaban amortiguadas las conversaciones y las risas como si se apagaran en la alfombra. Aquel rincón del hall del Gran Hotel con la escalera, la armadura y el tresillo grande venía retratado en las postales de la Dirección General de Turismo y por detrás ponía: «Teléfono. Baño en todas las habitaciones. Primera A».

—Riña de poco debe ser —dijo Ernesto—. Una riña de no soltarse las manos, vaya riña. Es una pareja que me da sueño. ¿Lo dejamos o echamos otra?

Federico le quitó el cubilete.

—No, hombre, venga ya. Yo ya no juego más. Llevamos siete.

—Porque pierdes.

Luis Colina miraba el periódico.

—Le estará pidiendo explicaciones ella por lo de anoche —dijo alzando unos ojos maliciosos.

—¿Lo de anoche? No seas tonto. Pues sí. Como si lo de anoche fuera algo especial. Ni lo sabrá ella.

—¿Cómo no va a saberlo? Yo estoy seguro de que es por eso. Con lo arrepentido que venía a lo último, diciendo que era un miserable.

—Bueno, por el vino que tenía. Por desahogarse. Porque era la primera vez que volvía con nosotros de noche desde lo de la novia. Pero lo que yo le dije. «Temprano empiezas con los arrepentimientos. Qué vas a dejar para cuando te cases y tengas hijos y eso, que está peor irse de mujeres, si vas a mirar».

—Pues él decía que con qué cara salía hoy con ella. Yo creo que se lo está contando y que por eso riñen.

—Que no, hombre, que no. Que no le conoces.

—Es un león, desde luego, para las mujeres. ¿Os fijasteis Angelita? Se le dan de miedo —dijo Luis Colina con admiración.

Los otros no le hicieron caso.

—Pues a la chiquita ésta yo no le veo nada. Tiene unos bracines que parecen palos.

—Hombre, no; es mona. Muy crío, eso es lo que pasa. Ya se pondrá en su punto. Es de las que se ponen en su punto después del segundo hijo. Qué dolor de cabeza, oye. Dos horas he dormido.

—Por ahora es de las que no deben dar ni frío ni calor.

—Eso creo sí. Algo simplona. Yo también estoy cansadísimo.

—Y dice que se casa, eh, que no quiere esperar ni dos meses. Le ha dado fuerte.

Gertru le daba vueltas al pañuelo de Ángel, sin levantar los ojos del regazo.

—Te has quedado callada. Mírame.

—No me pasa nada.

—Que me mires.

—Déjame.

—Pero vamos, basta ya. ¿Qué va a decir mi madre mañana?
Pues sí que le preparas un recibimiento. Como te vea con esa
cara. Dame ya el pañuelo. La señora de Jiménez; vaya una señora de Jiménez que vas a ser tú. ¿Y cuándo lleves el anillo
aquí?

—No, aquí no. Se lleva en la otra mano.

—A ver. En ésta. En este dedo. Vuélvete ese que llevas. Así.
Ya nos hemos casado. ¿Qué te parece?

—Bien —dijo ella, sonriendo.

Se levantaron Federico y los otros. Saludaron a Ángel con
la mano.

—Eh, ¿pero os vais ya? —les llamó él, incoporándose.

Se acercaron.

—Sí, arriba, a oír los discos de Ives Montand. ¿Venís luego
vosotros? Hola, Gertru.

—Hola.

—No sé —dijo Ángel, mirándola—. A lo mejor. Íbamos a ir
al cine. Lo que ella diga.

—Animaros, hombre.

—No sé lo que haremos. ¿A ti te apetece?

—A mí sí —dijo Gertru.

—No. Es que si no vais a venir, se lo decimos a Yoni, porque me parece que contaba con vosotros.

—¿Ah, pero por fin es guateque?

—Creo que sí. Dice éste que han avisado a algunas chicas.
Ahora nos dirá Yoni.

—Hasta luego.

Subieron las escaleras con gesto cansino. En el estudio,
Yoni le estaba haciendo un cóctel a Manolo Torre, en el pequeño bar. Federico se fue al lado del picup y se puso a sacar
discos de sus fundas de papel y a mirarles los títulos.

—Oye, bárbaro. Tienes dos de Juliette Greco, ¿también son
nuevos?

—También.

Los otros se acercaron al picup, y miraron los discos, por encima del hombro de Federico.

—¿Te los ha mandado todos Spencer? —preguntó Ernesto.

—Todos.

—Pues oye, los vamos a ir poniendo.

—Como queráis —dijo Yoni—, pero os van a aburrir de tanto oírlos, como me ha pasado a mí. Yo esperaría un rato a que viniera la gente.

Les contó que venían muchos, que lo había organizado su hermana Teresa.

—¿Y con qué motivo?

—En honor de la francesa del 315, que se marcha mañana, por fin. He visto que andan haciendo pastelitos y mandangas. Me toman el estudio por el pito del sereno.

—Si te traen a la francesita, no te quejes.

—De eso me quejo, claro. Me la tengo ya muy vista —se reía—. Demasiado. ¿Sabes que me regalaba un pasaje si me iba con ella?

—¿Qué dijiste?

—Que no. Que cuando tenga ganas de pasar una semana en plan, ya le pondré un cable.

Yoni hablaba con un acento descoyuntado y artificial. Les ofreció tabaco inglés de pipa, y mientras lo repartía, canturreaba, llevando el compás con los hombros:

«*Chuchu chu baba*
chuchu chi baba
chuchu chu baba
ch, chu, chu...».

—Oye, ¿y este tabaco también te lo ha mandado Spencer?

—También. Con los discos. Y unas revistas de cine que están allí.

—Vaya con el americano. Ni que se hubiera enamorado de ti.

—Pues no andas tan despistado. Cosas más difíciles habría.

—¿Cómo? ¿Qué dices, Yoni? ¿Pero de verdad?

—Y tanto.

—Que va, hombre. No vengas con cuentos ahora. Un tío bien simpático es lo que era. Siempre le sobraban veinte duros.

Al principio los discos franceses fueron escuchados con religioso silencio. A los que iban llegando se les saludaba con la mano, o con gestos de que no interrumpieran. Colette, la chica francesa del 315 traía pantalones y una blusa roja. Se fue derecha al bar, se sirvió un vaso de ginebra y se puso a beberlo apoyada en el respaldo de la butaca de Yoni, acariciándole el pelo de vez en cuando. Luego se sentó en el suelo con las piernas estiradas sobre la alfombra. Dejaba caer en la cara su pelo rubio y liso, mientras hacía sonar contra las paredes del vaso un trocito de hielo. Teresa, la hermana de Yoni, entró con las otras amigas por la puertecilla de atrás, que comunicaba con su apartamento. Traían bandejas de emparedados y las pusieron en una mesa adosada a la pared, retirando hacia el extremo algunas figurillas de barro.

—Te dije que dejaras libre esto —le gritó a Yoni.

Yoni se levantó, encorvándose hacia adelante. Alguien le había dicho que andaba como James Stewart.

—Eh tú, no fastidies —dijo acercándose—, que ese trabajo no está seco todavía. Hola, Estrella.

—Venga, no seas rollo. Si no te lo estropeamos. O ponlo en otro sitio, en el armarito. Te dije que lo tuvieras recogido.

—A ver, Yoni, qué cucada de imagen. ¿Es una virgen?

—No, es una cosa abstracta. Ten cuidado.

—¿Abstracta?

—Sí, guapa. Ten cuidado, no está seca.

—Pero esto es un cenicero, no lo querrás negar. ¿Lo vendes?

—Cógelo, si te gusta.

Colette no separaba los ojos del grupo que formaban Yoni y las casadas frívolas. Cuando se volvió a acercar a ella, le atrajo hacia sí fuertemente y se reclinó en su hombro:

—*Oh, dites moi que tu m'aimes* —le pidió lánguidamente.

Teresa, la hermana de Yoni, vino hacia ellos y se agachó a saludar a Colette. Yoni aprovechó para desprenderse. Teresa llevaba un escote exageradísimo y los ojos pintados con abéñula. Manolo Torre no separaba los ojos del borde de aquel escote, atento a que se volviera a levantar. Apuró la copa de coñac y se pasó dos dedos por el cuello de la camisa.

Cuando estaban acabando de poner los discos, vinieron Gertru y Ángel. Como la chica era nueva, y por consideración a Ángel, se levantaron casi todos. Gertru miraba alrededor, sin avanzar, con sus enormes ojos transparentes. Manolo Torre le dijo por lo bajo a Yoni:

—Vaya, ya nos hundió la niña. Yo la conozco, te prevengo que es de las que le cohíben a uno la juerga.

—¿A mí? —dijo Yoni con voz displicente—. Pues sí que me cohíbe a mí nadie nada. Con no hacerle caso...

—Pero que no se levanten todos, Ángel —dijo Gertru, apurada.

—Venga, hombre, sentaros. Os presento a Gertru a todos los que no la conozcáis —saludó él, cogiéndola por el cogote y haciendo con la otra mano un gesto circular de hombre desenvuelto.

Mascullaron alguna cortesía sin mirarla de frente. No sabían si volverse a sentar o no. Teresa vino y la estuvo besando.

—Ángel me ha dicho que querías ver la cocina de mi apartamento, para tomar idea para cuando os caséis.

—Sí, sí. Me encantaría —dijo Gertru.

—Desde luego es un sol. Luego vamos, si quieres. En cuanto meriende la gente un poco, te llevo, ¿eh, mona?

—Bueno. Muchas gracias.

Federico se acercó a Yoni.

—Oye tú, ¿va a haber baile luego, y eso?

—Supongo. Aquí cada uno hace lo que quiere. Ya sabes que esto siempre se lía.

—Digo por si van a venir más chicas. Chicas de aquí.

—Sí, creo que se lo han dicho a Isabel y a Toñuca, y a las catalanas, ¿por qué?

—Por si podía yo avisar a una amiga mía.

—¿A Julia Ruiz? —preguntó Yoni.

—Sí. ¿No te importa? Me divierte porque me ha empezado a hacer confidencias de su novio. Por algo se empieza.

—Por mí trae a quien quieras. Con tal de que la dejen en su casa.

—Sí. Yo la conozco. La llamo ahora.

Se acercó al teléfono y marcó un número. Las conversaciones habían empezado a cubrir las palabras susurradas de Ives Montand.

Se puso de espaldas.

—¿Me hace el favor? ¿La señorita Julia? Ah, eres tú... Nada, ¿qué haces? ¿Le sigues guardando ausencia a ese novio fantasma?... Sí, pero bueno, debería arreglarlo de alguna manera para no dejarte vivir tan sola... Que no, bonita, que no te enfades tú... El picup, eso es lo que se oye... Sí, en el estudio de Yoni. Tiene unos discos franceses, oye, fenomenales; a ti te encantarían. ¿Por qué no te das una vuelta por aquí?... Claro que me lo ha dicho él... ¿Y por qué? Algún día tiene que ser el primero. En estas fiestas pasadas, lo hemos rociado todo con agua bendita... No, ahora en serio, vente, te llamaba para eso... Bueno, pues con tu hermana... Sí, sí, yo se lo digo. Que se ponga.

Julia dejó el teléfono y fue a llamar a Mercedes, que estaba oyendo una novela por la radio.

—Te quiere hablar Federico Hortal.

—¿A mí?

—Sí, que te pongas. Quiere que vayamos al Hotel.

Mercedes salió al pasillo y Julia se quedó esperándola apoyada en el mirador. La tía Concha, a sus espaldas, cerró la radio y dijo con voz solemne: «Al Hotel de ninguna manera», luego volvió a abrirla. Julia no contestó. La gente pasaba de prisa, debía hacer frío; vio salir a doña Simona, la del tercero. Tardaba Mercedes y el murmullo de su conversación en el pasillo, que le llegaba, en las pausas del *speaker,* la enervaba. Imaginó la cara de complicidad que traería, y se arrepintió de haber estado más bien simpática con Federico. Encendieron las luces de la calle. Le daban ganas de escapar; se fue al cuarto de Natalia.

—¿Se puede?

—Sí, hola.

Natalia estaba echada en la cama con unos folios de papel y lápices de colores.

—¿Qué haces?

—Un mapa de cultivos. ¿No habéis salido?

—No. A lo mejor salimos ahora. A ver, ¿qué es eso? ¿Espigas?

—Sí. Las espigas se ponen en los sitios de trigo, y racimos donde se da la vid. Está muy mal pintado.

—¿No te aburres aquí sola?

—Yo no.

—Los domingos se aburre una tanto...

—Lee algún libro. ¿Quieres que te dé algún libro?

—No, no. Si a lo mejor salimos.

Mercedes, cuando vino a buscarla, ya había convencido a la tía para que las dejara ir. Tuvo que discutir bastante con ella, decirle que era por Julia, que aquel chico le convenía mucho y que no se le podía decir siempre a todo que no, porque se iba a hartar, que había que aprovechar estos días en que Miguel y Julia habían dejado de escribirse para ver si a ella se le quitaba por fin de la cabeza la idea de aquel dichoso novio. Tía Concha había oído decir que Federico Hortal era un poco borracho, «... y si va a salir de Herodes para meterse en Pilatos», «Que no, tía, qué disparate, si es un chico excelente, fíjate qué familia, no me vayas a decir ahora que no es un partido ese chico; y tiene verdadero interés, ya te conté lo que me dijo el otro día en el Casino. Diferencia con ese memo, que nadie le conoce ni sabe quién es ni nada; una persona educada que se sabe presentar en cualquier sitio, no un chiflado. De beber, ya te digo, no creo, pero aunque bebiera un poco, eso son cosas...». «Bueno, sí, está bien; pero, ¿al Hotel vais a ir?». «Es un día. Y Julia no va sola, tía, voy con ella. Es por lo que es, ya sabes que a mí tampoco me gusta mucho aquel ambiente».

«¿Cómo te va a gustar? Todo gente joven, solos allí, como cabras locas, sin ninguna persona de representación, metidos entre cuatro paredes. Desde luego, si vais, que no lo sepa tu padre». «Bueno, ahora es un poco distinto, ¿eh?, desde estas ferias ya van chicas de aquí, las dejan en sus casas. Chicas conocidas. Isabel, y muchas. Creo que ahora no es como antes; y también matrimonios, otra cosa». «Pero venir pronto. Dicen que algunas chicas hasta se quedan allí a cenar con sus novios y todo». «Que no, por Dios, mira que son unas advertencias... ¿Cuándo hemos hecho nosotras eso? A las diez en punto estamos aquí». «Antes, un poco antes». «Antes no sé, tía, son las ocho menos cuarto, entre que nos arreglamos y llegamos y todo». «Si lo que no sé es la necesidad que teníais de ir. Bueno, en fin, a las diez. Pero en punto».

Julia le preguntó lo que le había dicho a la tía para que las dejase ir.

—Nada, que nos apetecía, que estábamos toda la tarde de domingo metidas en casa —explicó Mercedes.

—Algo más le habrás dicho, porque si no...

Natalia las oía sin levantar los ojos de su mapa. Julia estaba sentada a los pies de la cama y se hurgaba en las uñas, se levantaba a tiras el esmalte viejo.

—Pero venga, muévete —dijo Mercedes con impaciencia—. Tenemos que arreglarnos. ¿Es que no te apetece venir?

—Sí, mujer, pero tenemos tiempo.

—No tanto tiempo; son menos diez.

—Vaya una ilusión que te ha entrado.

—¿Yo? —se señaló Mercedes con acento de víctima—. Por ti lo digo. Por ir contigo; mira tú a mí qué me importa. Porque me pareció que tú querías. Lo que es a mí...

Julia estaba medio arrepentida de ir. Por el camino no habló apenas, y andaba de mala gana, parándose. Su hermana se enfadó, le dijo que ni que la llevaran al patíbulo. Que se volviera, si quería.

Cuando llegaron al estudio de Yoni, había ya mucho jaleo. Estaba la chimenea encendida; ceniceros y botellas esparcidos por la alfombra. Al principio no vieron a Federico, empotrado en una butaca del fondo con una copa de coñac en la mano. Las vio él y les hizo una seña, levantando el brazo libre, sin moverse de su postura. Ellas se habían parado a saludar a Gertru, que estaba al lado de la puerta.

—Mírale —dijo Mercedes—. Está allí.

—Bueno, y qué pasa —se volvió Julia—. Ni que hubiéramos venido a buscarle. Estás más gorda, Gertru.

—Hola, ahora vamos. Mira, Julia, nos está llamando.

—Yo no voy —dijo Julia secamente—. Estoy bien aquí.

—Hija, mira que eres. Nos está diciendo no sé qué. Yo sí voy.

—Pues vete.

—Ahora vengo.

—¿Y tu novio? —le preguntó Julia a Gertru cuando se quedaron solas.

Ángel estaba de espaldas un poco más allá, en un grupo al lado del bar.

—Ahí, ¿no lo ves? Le está dando un recado a un amigo.

—Creo que os casáis pronto.

—Sí. Mañana viene mi suegra. Me va a llevar con ella a Madrid a escogerme el equipo.

—Qué estupendo. Estarás encantada.

—Fíjate.

Mercedes había llegado junto al sillón donde estaba hundido Federico, y hablaba con él apoyada en el respaldo. Miraron hacia acá y Julia desvió la vista. Buscó un hueco de pared para sentirse menos desairada.

—Es muy pequeño esto y hace calor, ¿no encuentras? —le dijo a Gertru.

—Sí, eso estábamos comentando antes Ángel y yo, que debían abrir alguna ventana. No sé para qué han encendido la chimenea.

—Ya, ya. Díselo a alguien que abran.

—No sé a quién.

—A tu novio, que se lo diga a los de aquí.

El vaho formaba una niebla en los cristales y detrás se dibujaban tejados, luces y ventanas de afuera, del otro lado de la calle. Gertru se quedó un poco callada, mirando la ventana con ojos distraídos. Le picaba el humo dentro. Todavía no era de noche.

—¿Y Tali? —preguntó.

—Mejor. Ya está buena.

—¿Ha estado mala? No lo sabía.

—Sí. Como ya no vas nada...

—Es verdad, pobrecina. Con lo que yo la quiero. ¿Está enfadada?

—No. No creo. Vamos, no sé.

—Me acuerdo cuando subíamos a la torre de la Catedral —dijo Gertru sin apartar los ojos de la ventana—. Y cuando nos parábamos en los charlatanes. Lo pasábamos bien; a estas horas salíamos de clase. La tengo que llamar.

Vino Teresa para saber si quería ir con ella a ver la cocina de su casa. Que se viniera también Julia, que nunca había estado.

—... y os enseño la ropa que me han traído de Tánger.

Julia dijo que bueno y salieron las tres. Teresa llevaba a Gertrudis cogida por los hombros.

—Te rapto un poquito a este cielo de novia, tú, mala persona —le dijo a Ángel, al pasar a su lado.

Federico, mientras se servía la séptima copa de coñac de la tarde, le estaba diciendo a Mercedes:

—Pues, chica, creí que ya no veníais. ¿Pero, y con el novio, en qué está?

—Yo qué sé en qué está. Que tendrán que dejarlo. Yo he dicho que no se casaban desde el primer día. Pero como ella es tan bruta, porque es brutísima, ha dicho por aquí meto la cabeza, y nada, hasta que se la rompa. A mí es que me pone...

—Mujer, déjala —dijo Federico con pereza, estirándose—, no te lo tomes así.

—Pero cómo quieres que me lo tome. Si es que es verdad, hombre. ¿Tú crees que ella pide consejo ni dice una palabra a nadie? Nada, ni una palabra, ya ves, dos hermanas que duermen en la misma habitación desde chiquitas. Pues nada, se puede estar muriendo de un disgusto que no me lo dice. Fíjate, ahora lo sé yo que está reñida con Miguel, y que seguramente es definitivo. Pues si le pregunto que si ha tenido carta, que sí, siempre que sí. Lo sé yo que hace más de un mes que no la escribe...

—¿Y tú por qué crees que no la escribe?

—Pues porque es un idiota, un cara. A mí me lo podía hacer.

Federico se desempotró trabajosamente de la butaca.

—Siéntate aquí —le dijo a Mercedes—. ¿Y ahora por qué no se ha acercado aquí contigo? ¿Adónde va con ésas?

—Lo hará por hacerte rabiar, por táctica. A mí muchas veces me parece que tiene interés por ti... Pero no, déjalo, si no me siento, ya me buscaré yo otra silla.

—No, hija, no te molestes, si no hay sillas. Fíjate cómo está todo.

Mercedes echó una mirada en torno. Todavía no se había fijado en la habitación. Vio parejas aisladas que bailaban por los rincones donde había menos luz, gente de espaldas en el bar y junto a la mesa de los emparedados; otros sentados por el suelo. La mayoría de las caras no las conocía.

—¿Aquello qué es? —le preguntó a Federico.

Había dos camas de madera en una esquina, encima una de la otra, como en los barcos, y en la de abajo se veían tumbadas algunas personas, las caras hundidas en lo oscuro, las piernas sobresaliendo, y se movían, alternadas de hombres y de mujer.

—¿Aquello? Nada, las literas de Yoni. Por si se queda él a dormir alguna noche, o amigos. Él trabaja de noche casi siempre, ya sabes. Pero ¿no habíais venido nunca?, ¿es posible?

—Nunca, yo por lo menos.

—Chica, qué atraso. Aquí es el único sitio donde se pasa bien y se conoce de vez en cuando a gente divertida. ¿Pero por qué no te sientas?

Mercedes se sentó. Era una butaca muy cómoda. Federico se agachó a coger una botella que había en el suelo y la destapó con los dientes. Le dio a ella un vaso vacío.

—¿Quieres beber?

—¿Qué es?

—Coñac.

—Uy, no. No me gusta.

—Venga, no seas cursi. Te tomas el primer sorbo con la nariz tapada. Verás qué bien sienta.

—Basta, basta, no me eches más.

Pasó Isabel bailando con uno de pelo cepillo.

—Hola, Isa.

—Hola, qué milagro, vosotras aquí.

—Ya ves.

—¿También está Julia?

—También, por ahí anda.

—¿Le estás pisando la conquista? —sonrió Isabel.

—¿Yo? Qué tontería.

—Sí, sí, fíate de las hermanitas. Bueno, hasta luego.

—Hasta luego.

Hubo un silencio. Luego Mercedes bebió el primer sorbo de coñac.

Se habían aburrido de los discos franceses. Estaban poniendo ahora un mambo muy estrepitoso. Lo coreaban con pataditas y palmadas las amigas y amigos de Teresa, sentados en corro alrededor de la chimenea. Colette y Yoni se aburrieron de bailar y se sentaron en aquel grupo. Ángel le pidió a Yoni que le presentara a su amiga.

—No vale, tú ya tienes novia —dijo Yoni.

—Sí, pero se ha ido a un recado. Me tengo que dar prisa de conocer a esta preciosidad.

La francesa le miró sonriente, los ojos interrogativos. Se dieron la mano.

—Oye, aunque esté en plan contigo, ¿me dejas decirle que está de miedo?

—Díselo, no te va a entender.

—Entonces, mejor. Estás para comerte, preciosa. Para comer-te.

—¿Comment?

Dijo Manolo Torre que aquello era un tostón, que aquello no se animaba hasta que un tal Ramón cantase bulerías. «Convéncele tú, Estrella, de algo servirá que sea tu marido». Estrella, de traje verde como una funda, gateó por la alfombra hasta el marido, rubio, alto, con pinta de inglés, que estaba sentado inmóvil mirando al fuego. Se le encendían reflejos en el pelo con las llamas, se le volvían a borrar.

—Tú, Ramón, te has quedado de un aire.

La mujer se puso en cuclillas a su lado, le abrazó por la cintura.

—Anda, mi vida, no defraudes a la afición.

—Es una pena que no quiera —repitió Manolo—. Lo hace de maravilla, de maravilla.

Estrella se volvió a su postura de antes y pidió un pitillo.

—Todavía no está bastante borracho —dijo—. Le ha dado tímida.

Le tendieron una cajetilla de chéster y ella hizo un gesto de asco.

—Por Dios, estás loco, de eso no. A mí lo que me priva son los peninsulares.

Cuando volvió Teresa, aquel grupo de la chimenea se había hecho el más numeroso. Se acercó con Gertru.

—Qué horror, en un rato que no estoy cómo ha subido esto de tono. Déjame un sitio, Talo. Me he quedado para atrás. Que te corras un poco, hombre; no me hacéis ni caso. Ah, mira, Ángel, aquí te entrego a tu novia sana y salva: yo no quiero responsabilidades. Dadme algo de beber.

Julia, al volver a la habitación, se quedó apoyada en la pared, sin saber con quién irse. Se le acercó Luis Colina, que andaba de un lado para otro.

—Hola, no te había visto. ¿Has venido con Goyita?

—No. ¿Por qué?

—Creí que ibais mucho juntas, creía que erais muy amigas.

—Sí, somos bastante amigas, pero no la he visto. Yo he venido con mi hermana.

—¿Quieres bailar?

Julia vio a Federico bailando con su hermana. Tuvo miedo de que vinieran.

—Bueno.

Los miraba de reojo, esquivándolos entre las parejas. A Luis Colina le sudaban un poco las manos.

—Así que sales bastante con Goyita, ¿no?

—Un poco, más bien poco.

—Yo la llamo algunas veces por teléfono —dijo Luis—. Me parece que no le agrada mucho, no sé. ¿A ti te ha dicho algo?

—A mí no.

—Es que tengo mucho despiste con ella. Me gusta, pero no sé qué hacer. Las chicas sois unas criaturas tan raras, no se sabe nunca. Vamos, habrá excepciones, no quiero que te ofendas.

—Si no me ofendo.

—Pones cara de rabiosilla.

—Qué bobada.

Julia miraba por encima de su hombro, tratando de ocultar su aburrimiento. La habitación le parecía completamente irreal, desligada de todo lo que podía interesarle. Deseaba irse.

—Pues sí, es un lío. Perdona, te he pisado.

—No. Ha sido culpa mía.

—Así que no te ha dicho nada de mí. No sé, tienes ojos de mentirosilla.

—No, hombre, que no me ha dicho nada. Que te conocía y eso. De pasada. Oye, hace un calor horrible. ¿Te importa que vayamos a beber una cocacola?

Federico bailaba muy apretado, apretadísimo. Mercedes, entre el coñac que había bebido y aquella especie de pacto de confidencias que le ataba a él, no era capaz de protestar. Echó la cabeza hacia atrás para seguir bailando, y así, mientras hablaba, le era más fácil hacer fuerza disimuladamente para separarse un poco.

—Ahí la tienes —dijo, señalando a Julia con la barbilla—, ella tan tranquila, como si no le pasara nada, y yo todo el día preocupada, que ni como ni vivo, pensando en su dichoso asunto.

—Sí, claro, entre hermanas es natural.

—Si no es porque sea mi hermana. Me pasa igual con las cosas de todo el mundo. Tú no sabes cómo soy yo. Cuando uno es así, no lo puede remediar.

Mercedes hablaba a chillidos, unos más altos que otros. Llevaba un flequillo rizado, y al moverse le hacía cosquillas a Federico en el mentón.

—Pero déjate llevar.

—¿Bailo mal?

—No. No es que bailes mal. Pero haces fuerza. Tú deja que yo te lleve.

Mercedes dejó de hablar y él volvió a apretarla fuerte. Sentía ella contra su mejilla el roce de la solapa de príncipe de gales, un botón de la chaqueta contra su estómago.

Manolo Torre le dio a Yoni con el codo:

—Oye, ¿esa chica está en plan con Federico?

—No, su hermana. No es que esté en plan, es que a él le divierte deshacer noviazgos.

—Oye, pues la que se le da como el agua es ésta. Mira, mira ahora. Si va bailando con los ojos cerrados, se le desmaya viva encima. Mira, hombre, no te lo pierdas.

Le cogió por el cogote para que inclinase la cabeza. Yoni se desprendió.

—No los veo. Allá ellos. A mí qué más me da. La hermana es esa otra. Esa de gris. Son de las que no vienen por aquí ni a tiros, no sé cómo han pisado hoy.

—Está mejor la de gris.

—De cuerpo sí. Si vistiera de otra manera. De cara allá se van. Para mí, ni en un saldo.

—Sí, son bastante amorfas.

—Gente estrecha, yo no sé, Federico. A una de estas hermanitas le das un beso y te has hundido. Te tienes que casar.

—Bueno, con muchas chicas pasa eso —dijo Manolo—. Pero con no casarte...

Había venido mucha gente nueva y otros se empezaban a ir. Allí, alrededor de la chimenea, escuchando a aquel Ramón que había roto a cantar bulerías, había una fila de gente sentada y otra detrás de pie. A Gertru no la habían dejado ponerse al lado de Ángel porque dijeron que novios con novios era un atraso. De vez en cuando se miraban, cuando no les pillaban cabezas por medio. A ella le presentaron a un chico delgado y de algunas canas, Pablo Klein, alemán. Se sentó allí al lado, sin hablar en bastante rato, como ella, rozándola con la manga de su chaqueta de pana.

Todo estaba por el suelo. Pitillos, vasos, cáscaras. A la francesa sólo se le veía un brazo. El otro lo tenía camuflado para atrás y Ángel, que le había pisado la mano con la suya sobre la alfombra, como por descuido, le acariciaba ahora el antebrazo, mirándola a los ojos cuando Gertru no le veía.

Quitaron la gramola porque ya no se oía en todo el recinto más que la canción y las palmas que la coreaban. Ramón se puso a zapatear, agitándose y chillando como epiléptico, y casi todos se vinieron para allí. Entre el barullo, Julia estaba buscando a Mercedes para que se fueran. Descubrió a Gertru y se agachó para preguntarle. Gertru no la había visto, no se daba cuenta, tardó en contestar. Levantó unos ojos de azaro e incomprensión y Julia vio que le había interrumpido una conversación con el chico alemán.

—Si no encuentras a tu hermana, no te apures, yo te acompaño —le decía todo el tiempo Luis Colina a Julia.

—No, hombre, si la tengo que encontrar. Tampoco es esto tan grande.

—Pero no tengas prisa, mujer. Vamos a oír otro poco a este chico. Es pronto. Estará por ahí. En la terraza.

—Bueno, en la terraza. ¿Qué va a hacer en la terraza a estas horas? ¿No ves que está cerrado por dentro?

Desde la terraza se veían los tejados de la Plaza Mayor. El cielo estaba muy estrellado y hacía frío. Dijo Mercedes que mejor meterse para dentro, que se iban a coger lo que no tenían, pero Federico no se movió ni contestó siquiera. Tenía la mirada cargada de coñac. Ella le puso una mano en el codo.

—Anda, no estés así.

—Así, ¿cómo?

—Así, triste. No te quiero ver triste.

—¿Triste yo? Tú estás mal, chica.

—No seas tonto. Tú haz lo que te digo. Hazte desear. Yo me la conozco, verás cómo te da resultado esa táctica. Y sobre todo no le digas que has hablado conmigo de ella. Si se lo dices, lo echas a perder todo. Pero no pongas esa cara, hombre, ¡ánimo!

Federico la miró. La veía borrosa. Ella le vio el brillo de los ojos al reflejo de las letras del Gran Hotel encendidas debajo de ellos, entre los tiestos de la azotea. Sintió azaro y apartó la mano de la manga de su chaqueta.

—Qué alto —dijo asomándose a la balaustrada, con un escalofrío—. Me da vértigo. Se ve la gente chiquitita, chiquitita. ¿A ti no te da vértigo asomarte?

Ponía una voz infantil.

—A mí no —dijo él.

—¿Te das cuenta? Estamos encima de las letras.

—¿De qué letras?

—De esas que se ven desde abajo que dicen «Gran Hotel». Hace ilusión. Pero, oye, debíamos meternos. Dirán que dónde estamos.

—Yo estoy bien aquí. Sólo que se ha acabado la botella.

—Yo no quiero beber más. Me mareo. Tú no bebas tampoco.

—Eres una chica muy maternal. Otro vaso sólo.

Se acercaron a la puerta de cristal para entrar. Alguien les había cerrado desde dentro.

—Oye, no se abre, nos han dejado aquí —dijo Mercedes, apurada—. ¿Por dónde entramos, tú? No se abre.

—Bueno, pues aquí quietecitos. No pasa nada. ¿Tan mal estás conmigo?

—No, oye, que debe ser muy tarde. No te vuelvas a sentar, hombre. Mira a ver si puedes abrir. Ven.

—Ya saldrá alguien —dijo Federico—, y entonces entramos nosotros. Anda, siéntate aquí, mira, en el tiesto. Y yo en el suelo.

—Por Dios, no, haz algo, hombre, qué horror. Si ya te decía yo que no salir, si no sé para qué hemos salido. Voy a ver la otra puerta.

Estaba cerrada también. La empujó con la mano, con las rodillas casi dando patadas a lo último.

—Nada, no se abre.

—Llama y desde dentro te oyen —dijo Federico, sentándose en el suelo y cerrando los ojos.

Mercedes acercó la cara al cristal. Veía lo de dentro sin distinguirlo bien, confuso por el vaho de los cristales. Había dos figuras que no reconocía, muy juntas, sentadas de espaldas en el mismo sillón. Dio unos golpecitos tímidos y luego más fuerte. No oían.

—Ay, llama tú, por favor. Federico, qué horror; Dios mío.

Le salió una voz casi de llanto. Él se puso más cómodo y al moverse le dio náuseas.

—Pero parece que te he raptado, yo no te he raptado —dijo lento y estropajoso, cuando pudo hablar.

Se empezaron a oír unas campanadas en el reloj de la plaza.

—Gertru, son las diez. Cuando quieras nos vamos. Eh, tú, Gertru, cariño.

Ramón se había cansado y estaba tirado en la alfombra, con la cabeza en el regazo de su mujer. Quedaba menos gente. Gertru levantó los ojos bruscamente a la señora del brazo de Ángel.

—Sí, vámonos; cuando tú quieras.

Se levantaron.

—Les hemos tenido demasiado castigados —dijo Manolo Torre riéndose—; ahora los dejaremos irse juntos, pobrecillos, que hagan un poco el novio.

Ángel dio palmadas en algunos hombros.

—Hasta ahora —le dijo a Manolo por lo bajo—. Yo ahora vuelvo. No os vayáis.

Salieron a la calle. Gertru no decía ni una palabra. Le preguntó él que si le duraba el enfado de lo primero de la tarde y ella dijo que no. Que si se había molestado porque habían bailado poco.

—Que no. Pero por qué. Qué tontería.

—Esta gente es así. Son modernos. Hay que alternar con todos. Estando juntos lo mismo da, ¿no te parece? Estando yo con mi novia bonita.

—Claro; quién dice nada.

—No sé, me parecía que no te habías divertido. Oye, ¿quién era ese chico de las canas que se sentó un momento con Ernesto donde tú?

—Un profesor de alemán.

—¿Qué te decía? No lo conozco.

—Nada. Da clase en el Instituto. Le he estado preguntando que si conoce a Tali.

Ángel estaba muy cariñoso y eufórico. En un escaparate que tenía espejo se paró y puso su cara muy cerca de la de ella.

—Mira qué dos, lucero. ¿Qué te parece a ti de esos dos?

—Quita, hombre, no seas.

—Arisca, algunas veces no hay que ser tan arisca.

—Oye, dice ese chico que por qué no termino el bachillerato —dijo ella de pronto, mirándole en el espejo.

—¿Qué chico?

—Ese profesor?

—¿Y a él qué le importa?

—No, hombre, yo digo también lo mismo. Es una pena, total un curso que me falta. Estoy a tiempo de matricularme todavía.

Habían echado a andar otra vez. Ángel se puso serio.

—Mira, Gertru, eso ya lo hemos discutido muchas veces. No tenemos que volverlo a discutir.

—No sé por qué.

—Pues porque no. Está dicho. Para casarte conmigo, no necesitas saber latín ni geometría; conque sepas ser una mujer de tu casa, basta y sobra. Además, nos vamos a casar en seguida.

Anduvieron un poco en silencio.

—Cuántas veces tenemos que volver a lo mismo. Ya estabas convencida tú también.

—Convencida no estaba —dijo Gertru con los ojos hacia el suelo.

—Bueno, pues lo mismo da. Te he dicho que lo que más me molesta de una mujer es que sea testaruda, te lo he dicho. No lo resisto.

Llegaron al portal de casa de ella. En el portal él le besó los ojos y le dijo que estaba muy guapa, que quitara el ceño, todo casi al oído. Ella se desprendió.

—Bueno, me subo.

—No, no te subas. Todavía no me has contado cómo era esa cocina que has ido a ver.

—Muy bonita.

—Dilo con una sonrisa, sin esa cara.

—Muy bonita, preciosa. Mañana te la dibujo.

—Si te gusta igual, la ponemos igual.

—Es imposible igual —dijo Gertru con los ojos animados repentinamente—. Debe ser carísima. Parece de revista, de esas que vienen con los postres pintados en colores. Es de bonita... no te lo puedes figurar.

—Y qué que sea cara. Mi madre nos la regala, no se va a arruinar por eso, que tiene mucho. Pero tú, a ver si aprendes a hacer cosas ricas, que yo soy muy goloso. Si no, no hay cocina.

Se volvió al Hotel silbando. Por los soportales de la Plaza se cruzó con Mercedes y Julia que venían discutiendo y andando de prisa. Le dijeron adiós. La Plaza estaba ya casi desierta.

—Al sereno le llamas tú. Y las explicaciones que te dé la gana las das tú —decía Julia—. Yo no he tenido que ver nada con todo esto.

—La culpa ha sido tuya —se defendió Mercedes—, que te comportas como una imbécil con ese pobre chico y me haces quedar en ridículo.

—¿Pero quién te pide nada? Tú te metes en lo que no te llaman. Qué asco, ni que fueras mi apoderado. Tengo veintisiete años, me basto sola.

—Es un chico estupendo, estupendo —le cortó Mercedes con vehemencia—. Tener un chico así y despreciarlo, no sé cómo no te enamoras de él.

Julia se paró.

—Asco le estoy tomando, ¿lo oyes?, asco. Era un amigo como otro, pero ya no le puedo ni ver, de tanto como me lo metéis por las narices.

—Porque no sabes lo que quieres. Porque eres una histérica.

—Tú sí que eres una histérica. Ponerte así por un borracho, que estaba como una uva. A ver quién ha hecho el ridículo esta noche. Tú o yo.

Cuando subieron la escalera de casa eran las once menos veinte. No habían vuelto a hablar.

—De lo de la terraza, no digas nada a la tía —pidió Mercedes con voz humilde, y sintiendo que la cabeza le daba vueltas.

—Yo qué voy a decir. No pienso decir nada de nada. Te regalo a Federico envuelto en papel de celofán. Cásate con él, si tanto te gusta, que estás por él que te matas, hija, que eso es lo que te pasa. Cásate con él, si puedes.

Mercedes se echó a llorar.

—Después de lo que hago por ti. Encima. Encima de que me tomo todas sus cosas como si fueran mías. Si soy imbécil, si la culpa la tengo yo. Eres mala, eres mala.

Subían con unos escalones de diferencia. Mercedes delante, y sus sollozos se fueron haciendo ahogados y secos, sólo cuatro o cinco hasta desaparecer. A Julia le entró remordimiento de lo que le había dicho precisamente entonces, cuando la otra dejó de llorar, cuando la vio rígida y altiva, con la boca plegada, los ojos en el vacío, mientras se apoyaba en la pared, esperando a que abrieran la puerta. Tardaron. Esperaban como dos desconocidos. Mercedes se metió en cuanto abrieron, dándole un empujón a Julia con grosería, y ella supo el daño que la había hecho con sus palabras. Julia tenía carta. Se la dio Candela, sacándola del bolsillo del delantal con una sonrisa. No la pudo leer hasta después de la cena. Ya habían cenado todos, y el padre les dijo unas palabras solemnes acerca de lo que nunca, bajo ningún concepto, debe hacer una chica decente. Ella apretaba el sobre en el bolsillo con la mano izquierda. Dijera lo que dijera, qué más daba, era la letra de Miguel. Si le pedía lo más disparatado, lo haría; haría lo que le pidiera. Por dos veces se encontró con la mirada de Mercedes a través de la mesa, unos ojos reconcentrados de soledad y rencor y le pareció más vieja que otras veces. Pero ella estaba alegre, la carta de Miguel la inmunizaba contra todo.

«Soy egoísta, qué egoísta soy —pensó después en el cuarto de baño, cuando ya la había leído por tres veces y había llorado de tanto gozo—. Me vuelvo dura con Mercedes, que no tiene nada, la pobre, que no sabe lo que es leer una carta así». Se puso los bigudís lentamente. Le daba pereza entrar en la habitación a dormir. La ventana del cuarto de baño daba a un patio trasero y estaban las estrellas y un pedazo de luna encima del tejadillo de otra casa. Miguel la había besado muchísimo la última noche en el río, se besaron hasta que ya no podían más. Se alegraba de ese día y de ese recuerdo con toda su alma. Se acordaría siempre. Le daba pena de su padre y de Mercedes y de todos los de casa.

Entró de puntillas y se acostó sin atreverse a dar la luz. Era incómodo no tener una habitación para ella sola. Su hermana no se movía ni hacía ruido, pero esta noche conocía Julia que estaba despierta en que no la dejaba dormir a ella y le impedía sentirse libre con sus recuerdos. Se la imaginó contra el rincón, con la cabeza metida entre los brazos. «Si espero a mañana para hablarla es peor; se habrá enfriado la cosa y será peor. Ahora, ahora que estoy alegre. Es injusto que yo tenga tanta felicidad y ella sufra». Buscó las palabras, trató de decirlas, pero no era capaz de abrir los labios. «¿Y si a lo mejor se ha dormido? ¿Y si no me contesta?». Oyó un suspiro, un sorber de lágrimas debajo del embozo.

—Mercedes, ¿estás dormida? Mercedes.

No tuvo contestación. Ser tierna no le salía. Recordó el Kempis: debía ir allí y abrazarla. Se levantó descalza.

—Perdóname, Mercedes.

—Anda, déjame, vete... —le contestó una voz terca.

—Perdóname, mujer —insistió con esfuerzo—. Ha sido la tensión de estos días. No he querido decir lo que te he dicho. ¿Por qué no te vas a poder casar con Federico? Con Federico y con cualquiera. Son cosas que se dicen por maldad. Sólo que me debías haber dicho que te gustaba.

Dio la luz pequeña. Mercedes todavía no había sacado la cabeza del rincón, pero lloraba con hipos que la sacudían y se dejaba acariciar la cabeza por su hermana, sin oponer resistencia.

—Anda, llora, llora lo que quieras. No sé por qué soy tan mala contigo. Estabas muy guapa esta tarde con el traje azul.

Desde su cama, a oscuras, Tali oía el cuchicheo de las hermanas, a través del tabique.

13

—¡Bombero, pequeño bombero! —me saludaron las niñas al verme.

Algunas no me conocían a lo primero por lo que he crecido y el peinado distinto. Estaban jugando a campos en el patio; debía ser hora libre. Paquita, la Viaña, la Roja, todas con sus bocadillos a medio comer y despeinadas. Me emocionó ver las pilas de abrigos y de cuadernos contra la pared y me puse triste acordándome de Gertru.

—Anda, pero si es Tali. ¿Cómo vienes tan tarde?

—Este curso creíamos que te habías muerto.

—Ven acá, has crecido.

—Gabardina nueva, oye, qué elegancia. Menos mal que te la han comprado más corta.

—Pero no vale, así ya no pareces un bombero.

—Dice Sampelayo que la del año pasado se la des a ella.

Se rieron. Alicia Sampelayo, la rubia larguirucha, se puso colorada y vino también al grupo. Alborotaban mucho y hasta las de otros cursos me miraban y habían dejado de jugar. Les tuve que explicar que me he pasado casi todo octubre en la cama y que es por la fiebre por lo que he crecido. Ni siquiera hoy me querían dejar venir Mercedes y tía Concha, a pesar de que el médico ya me mandó levantar hace tres días; se empeñaron en que si quería venir, había que mandar a buscar un taxi porque esta tarde hacía mucho frío, y que hasta las cinco tenía que reposar. Menos mal que el taxista era Enrique

Blasco, y le pedí que me dejara en la Plaza del Mercado y que luego no me viniera a buscar, y me prometió que no diría nada en casa. Así que la cuesta me la subí a pie, y no tuvo que verme ninguna en el coche.

He comprado un membrillo grande y lo hemos repartido entre unas cuantas. Me han preguntado por Gertru, que les ha extrañado que no esté en las listas. Yo les he dicho que se va a casar pronto. Que con quién. Regina dio un silbido y puso los ojos en blanco cuando les dije que con un aviador; abría los brazos como si volara y todas se rieron mucho con los gestos y las bobadas que hacía. Que qué suerte, que si el chico era guapo. No me dejaban en paz con las preguntas. Después se aburrieron; unas se pusieron a hacer el problema de matemáticas y otras siguieron jugando. Yo me fui para arriba con dos o tres porque hacía un poco de frío. La última hora, de seis a siete, era de matemáticas, pero no vino el profesor. Casi todas se fueron a las seis y media, y yo esperé un poco más todavía para no llegar tan pronto a casa. Copié los horarios y Alicia me ha dejado algunos apuntes para que los vaya pasando. Ella se ha puesto medias. Yo todavía vengo con los calcetines altos y los zapatos de lluvia de hace dos temporadas, que ahora es cuando se empiezan a poner gustosos, y falta poco para que saque el dedo; los ando escondiendo como un tesoro, porque Mercedes me los quiere tirar.

Alicia se vino conmigo para abajo y por el camino no hablamos casi nada. Se había puesto a llover; al llegar a Sancti Spiritus me dijo que iba a entrar a rezar cuatro padrenuestros, que si quería entrar con ella, dije que bueno. La iglesia estaba casi sola, con dos velas de las más altas encendidas en el altar mayor, y unas mujeres esperando para confesarse. Estuve buscando el santo de la nariz descascarillada que se ríe muy simpático y nadie sabe qué santo es, pero no me acordaba si estaba el segundo o el tercero de la izquierda y apena distinguía los bultos de las hornacinas.

A Alicia le salía una voz muy triste diciendo los padrenuestros, y cuando los terminamos, se tapó la cara con las manos y noté que se le movían un poco los hombros porque estaba llorando. Algo oí contar el año pasado de que esta chica tiene disgustos muy grandes con su madrastra, pero como casi no tengo confianza con ella, me parecía inoportuno quererla consolar. Esperé un rato, mirando los guiños de las velas sobre el retablo que brillaba poco. Como si estuviera cubierto de ceniza; por fin, como no se destapaba ni se movía le toqué en el hombro y le dije que yo me iba porque tenía algo de prisa.

Al volver a casa me metí en seguida en mi cuarto y me quité la gabardina y los zapatos para que no notasen que venía mojada. Me dolían un poco las piernas, pero no me quise acostar. Ahora ya cenamos otra vez a las nueve y media como siempre en el invierno.

Esta mañana, que era el día de Todos los Santos, hemos ido al cementerio. Hacía un sol muy bueno y a mí me hubiera gustado más ir dando un paseo, pero llamaron al taxi de Enrique. Yo me puse delante con él. Cuando estamos solos siempre me dice de tú, pero hoy me llamó de usted y señorita. Le deben haber advertido algo las hermanas, lo mismo que a Candela, que también me llama de usted desde el verano.

Por el camino del cementerio iba mucha gente con ramos de flores; con el sol y las flores parecían grupos de romería. Las mujeres daban tirones de la mano a los niños pequeños al oír tan encima la bocina del coche. Pasado el campo de fútbol hay muchos baches y sonaban piedras que saltaban contra las aletas; tía Concha no paraba de decir: «Ay, Jesús», y Enrique de vez en cuando levantaba los ojos y se sonreía un poco en el espejito mirando a Candela que venía en el silletín.

Desde la puerta del cementerio, qué bien se veía el campo y la fila de chopos del río. Candela sacó las flores y los paquetes de la limpieza y entramos. Hay muchas mujeres que se traen cubos y azadas y hacen labores de jardinería alrededor de sus tumbas; las tienen aisladas con verjas y se meten allí como en una casita a rastrillar y quitar hierbas. Luego se quitan el abrigo, se sientan en una esquina de la losa mirando para la tierra y comienzan su visita interminable. Si traen niños con ellas, les dan un bocadillo a media mañana.

Nosotros hicimos el recorrido como siempre: tío Gonzalo, doña Antonia Tejedor, el abuelo y por último el nicho de mamá. Esta es la parada más solemne. Para mamá se reservan las seis crisantemos mejores, porque entran sólo tres en cada uno de los floreros finitos. Mercedes alzó la tapa de cristal y Candela la sostuvo y se puso a limpiarla con un líquido blanco. Ellas sacaron todas las cosas de dentro y le quitaron el polvo con gamuzas. A mí siempre me parece que sobran manos y que no necesitan que ayude, así que me quedé en una esquina mirando.

Hablaban de qué tal hace el pañito nuevo de damasco y del farol de la izquierda que se tuerce un poco. Yo miraba el retrato de mamá, desdibujado en su óvalo de relieve. Tiene el peinado alto y un traje oscuro de cuello muy cerrado, pero la expresión está borrosa y no se sabe si es de risa o de pena. Yo, como no la he conocido, me la he inventado a mi manera, y desde luego no se parece a la que está en ese retrato. Antes de bajar la tapa, la tía besó las letras donde pone «R.I.P. Julia Guilarte», y luego nos pusimos a rezar la estación, y a ellas se les caían lágrimas. Yo a mamá la echo de menos muchas veces, pero nunca cuando vengo al cementerio, por eso no lloré. Estaba, al contrario, muy alegre con el sol a la espalda y unos pájaros que cantaban en los cipreses.

Cuando salíamos había un chico y una chica de luto, de pie, santiguándose delante de un nicho, como si ya se fueran, y las hermanas se pararon con ellos. Yo me quedé atrás porque no los conocía, mirando los letreros de aquella parte, los angelitos tan feos de merengue duro, y de pronto vi el nombre de don Rafael Domínguez, el catedrático de historia natural que murió hace poco tiempo. Me empiné para ponerle unas flores que habían sobrado y me dio por preguntarme adónde habrá ido a parar la colección de piedras tan bonita que le entregué el año pasado cuando los exámenes.

—¿Qué haces, Natalia? —se extrañó Julia, separándose de los otros.

Y al volver la cabeza, vi que la chica de luto me estaba mirando con mucha atención.

—De manera que tú eres la pequeña, la que va al Instituto —me dijo, cuando echamos a andar todos hacia la salida.

—Sí.

Se había puesto a mi lado y me pasó la mano por la espalda.

—Yo también he estudiado allí. Si vienes un día por casa, te puedo dar libros y apuntes que a lo mejor te sirven.

—Muchas gracias.

—No me des las gracias, pero ven. Tus hermanas saben donde vivo.

A la puerta nos separamos y me volvió a decir:

—¿Vendrás a verme?

Y me extrañaba la insistencia, porque no comprendo que pueda tener nada de interés mi amistad para una chica mayor. Me besó. El chico dio la mano muy serio. Luego, en el coche, me he enterado de que son los hijos de don Rafael y de que ella se llama Elvira. Tiene los ojos más bonitos que he visto.

Hoy ha sido la tercera clase de alemán. A la salida me vine con Alicia por la cuesta de la cárcel. Ella vive bastante cerca de casa, en una callecita detrás de la Catedral, pero hasta este curso no lo había sabido. Desde la ventana de mi cuarto se ve el tejado de su casa. Alicia habla poco y me gusta estar con ella más que con las otras chicas que se ríen siempre de todo y por las bobadas más grandes.

Hacía una tarde estupenda y andábamos sin prisa porque eran sólo las seis. Nos paramos en la Plaza del Mercado a oír al charlatán de la culebra, y daba pereza arrancar de allí. Por fin nos fuimos y yo saqué mi bocadillo. Le he dicho a Alicia que si ella no encuentra que el profesor de alemán está un poco triste, pero ella dice que no, que le parece muy simpático. Qué tiene que ver la simpatía; si además no es que esté triste tampoco exactamente, es que tiene un aire de estar en otro sitio, algo especial, que dan ganas de saber lo que está pensando. Se lo venía explicando bastante alto y con entusiasmo para ver si se lo hacía entender, y de pronto él en persona se nos ha puesto al lado. Yo no sé ni cuándo apareció, porque me había parado un momento hablando, y al mirar a Alicia me chocó la cara que estaba poniendo; entonces es cuando le vi a él en la parte de allá. Dijo que buenas tardes y que si íbamos dando un paseo, pero no era un saludo de pasada sino que echó a andar con nosotras, a nuestro paso. Menos mal que se había puesto al lado de Alicia, y como ella me cogió del brazo para seguir andando, me lo tapaba casi completamente; así oía lo que hablaba sin tenerle que mirar. Nos tenía que haber oído seguro lo que dijimos, si venía detrás. Ni a levantar la cara me atrevía.

Dijo que le gustan las clases como la que hemos dado hoy, con pocas alumnas, pero que le extraña el poco interés que tienen las chicas de todos los cursos, y más todavía que las que faltan le pongan pretextos de enfermas, habiendo advertido él desde el primer día que piensa dar aprobado general y no poner faltas de asistencia. Por lo visto siempre lo ha hecho así, también en otros sitios donde haya dado clase, en el extranjero o donde sea, esto de no obligar a nadie a aprender; dice que nada más aprende el que tiene ganas y que por eso no da sobresaliente ni nada, para que el que estudie no lo haga por la nota, sino por el interés de aprender.

Yo iba muy tímida. Me admiraba la serenidad con que Alicia atendía y decía alguna cosa para contestarle, levantando la cara hacia él. Por ejemplo, le dijo que el certificado médico que yo le había presentado el otro día no era falso, que yo sí había estado mala todo el mes de octubre. Y entonces él se rió y dijo que qué buena amiga, y cruzó la cabeza por delante de ella para mirarme. Para mí lo peor era no saber qué hacer con el bocadillo a medio comer. Si seguía comiéndolo, se me quitaban del todo las esperanzas de llegar a decir una palabra con la boca llena, y llevarlo en la mano era tanto estorbo que sólo podía pensar en deshacerme de él, así que no dejaba de mirar por si veía algún pobre para dárselo, y por fin abrí la cartera y lo metí allí, sin envolver ni nada, como que se me ha llenado de grasa todo el cuaderno de limpio de literatura. A todo esto llegamos a la bocacalle de Alicia y pasó algo horrible, que el profesor llevaba mi mismo camino. Cuando quise recordar ya estábamos andando juntos los dos solos. Se salió y me dejó por dentro de la acera. Yo me puse a contar los portales que faltaban para llegar a casa, y me sentía ridícula sin decir nada. Me paré un momento en el escaparate de la librería: estábamos los dos en el espejo del fondo, él más atrás de mí, mucho más alto, y en ese momento se puso a hablar de unas revistas alemanas que había allí. Dijo el título con familiaridad como si yo tuviera también que conocerlo, y decidió comprar algunos números para que leyéramos en clase. Hablaba todavía en plural como si Alicia no se hubiera ido. Entró en la librería y yo con él; ni siquiera pude hacer otra cosa porque se apartó para dejarme pasar delante.

Ya allí dentro, mientras esperábamos que nos atendieran, me parecía natural estar juntos y me daba menos apuro, sobre todo porque él había vuelto a hablar. Decía que el alemán es una lengua muy exacta y científica, indispensable para algunos estudios. Al salir de la tienda me hizo la primera pregunta directa, que qué carrera pensaba hacer cuando acabase el bachillerato. Le dije que no sabía, que ni siquiera sabía si iba a hacer carrera.

—¿Cómo? ¿Estamos en séptimo y todavía no lo sabe?

Le expliqué que dependía de mi padre, que le gustaba poco.

—¿Qué es lo que le gusta poco?

—Los estudios en general, no sé; que esté todo el día fuera de casa. Como soy la más pequeña...

—¿Y qué que sea usted la más pequeña? ¿Qué relación tiene?

—Como las otras hermanas no han estudiado carrera...

—Porque no habrán querido. ¿O les gustaba?

—No sé.

Me siguió preguntando cosas, y lo de papá no lo entendía, aunque la verdad es que tampoco lo entiendo yo. Pero él menos todavía, claro, porque no conoce a papá y no ha oído las conversaciones que se tienen en boca y las críticas que se hacen, y eso. Le dije que de estudiar me gustaría ciencias naturales, todo lo que trata de bichos y flores y cosas de la Naturaleza. Creo que hay una carrera de esto, aunque no estoy muy cierta, porque sólo con Gertru lo he hablado alguna vez. Se quedó muy pasmado de que, queriendo yo, admitiera la duda de estudiar carrera o dejarla de estudiar. Dijo que era absurdo.

—¿Pero usted ha tratado de convencer a su padre, ha insistido?

—No, no mucho todavía. Lo malo de esa carrera es que me parece que tendría que irme a Madrid.

—¿Y qué? ¿No le gustaría?

—Sí, claro que me gustaría.

—¿Pero qué es lo que pasa con su padre, qué objeción pone, vamos a ver, que no lo entiendo?

Me perseguía con una pregunta detrás de otra, y a mí me daba rabia no saberle contestar bien, casi sólo con balbuceos y frases sin terminar, con lo claros que eran en cambio sus argumentos y la razón que tenía. Traté de decirle que yo no puedo discutir mucho en casa porque soy la pequeña y se ríen de mí, y también que mi padre ha cambiado mucho y no suele escuchar ni hacerse cargo de las necesidades de nadie, que antes, de más niña, podía pedir cualquier cosa y siempre me lo daba. Pero me chocaba que estas cosas estuviera tratando de explicárselas a un desconocido. Claro que no me parecía un desconocido. Me miraba atentamente y completaba alguna de mis frases, animándome a seguir. Nos habíamos parado delante de casa y yo miré de reojo, por si había alguien en el mirador. No había nadie.

—Yo vivo aquí —le dije.

Se sonrió.

—Muy bien. Pero eso de su padre no está muy claro todavía. ¿No le apetece venir a tomarse un café conmigo?

—No —le dije—, muchas gracias. Es tarde.

Que era tarde, eso le dije, qué idiota soy. Allí, desde el portal, se veían unas nubes rosa al final de la calle, y era la hora más alegre y de mejor luz, el sol sin ponerse todavía igual que primavera. Dije que era tarde, la primera cosa que se me pasó por la cabeza, de puro azaro de que me invitara, de pura prisa que me entró por meterme y dejarle de ver. Pero en cuanto me vi dentro de la escalera, en el primer rellano, subido aquel tramo de escalones de dos en dos, me quedé quieta como si se me hubiera acabado la cuerda y sentí que me ahogaba en lo oscuro, que no era capaz de subir a casa a encerrarme; ni un escalón más podía subir. Entonces me di cuenta de lo maravilloso que era que me hubiera invitado y me entraron las ganas de marcharme con él. Me puse a pensar en todo lo que había dicho, en la conversación dejada a medias. Si volvía a bajar de prisa, todavía me lo encontraba. Le encontraba, seguro. Estaba parada, casi sin respirar y no se oía nada por toda la escalera. No me decidía. Luego oí una puerta y voces que bajaban, y me salí a saltos del portal, sin pensarlo más. Eché una ojeada parada en la acera. Volvía tía Concha del rosario, con otra señora.

—Niña, ¿adónde vas tan sofocada? Métete bien ese abrigo antes de salir.

—Si no hace frío.

—¿Adónde vas?

—A casa de una chica, a pedirle sus apuntes.

—Una chica, ¿qué chica?

—No la conoces tú, una que vive aquí cerca.

—¿Y por qué no se los has pedido en clase?

—No ha ido.

—Llámala por teléfono.

—No tiene teléfono.

—¿Tanta prisa te corren?

—Sí.

Estaba dispuesta a contestar a todas las preguntas en el mismo tono de voz, una respuesta detrás de otra, sin ceder en mi propósito de salir a la calle. Al profesor ya no se le veía por todo lo que yo abarcaba.

—¿Qué miras?

—Nada, adiós, tía.

Por fin me fui. Para disimular me metí por la callejuela de Palomares; hice un poco de tiempo y volví a asomar. La tía ya no estaba. Pero él tampoco. Nada. Miré alrededor con más libertad. Ojalá le encontrara. Que había salido a comprar un cuaderno, le decía. Se me había pasado del todo la vergüenza. ¿Dónde podría haber ido? ¿A algún café de la plaza? Fui a la Plaza. Estuve dando vueltas; había muchos soldados. Delante de todos los cafés me paraba un poquito y miraba por los cristales; ni siquiera tenía miedo de que me pudiera ver papá o algún amigo suyo. No podía de las ganas de verle; a lo mejor lo tenía cerquísima. Lo iba buscando por el tamaño, ni alto ni bajo, pero más bien alto. No lleva gafas en la calle; en clase las lleva y parece mayor. Andaría paseando. Seguramente no tiene amigos porque es nuevo, ¿qué iba a hacer él solo, con una tarde tan buena? Además se le había notado las ganas de pasear. Iba tan atenta, que me tropecé muy fuerte con unos soldados, y ellos, por broma, me hicieron un corro alrededor y no me sabía salir. Se rieron mucho. «Vaya un despiste que llevas, moza».

Después de dar varias vueltas a la Plaza, ya empecé a pensar que el profesor me había invitado por cumplido y que seguramente se había alegrado de que rechazara, y me deshinché un poco, aunque no podía dejar la idea de encontrarle. Imposible que se hubiera ido a su casa.

Me bajé hacia el río. Me puse a imaginar cómo sería nuestra conversación si me lo encontrara. Desde luego no estaría tan sosa, ni tendría nervios, ni recelo. Hablaría con él seria y tranquila, como había hablado Alicia, y le miraría a la cara de vez en cuando.

Desde el Puente viejo vi anochecer. Estaban amarillos los álamos de la islita y se fueron poniendo grises hasta que parecían el fondo medio borrado de un dibujo. A cada paso de personas que oía detrás de mí, estaba esperando que fuera él y que viniera a ponerse de codos allí a mi lado, pero casi siempre era gente con burros, o mujeres que volvían al arrabal andando de prisa. Me quedé allí hasta que tuve un poco de frío. Me pesaban los pies, subiendo la cuesta, de las pocas ganas que tenía de volver a casa. Ya me daba igual tardar un poco más o un poco menos, iba a tener que dar explicaciones de todas maneras. Me metí por callejas y pasé por delante del portal de Alicia, una casa humilde. Nunca he entrado. Otro día no hubiera entrado por miedo de ser inoportuna, pero hoy tuve ganas; no podía por menos de verla. Me acordaba de ella con admiración por lo bien que había hablado con el profesor, tan segura y tan discreta. Otras chicas se habrían explicado mejor, luciéndose más en un caso así, pero unas con ese desparpajo que tienen para reírse luego entre ellas como Regina y Victoria, y otras por hacerse las amables, por pura pelotilla.

Del portal se entraba a un pasillo de ladrillos levantados. Casi no se veía. Iba pisando con cuidado para buscar la escalera, orientándome por el llanto de un niño. Al avanzar le distinguí al fondo, sentado en el suelo, las piernas abiertas sobre los ladrillos. De pronto se abrió una puerta que le iluminó mucho y una mujer salió, dándole voces. El niño lloró más fuerte y ella se agachó hasta donde estaba. Lo quería arrastrar a tirones por un brazo.

Me acerqué. No sabía si me había visto.

—¿Alicia Sampelayo vive aquí?

—Alicia Sampelayo, parecéis duendes, ¿qué la quieres tú?

—Quería verla un momento. Soy una compañera del Instituto.

La mujer era alta y llevaba una bata blanca de enfermera. Se puso a amenazar al niño, sin hacerme mucho caso. Hasta que no consiguió levantarlo del suelo no me volvió a mirar; estábamos en el trozo de luz que salía de la puerta.

—Entra conmigo —dijo—. Es aquí.

Entramos a una habitación que tenía espejos y sillones de peluquería. Una cabeza salió de debajo de un secador que estaba funcionando: una cara muy roja.

—Luisa, ¿adónde se mete? Me lo ponga más bajo, me abraso —dijo chillando.

La mujer se disculpó por señas, señalando al niño, que tenía agarrado por una manga. Yo me había quedado en la puerta.

Estaba todo bastante revuelto y olía a leche agria. Vi una máquina de coser, estampas de artistas de cine recortadas y pega-
das en un espejo.

—¡Alicia! —llamó la mujer de la bata blanca—. Que aquí
hay una chica que pregunta por ti. Entra ahí a su cuarto.

Se volvió a mí y me señaló una cortina de flores que había
al fondo. Alicia apartó aquella cortina y sacó la cara, cuando
ya casi había llegado yo.

—Ah, hola, eres tú. Pasa.

Desde su cuarto, que era una alcoba pequeña, se oía todo el
ruido del secador. Le pregunté que si no le molestaba para estudiar. Tenía encima de la cama la tabla de logaritmos y cuar-
tillas.

—¿El ruido ese? Qué va; yo ya ni lo oigo. Siéntate.

Ella se sentó en la cama y yo en la única silla que había. Me
pareció que no se había extrañado de verme porque no me preguntó nada.

—Estaba haciendo el problema. No me sale. Tú ya lo habrás hecho.

Le dije que no porque no había vuelto a casa todavía; que
había estado dando un paseo.

—A lo mejor te molesta que haya venido, pero como pasé
por aquí delante...

—No, mujer, me gusta.

—En seguida me voy. No he venido a nada, te advierto.
Sólo por verte.

—Pues claro, si te lo agradezco mucho, eres tonta. ¿Por qué
no me ayudas un poco al problema?

Era un problema bastante fácil. Alicia siempre ha sacado
notas bajas, notable lo que más, aunque debe estudiar mucho.
Me daba miedo que se avergonzara por lo pronto que resolví
el problema, pero me dio las gracias sin nada de apuro. Me
dijo que a ella las matemáticas se le dan fatal.

—Oye —le pregunté—. ¿Tú qué carrera vas a estudiar? ¿Ya
lo has pensado?

Se puso un poco colorada.

—No voy a hacer carrera —dijo, andándose en las uñas, como otras veces que se azara—. Bastante si termino el bachillerato. Es muy caro hacer carrera y se tarda mucho. Tú sí harás, con lo lista que eres.

Le dije que no sabía. Me daba vergüenza hablar de mí. Ella me parecía mucho más importante que yo y más seria, muchísimo mayor.

Me ha contado que en cuanto apruebe la reválida se quiere poner a trabajar para ganar algo de dinero. Hacer alguna oposición a Correos o a la Renfe, que piden bachillerato.

Dos veces entró la mujer de blanco a buscar alguna cosa y nos miró muy fijamente, igual que si hubiera entrado sólo a mirarnos. Era un poco violento porque Alicia se callaba y yo también hasta que se volvía a ir del cuarto, pero por otra parte me gustaba porque parecía que teníamos un secreto las dos. Después de un poco de tiempo, se paró el secador y se apagó la luz de afuera.

—Alicia, cuando se vaya esa chica, ven a la cocina —dijo la mujer.

Yo me despedí. Le he dicho que siempre que tenga dudas en los problemas, que venga a casa a hacerlos conmigo. Del profesor no hemos hablado nada.

14

«Si lloras porque has perdido el sol, las lágrimas no te deja-
rán ver las estrellas», había leído Teo en un libro de pensamientos sobre la resignación y el dolor que tenía su hermana
en la mesilla de noche. Dijo a su madre que comprara café
bueno y se metió en su cuarto a preparar las oposiciones a Notarías.

—¿Ya no va a Madrid? —le preguntaban a Elvira sus
amigas.

—No. Ha dicho que no necesita academia, que las piensa
sacar lo mismo.

—Será que no quiere dejaros solas a tu madre y a ti, ahora.

—No sé.

—Chica, qué fiera, yo le encuentro un mérito enorme. Vaya
fuerza de voluntad, con el ánimo que tendrá después de lo que
os ha pasado.

—Él dice que eso del ánimo es pretexto de vagos, que querer es poder.

—Ya ves, igual las saca. ¿Y Emilio?

—¿Emilio, qué?

—Que si las sacará Emilio.

—Ay, vaya preguntas, yo qué sé.

—Mujer, algo te habrá dicho, ¿no viene a estudiar con tu
hermano?

—Eso parece, alguna vez lo veo que viene. En plan de con-
sulta.

Las chicas sin novio andaban revueltas a cada principio de temporada, pendientes de los chicos conocidos que preparaban oposición de Notarías. Casi todas estaban de acuerdo en que era la mejor salida de la carrera de Derecho, la cosa más segura. Otras, las menos, ponían algunos reparos.

—Hija, pero también, te casas con un notario y tienes que pasar lo mejor de tu vida rodando por dos o tres pueblos. Cuando quieres llegar a una capital, ya estás cargada de hijos, y vieja y no tienes humor de divertirte. Una paleta para toda tu vida.

—Sí, déjate de cuentos. Pero ganan muchísimo. Y si hacen buena oposición y tienen número alto, pueden empezar por capital, y entonces ya no te digo nada. A lo mejor a los treinta años, estás casada con un notario de Madrid, ¿tú sabes lo que es eso?

—Sí, sí, a los treinta años...

Se veían del brazo de un chico maduro, pero juvenil, respetable, pero deportista, yendo a los estrenos de teatros y a los conciertos del Palacio de la Música, con abrigo de astracán legítimo; sombrerito pequeño. Teniendo un círculo; seguras y rodeadas de consideración. Masaje en los pechos después de cada nuevo hijo. Dietas para adelgazar sin dejar de comer. Y el marido con Citroën.

Este notario joven tenía, en los sueños de muchas chicas, el rostro impenetrable de Teo.

Teo era serio y poco sociable. Nunca había ido al Casino ni se le había conocido novia. A las meriendas que alguna vez había dado su hermana no salía, ni llamaba a las chicas por su nombre, aunque las conociera bastante. Distante. Una especie de imposible. A Elvira era inútil sonsacarle algo de él, de sus gustos, de la vida que hacía.

—¡Qué reservado debe ser Teo contigo! ¿Verdad?

—¿En las cosas de los estudios?

—En todo.

—Pues sí —y Elvira hacía un gesto vago—. Le gusta hablar poco. En estas cosas de los estudios, yo lo encuentro natural. No vas a andar hablando de lo mismo todo el día.

—Ya ves, qué raro. Y, sin embargo, a ti bien te quiere. Dos hermanos más unidos...

Al irse, miraban de rabillo a la puerta cerrada del cuarto de Teo, que estaba en el ángulo, y taconeaban más despacio.

—A lo mejor le hemos distraído hablando tan fuerte.

—No, mujer, no creo.

—Le das recuerdos.

—De tu parte.

A Elvira cada vez le fastidiaba más que vinieran amigas. Le gustaba estar sola, tumbarse en la cama turca de su cuarto, sin hacer nada, con los ojos fijos en el techo, y cuando podía fumar algún pitillo sentía una enorme voluptuosidad. Se oía por el tabique el murmullo monótono del hermano que estudiaba en voz alta, como diciendo oraciones. Conocía ella sus pasos hasta la puerta, luego hasta la ventana, y el ruido de la silla apartada para sentarse, apartada para volverse a levantar. Y las tardes que había venido Emilio, Elvira diferenciaba de la otra su voz más aguda y nerviosa y se imaginaba las figuras de los dos, sus actitudes; Teo con las gafas en la mano, el otro contra el cristal de la ventana —ahora tal vez se había movido o fumaban—, como estampados en un tapiz desvaído cuya fija contemplación la adormecía.

Una tarde oyó la puerta del cuarto de Teo y luego de pronto, se abrió la del suyo, y Emilio entró sigilosamente y cerró detrás de sí.

—¿Qué haces, loco? ¿A qué vienes? —se sobresaltó Elvira, incorporándose sobre los codos, y echando las piernas abajo de la cama.

Emilio estaba muy agitado. Habló en voz baja, sin avanzar.

—Elvira, porque no puedo más, porque necesito verte.

—Me ves todos los días.

—Pero así no me basta. ¿No lo comprendes? Siempre con los demás delante, sin poderte casi ni mirar para que no sospeche nadie. ¿Para quién fingimos, por favor, y para qué? Cada vez lo entiendo menos.

—Había dicho que te bastaba eso.

—Había dicho. Pero esto no es un contrato. Resulta difícil, imposible, como lo habíamos dicho. Si por lo menos lo supiera Teo...

Había avanzado hacia la cama. Ella se levantó.

—Te he dicho mil veces que no soporto estas historias de los noviazgos familiares. ¿No me escribes y te contesto casi siempre? ¿Para qué más, ahora? Lo vas a echar todo a perder, lo van a notar todos. No haces más que inventar pretextos para hablarme a solas; me tienes todo el día nerviosa, intranquila. Habíamos dicho: esperar a que saques la oposición como si no pasara nada, ¿no habíamos dicho eso?

—Yo la oposición no la sacaré —dijo Emilio—. No la puedo sacar así. Necesito saber que me quieres, estar seguro, si no, ¿de dónde voy a sacar las fuerzas para estudiar? Estudio sólo por ti, ¿tú quieres que estudie, verdad?

—Claro que quiero.

—Mírame, lo dices como sin gana. No me quieres. Estás en la habitación de al lado, me oyes los pasos, como yo a ti, me ves un minuto a la hora de merendar, o a la de irme, un poco algún domingo y casi siempre ni siquiera eso, y estás tranquila, te basta. ¿O no estás tranquila?

—Claro que estoy tranquila. No volvamos con la historia de siempre. ¿Por qué no iba a estar tranquila? Sé que me quieres. Me basta. ¿Tú sabes lo que es pasarse a lo mejor tres años de novios formales, con la gente pendiente de si nos cogemos las manitas o nos las dejamos de coger? Anda, no; vete ahora, no me hagas pasar estos ratos tan malos.

—Elvira, eso de los tres años es porque tú quieres. Podemos arreglarlo de la otra manera que te dije. Casarnos en seguida, si lo prefieres, irnos a la finca de mis padres y preparar yo allí la oposición. Vivir solos en el campo todo ese tiempo, ¿no te gustaría?

Elvira se quedó con los ojos en un punto. Emilio había llegado a su lado y le tenía cogida la cara con las dos palmas, le retiraba el pelo hacia atrás.

—Sí —dijo—, sí; tal vez me gustaría. Ya veremos, vete ahora. El domingo hablaremos, anda...

Últimamente Elvira había exagerado la actitud distanciante, de rehuirle.

—No sé qué le pasa, está distraída, impaciente cuando la hablo. A veces me parece que no me quiere nada —le contó Emilio a Pablo, que era su único confidente.

Había ido una noche a verle a su pensión y dos tardes a esperarle al Instituto, siempre en momentos de total desaliento.

—No puedo dormir ni estudiar, ni nada. Si yo supiera seguro que no me quiere, la dejaría, pero es que con ella nunca se sabe. Dice que sí. Estoy lleno de dudas, quizá ella cree que me quiere pero necesitaría un hombre más seguro de sí mismo, más enérgico. Desde luego tiene mucho más temperamento que yo, nunca la entenderé del todo. ¿A ti qué te parece?

—Qué sé yo, no te puedo decir... ¿No os iba tan bien al principio?

—No, si no nos va mal. Pero la cosa nunca ha sido normal del todo. Ya el año pasado intentamos y lo tuvimos que dejar; cambia tanto de un día a otro...

—Pero lo de ahora es más serio. ¿No?

—Yo creo que sí. Me gustaría saber lo que ella piensa cuando está sola.

—¿Pero no te escribe?

—Sí, me escribe. Pero digo saber lo que le contaría de todo esto a un amigo, a ti por ejemplo, si la conocieras más, y le sonsacaras. Para mí sería maravilloso que tú pudieras hablar con ella, ¿por qué no lo procuras?

—Apenas la conozco, no tengo confianza...

—Con que volvieras un poco por la casa... Un día puedes volver conmigo si te da apuro solo.

—Si no es que me dé apuro...

—Es que tú podrías ayudarme mucho. Yo contigo hablo mejor que con nadie. Precisamente porque eres neutral, porque se sabe seguro que no vas a comentarlo con otras personas. Yo lo sabía, desde que te conocí, que te iba a buscar cuando te necesitara, tienes una inteligencia distinta a la de los demás.

Pablo hacía largos silencios. La noche que estuvieron en su pensión, Emilio, en un cierto momento se tapó la cara entre las manos y se estuvo así hasta que el otro le preguntó qué le pasaba.

—Es que me parece que te aburro con estas historias. Pero estoy tan indeciso...

—Que no, hombre, por Dios, si no me aburres, es que no sé qué decirte. Quizá sería mejor que no insistieras demasiado, que hicieras lo que ella te pide. Déjala, si se quiere sentir libre. Fíate de lo que te dice. No veo que haya tanto problema, el tiempo lo dirá todo. Tú déjala a su aire, que decida. Ya te vendrá a buscar.

Empezó Emilio a distanciar las cartas, que antes escribía a Elvira a diario. Los domingos, en vez de andar mendigando unos minutos de charla a solas con ella, no aparecía por la casa, y se iba con Pablo al cine. A Pablo le gustaba el cine Moderno, que se conservaba exactamente igual que él lo recordaba, con butacas de madera, y novios baratos comiendo cacahuetes. Le dijo a Emilio que allí había visto él con su padre películas de Heintz Ruthman y de Janet Gaynor.

—Y yo también, ya lo creo, tenemos los mismos recuerdos.

Descubrieron que eran exactamente de la misma edad, que habían nacido con unos pocos días de diferencia, y esto a Emilio le pareció un acontecimiento trascendental. Admiraba y quería a Pablo como a ningún amigo. Con él no se aburría en ningún sitio. Salían del cine de la sesión de las cuatro y se ponían a dar vueltas por los soportales de la Plaza Mayor, que a aquella hora estaba llena de soldados.

—A mí solo —decía Emilio— nunca se me hubiera ocurrido pasear en un domingo a estas horas por aquí.

—Yo vengo mucho. Está resguardado del frío y me gusta andar así, con la misma pereza que lleva esta gente, oír lo que van hablando, sin prisa.

—¿Por qué no escribes? Tú eres un gran poeta.

—No me mates, yo qué voy a ser un poeta.

—Sí —decía Emilio con entusiasmo—. Tú no encuentras vulgar ninguna cosa. Todo lo conviertes en algo que tiene vida.

—Si no te gusta nos vamos, nos sentamos en un café.

—Como quieras.

Los soldados se apelotonaban a cortarle el paso a los grupos de niñas que salían de casa cogidas del brazo y volvían igual, sin separarse por muy grandes que fueran las apreturas. Otros se quedaban en silencio delante de los escaparates con maniquís que parecían puestos a secar detrás del cartelito CERRADO, pegado al cristal, como si fueran a sorberse toda la tienda vacía.

En el café, Emilio le hacía a Pablo el resumen de la semana.

—Tenías razón. Hasta estudio más.

—¿Estás animado? Me alegro. ¿Ves como no hay nada tan grave?

—Sí, hombre, es mucho mejor así, como tú dices. Además ahora, cuando la veo, está más cariñosa, se sienta a mi lado y me habla. No le importa que nos vean.

—¿Cuántas cartas le has escrito?

—Dos.

—Pues para esta semana sólo una.

—Bueno. No sé si va a notar que es táctica.

—Que no, hombre. Tú no le habrás dicho que yo te doy estos consejos, ni nada...

—Nada. No le he hablado de ti. Pero tienes que venir un día.

Acordándose de Pablo, como de un maestro, las cartas que le salían demasiado largas y apasionadas las guardaba y las sustituía por una cuartilla breve, casi frívola. Luego de noche, en casa, antes de romperlas, las releía con desesperación. A veces, cambiándolas un poco, las convertía, a máquina, en poemas alambicados y retóricos que se complacía en perfilar. Así se acostaba más satisfecho de sí mismo, con la sensación de no haber desaprovechado sus sufrimientos. Esas veces se veía como un ser privilegiado, capaz de complicaciones y desdoblamientos que otros no podrían comprender. Las cartas se las dejaba a Elvira en el tiesto del recibimiento, y ya nunca se las daba, como al principio, por debajo de la mesa del comedor a la hora de la merienda, acariciándole, de paso, la mano, fugazmente.

—Ahora estudio mucho mejor contigo, no sé por qué —había notado Teo—. Adelantamos mucho más, ¿no lo notas?

—Sí, puede que sí.

La criada les avisaba cuando era la hora de merendar, dando unos golpecitos en la puerta: «Señorito Teo, que está a punto el café con leche».

—¿Qué te parece si nos lo trajeran aquí? —llegó a decir Emilio—. Nos entretenemos menos.

—Sí, es verdad. Oye, como sigamos así, ven todos los días.

A la hora de la merienda, también solía haber otras personas en el comedor, gente que venía a acompañar a la madre, todavía con suspiros de pésame. Cuando salían ellos, Emilio se esforzaba por superar su propia circunstancia y, sobre todo si estaba Elvira, se mostraba ingenioso y divertido, siempre con el donaire en los labios.

—Es encantador este chico, Emilio, ¿verdad, Lucía? —le decían a la madre las señoras.

—Sí, muy simpático. Y, además, inteligente.

—¿Y con Elvira, qué hay?

—Por Dios, nada, se conocen desde pequeños.

Ya no venían tantas visitas y se iban pronto. La madre tenía poca conversación. Teo estaba siempre estudiando y Elvira no salía casi nunca.

—Total para qué va una a venir —comentaba alguna señora que coincidía con otra y salían juntas—. Parece que les molesta. Lo hace una por bien y yo creo que ni lo agradecen. La chica, nada, ni aparecer. Que era lo natural, al fin y al cabo, acabando de terminarse el rosario por el padre, como aquel que dice. Aunque nada más fuera por el qué dirán.

Elvira, cuando salía a la visita, estaba silenciosa; recorría con insistencia los retratos pegados debajo de la repisa.

—¿Y qué, Elvira, has vuelto a pintar?

—No.

—¿Cómo que no? —intervenía la madre—. Está terminando el retrato del padre Rafael. Lo pinta de memoria.

—Vaya, de memoria, qué mérito.

—Bueno, mamá, pero de aquí a que lo acabe... No trabajo nada.

—Yo no he visto nada suyo desde hace mucho tiempo. ¿Tienes algo de lo último por ahí?

—No, es todo malo.

—Para ti es todo malo. Nunca está contenta de lo que hace. Enséñales el bodegón.

—Que no, mamá, está sin rematar.

—Pues lo de la Catedral.

La Catedral estaba amoratada contra unas nubes color guinda. El bodegón era un poco más realista.

—A mí el melón, lo que más me gusta es la sombra del melón.

—Ponlo allí, un poco más lejos.

—Claro, se ve que está sin terminar.

—De esta pintura de estilo moderno hay que haber visto mucha para que guste —comentaba la madre, cuando la chica retiraba los cuadros—. Lo que tiene ella es que es completamente original. Se sale de lo de siempre.

—Sí, desde luego, eso sí.

—Lo lleva dentro lo de la pintura.

Una tarde llamaron a la puerta cuando estaban merendando. Elvira había querido llevar a Emilio a su cuarto para enseñarle un cuadro que había empezado, pero él dijo que se lo trajera allí, y lo tenían apoyado en el hueco del balcón.

—Le echas un color a los cielos, hija —dijo Emilio—, que parece el minio de la primera mano de las verjas.

Ella lo volvió contra la pared.

—Si es doña Felisa, la pasas aquí —le dijo la madre a la criada, que salía para abrir la puerta.

—Sea quien sea, nosotros saludar y marcharnos, ¿eh? —le advirtió Teo a Emilio, sorbiéndose lo último de la taza.

No era doña Felisa. Se oyó un cuchicheo en la entrada y vino la chica con una tarjeta. Elvira la cogió y se quedó quieta, mirándola. Se sentó y la dejó en la mesa. Emilio se acercó por encima de su hombro y la leyó en alta voz.

—Pablo —dijo levantándose muy eufórico—. Hombre, Pablo. Me lo había dicho que vendría un día. Pasa, Pablo.

Le abrazó en la puerta. Elvira estaba de espaldas y no se movió. Le vio avanzar para saludar a su madre, inclinarse hacia el sofá donde estaba sentada.

—Les he dicho a los chicos tantas veces que le trajeran a usted... Basta que el pobre Rafael le conociera. Pero por lo visto no está usted mucho en casa. Teo le ha telefoneado alguna vez.

—Sí, señora; salgo bastante. Me gusta pasear.

—A su padre también le gustaba, era muy andarín su padre. Pero siéntese. A Elvira ya la conoce, ¿no?

Pablo dio unos pasos hacia Elvira y le tendió la mano.

—Sí, tengo ese gusto.

Luego se volvió y se sentó en una butaca, al lado de la madre.

—Pues nosotros ahora no le podemos atender como quisiéramos en estas circunstancias tan dolorosas que atravesamos. Ya se hará cargo y nos disculpará...

—Naturalmente, señora, si era yo el que estaba en falta con ustedes.

—Si el pobre Rafael viviera...

Empezaron las viejas historias. Vino Teo a sentarse allí cerca. Emilio se había quedado de pie detrás de la butaca de Pablo. Solamente Elvira, sentada a la mesa desordenada de la merienda, no formaba parte del grupo.

—Ofrécele a Pablo una taza de café —le dijo Teo.

Pablo estaba hablando de sus clases en el Instituto, decía que estaba contento, pero que encontraba muy inhóspito el edificio.

—¿Solo o con leche? —preguntó Elvira.

Y en los ojos que levantó él para mirarla, se vio ridícula como en un espejo, con la cafetera en la mano. Muy pequeña burguesa haciendo los honores.

—Pues a nosotros nos pillas con la cabeza como un bombo, chico —dijo Emilio—. Ya te dije el otro día lo que es una oposición. Aquí me vengo muchas tardes a estudiar con Teo, que es del gremio también, y Dios nos perdone a todos, ¿verdad, Teo?

Elvira puso la taza de café en una mesita cercana a la butaca. Con su cucharilla y su servilleta. «Gracias», le oyó decir, sin levantar los ojos. Lo que más irritación le producía era que fuera amigo de Emilio, sin que ella hubiese intervenido en este conocimiento. Se quedó de pie al lado de Emilio y se apoyó en su brazo para no sentirse desplazada. No la miraba y ella le buscó la mano, trenzó los dedos con los suyos.

—Pues su papá creo que era un pintor excelente. Mi esposo lo consideraba mucho. ¿Murió hace mucho tiempo?

—En la guerra, en Barcelona, de un bombazo.

—¡Ay, qué espanto! ¿Usted lo vio?

—No. Yo estaba en Alemania.

Hubo un silencio, nadie lo rompía.

—Elvira también pinta —dijo Teo—. ¿Por qué no le enseñas a Pablo algo de lo tuyo? Seguramente él entiende de pintura.

—Sí, me gusta bastante. Una vez hice crítica de arte.

—Pero qué manía tenéis con que enseñe mis simples tentativas. Cómo le va a interesar a nadie una cosa así.

—Puede interesarle a usted lo que le digan los demás —dijo Pablo, volviéndose a mirarla—. ¿O es que le molesta que le ponga defectos otro que no sea usted misma?

Ella trató de sonreír pero le salió un tono agresivo.

—Es que no me hace falta, conozco bastante mis limitaciones.

—No, y que éste te lo decía como no le gustara —dijo Emilio—. No le conoces a éste. Le dice la verdad al lucero del alba.

Elvira se fue a la mesa y se puso a recoger las tazas de la merienda. Nadie le volvió a insistir para que enseñara sus pinturas y se pusieron a hablar de otra cosa. De viajes. De los viajes que Pablo había hecho. Ella salió con la bandeja de las tazas y no volvió en toda la visita.

Se echó en la cama turca de su cuarto, con la puerta cerrada y estuvo llorando de rabia mucho rato. Le estallaba la rabia contra todos y sobre todo contra sí misma. Luego se tranquilizó un poco y se puso a fumar un pitillo. Entreabrió la puerta. Del comedor venía el murmullo de una conversación animada y risas. Teo y Emilio no venían a estudiar. Apagó el pitillo, se miró en el espejo. Podía volver otra vez al comedor, pero le daba vergüenza. ¿Cómo iba a aparecer otra vez? Qué ridícula había estado, qué estúpida; delante de él se volvía una retrasada mental. Le estaría extrañando que no volviera. «Pensará de mí que me analizo, que tengo orgullo». Decidió que le odiaba, que no le quería volver a ver. «Si por lo menos viniera Emilio a saber lo que me ha pasado... Me echaría a llorar en sus brazos, le diría que le quiero, que nos casemos pronto». Pero Emilio no vino.

Después de mucho rato, más de una hora, Teo la llamó desde el pasillo. Se había quedado medio dormida de aburrimiento encima de la cama.

—Elvira, sal a despedir a Pablo, que se va.

Salió sobresaltada.

—Me había quedado dormida —se disculpó—. Tengo tanto insomnio ahora por las noches...

Y vio que era inútil decirlo, porque nadie le pedía explicaciones de su desaparición. Emilio y Teo tenían puestos los abrigos porque se iban a acompañar un rato a Pablo.

—He pasado un rato muy agradable con usted —dijo la madre—. Espero que vuelva.

—Gracias, señora. Volveré. Adiós, señorita.

Cuando se fueron, Elvira se quedó con su madre en el comedor.

—Pero si ya son casi las diez. ¿De qué habéis estado hablando tanto tiempo?

—De viajes, de política. Es amenísimo ese chico. A Teo se le veía encantado con él. ¿Tú por qué te fuiste?

—Me aburría. Yo lo encuentro pedante. Oye, mamá, ¿sabes una cosa?

—¿Qué?

—Que me voy a casar con Emilio.

—¿De verdad? ¿Sois novios?

—No somos novios, pero me voy a casar con él. ¿Qué te parece?

—Muy bien, siempre había notado que te quería. Pero tendréis que esperar a que sea la oposición.

—No. No vamos a esperar nada. Nos casamos en seguida, en la primavera, o antes.

—¿Pero, por qué tan pronto? ¿Cuándo lo habéis decidido?

—Yo lo he decidido ahora, hace un rato. No digas nada todavía.

Emilio volvió con Teo y se quedó a cenar para que recuperaran el trabajo por la noche. Venían animados, hablando mucho. La cena fue distinta de las de otros días, la primera un poco distinta desde que se había muerto el padre. La madre miraba a Elvira, y ella a Emilio. Hablaron de Pablo todo el rato. Discutieron de cosas que habían hablado con él.

—Es estupendo —dijo Teo—. No me vuelvo a dejar engañar nunca por la primera impresión. Me he llevado una sorpresa tan grande con él... Sabe de todo, lo cuenta todo tan bien, qué agradable es. Y sobre todo tan sencillo.

—Ya te lo decía yo siempre —dijo Emilio—. Que era de lo más sencillo. Sabía yo que te sería simpático.

La madre dijo que a Elvira le parecía fatuo.

—¿Fatuo? —dijo Emilio—. No, por Dios, cómo puedes decir eso.

—¿De qué le conoces tú tanto a ése? —le preguntó Elvira, después de cenar, en un momento que se quedaron solos—. No sabía que le conocieras tanto.

—¿Por qué lo ibas a saber? Conozco a tanta gente... Nunca te lo digo con quién voy.

Hablaba con un tono indiferente, mirando el periódico.

—Pero yo lo quiero saber —dijo Elvira, violenta—. Mírame, habla conmigo. Saber los sitios donde vas y la gente que tratas. Me voy a casar contigo. ¿O ya no me voy a casar contigo? Hazme caso. Ven. Te digo que vengas.

Se lo llevó al sofá.

—¿No tienes miedo de que vengan y sospechen algo? ¿De qué podemos estar hablando ahora tú y yo? Fiera; pones cara de fiera, para pedirme cuentas.

Cuando vino Teo, Elvira tenía la cabeza reclinada en el hombro de Emilio. Teo los miró sin decir nada. Dijo que si se ponían a estudiar.

—Sí, chico, venga. Yo hoy tengo un ánimo... —dijo Emilio levantándose.

Se fueron al despacho de Teo. A la media hora llamó Elvira a la puerta, y les pidió que la dejaran echarse en el diván de allí. Estaban diciendo un tema de Procesal.

—Mamá ya se ha ido a la cama, pero yo estoy desvelada. En mi cuarto me pongo triste. No os molesto nada, os lo aseguro. No os hablo.

Ponía un tono humilde.

—Pero te vas a aburrir —dijo Emilio.

—No, hombre, déjala.

—Me tumbo en el diván y no digo una palabra. Hasta que me entre sueño.

—Te entrará sueño en seguida.

Teo se levantó y le puso una bata por los pies. El diván estaba en la parte oscura. Elvira miró la cabeza de Emilio inclinada sobre los libros iluminados, sobre el cenicero con colillas. Cerró los ojos.

—Gracias, Teo —dijo—. Hace frío. Esta noche va a caer escarcha.

15

Vino el frío. Ni en París, ni en Berlín, ni en Italia había yo pasado un noviembre tan duro. Era un frío excitante, que gustaba, y el cielo estaba siempre azul. Lo peor era dar las clases en el Instituto en un aula grande de baldosín, con orientación Norte, donde las alumnas apenas llenaban los dos primeros bancos. La calefacción no la encendían por falta de presupuesto, y siempre estaban esperando que vinieran unos papeles aprobados de no sé qué Ministerio para saber si podían comprar el carbón. En las otras alas del edificio, que pertenecían a los jesuitas, tenían una calefacción estupenda, y solamente con salir a la escalera, que era común con algunos de sus servicios, se notaba una oleada de calor. Muchas alumnas, en las horas libres, cuando no lucía el sol, salían a estudiar sus lecciones sentadas en los escalones de mármol ennegrecidos. Un día, cuando yo iba a salir para marcharme, me tropecé con un grupo de ellas que se metían a toda prisa en el pasillo, dándose empujones, y riéndose por lo bajo. No entendí su agitación. Luego, en el primer rellano, me tuve que apartar a un lado. Bajaba un oleaje de sotanas negras y apresuradas de los pisos superiores: novicios o seminaristas en filas de a tres, mirando para el suelo. Me iban rozando sin levantar los ojos. Allí mismo, antes de salir a la calle, había una puerta pequeña que el primero abrió con una llave que traía, y entraron todos por el hueco ordenadamente, agachando un poco la cabeza al pisar el umbral. Se veían árboles al otro lado.

Don Salvador Mata me explicó, al otro día, que la parte que ocupaba ahora el Instituto no era más que un ala muy reducida de los grandes pabellones que estaban a continuación, propiedad todo de los jesuitas.

—Todo eso de ahí, ¿no lo ve usted?

Estábamos de pie junto a la ventana de la sala de visitas, y se veía un jardín muy hermoso, con campo de fútbol. Al fondo y a la izquierda corrían unas altas edificaciones de piedra con ventanales. Don Salvador extendió la mano, abarcándolas, y me señaló la parte que ocupaba el Instituto al principio, recién instalado, mucho más amplia y con acceso por la entrada principal, pero luego la Orden había necesitado más espacio y se iban adueñando cada año de lo que habían cedido al Instituto, como si lo reconquistaran.

—Nos terminaron aislando en este rincón de acá ¿verdad usted?; bueno, llevábamos dos cursos así. Pues ya el año pasado por el verano desalojaron el tercero de tableros y pupitres, y cuando empezó el curso nos encontramos con ese piso de menos, que lo han habilitado para ellos, con derecho de escalera.

Yo le dije que aquello del derecho preferente de escalera no lo entendía, y es que por lo visto, los que habían venido a alojarse en esta parte, cuando iban a utilizar la escalera para bajar al recreo, si era la hora de las clases femeninas, tocaban antes una especie de gong muy sonoro para poner en aviso a las alumnas y evitar así probables encuentros turbadores para los seminaristas. Las chicas, cuando lo oían, se abstenían de salir a la escalera. Me dijo también que ya estaban construyendo desde hacía dos años un nuevo Instituto, pero que las obras marchaban con mucha lentitud.

Todo en aquel edificio me recordaba un refugio de guerra, un cuartel improvisado. Hasta las alumnas me parecían soldados, casi siempre de dos en dos por los pasillos, mirando, a través del ventanal, cómo jugaban al fútbol los curitas, riéndose con una risa cazurra, comiendo perpetuos bocadillos grasientos. Tardé en diferenciar a algunas que me fueron un poco más cercanas, entre aquella masa de rostros atónitos, labrantíos, las manos en los bolsillos del abrigo, calcetines de sport. En los días de sol, por huir de las aulas tan inhóspitas, las llevé alguna vez a pasear por la trasera del edificio. Nos sentábamos en el terraplén de las vías, y les iba explicando los nombres de las cosas, les hablaba de geografía y viajes. Cuando pasaba el tren nos callábamos porque con el ruido no se entendía nada y luego me costaba trabajo reanudar la charla, porque siempre se reían y les bailaba la risa un rato, recién desaparecido el tren, mirando el sitio por donde se había borrado hacia aquel paisaje seco y pardo del fondo, pegado al horizonte. Se reían siempre, y a las preguntas más sencillas le buscaban doble intención. Era difícil la cordialidad con ellas. No se acababan de acostumbrar a la confianza que yo les brindaba. Dijeron que mi método de ir de paseo para dar la clase no lo había seguido nunca nadie en el Instituto.

—¿Creen ustedes que no es buen método?

Se encogieron de hombros, y otra vez la media risa. No me miraba ninguna.

—¿Saben más alemán o menos que antes de empezar conmigo?

Cogí por el brazo a la que estaba más cerca.

—¿Eh? ¿Les gusta o no les gusta esto del paseo? Lo podemos dejar.

—No. Lo que usted diga —dijo con los ojos para abajo.

Y las otras no podían aguantar la risa.

Un día fuimos más lejos, hasta el río. Eran las de séptimo, que después de mi clase no tenían ninguna y así no existía la urgencia de volver. De las quince alumnas matriculadas solamente venían tres, las tres únicas que sabían un poco. Una de ellas, que se llamaba Alicia, me estuvo contando que las otras las llamaban pelotilleras por no faltar nunca a mis paseos.

—Dicen que queremos aprobar.

—¿Aprobar? Pero si ya he dicho el primer día que voy a aprobar a todas.

—No se lo creen.

—¿Ustedes tampoco?

—Nosotras, sí.

Otra de las que venía, Natalia Ruiz Guilarte, era, según me contó don Salvador Mata, una de las pocas chicas de buena familia que estudiaban en el Instituto, hija de un negociante adinerado: una lumbrera para los estudios, la matrícula de honor oficial. Esto de que estudiaba mucho ya me lo había contado también una amiga suya que conocí en una reunión de las de Yoni. Por lo visto, las chicas de familia conocidas lo corriente, cuando hacían el bachillerato, era que lo hicieran en colegios de monjas, donde enseñaban más religión y buenas maneras, y no había tanta mezcla.

—¿Pero mezcla de qué? —le pregunté a don Salvador.

—Mezcla de chicas humildes. La matrícula del Instituto es más barata que en un colegio y vienen muchas chicas de pueblos, ya lo habrá notado. No es de buen tono estudiar aquí.

Me dijo que Elvira Domínguez también había sido alumna del Instituto, y que las otras compañeras le tenían manía porque decían que estaba enchufada.

Con aquella Natalia Ruiz Guilarte había hablado un día, al principio de curso, una vez que la acompañé hasta su casa, y algo me había contado de que quería estudiar carrera y no la dejaba su padre. Esta tarde que llegamos de paseo hasta el río, volví a hablar con ella.

Era una tarde muy fría y en todo el tiempo no dejamos de andar; las hice reír porque las obligaba a llevar un paso gimnástico, para que entraran en calor, y noté que no tenían la cortedad de otras veces, cuando eran más alumnas, que se agrupaban unas contra otras como gallinas y no sabían si ir delante o detrás, o conmigo. Hoy formábamos un pequeño pelotón amistoso. El río se había helado por algunos sitios; había unos muchachines que trataban de atravesarlo patinando, y se reían de nervios y de gozo, porque casi ya a la mitad de camino les daba miedo y se querían volver. Frío, invierno, hielo, catedral. Íbamos haciendo frases en alemán con estas palabras. Niños, río, carretera, puente. Marcábamos el paso con las frases. Pasamos por el sitio donde había estado sentado con Elvira; y también vi el canalillo que había atravesado con Rosa, una tarde que fuimos en barca. Me hacía gracia tener ya recuerdos de escenas de la ciudad, y que me tapasen la otra imagen que traía a la llegada, hecha en mis años de infancia. Las barcas, esta tarde, estaban presas en la orilla entre terrones de hielo.

Al regreso, aunque yo había dado por terminada la clase, no nos separamos, como otras veces. Se había hecho algo tarde. En un cierto momento, Alicia y la otra chica se adelantaron un poco cogidas del brazo y Natalia se quedó a mi lado.

—¿Qué hay de lo de su padre? —le pregunté—. ¿Ya le deja que estudie carrera?

—No hemos hablado —dijo—. Hay tiempo.

—No tanto tiempo.

—Si además a lo mejor me deja, nunca ha dicho que no me vaya a dejar; es que me parece a mí. No lo sé.

—Tiene que saberlo, mujer.

Se callaba.

—Usted siempre saca buenas notas, me lo han dicho los otros profesores, y le gusta mucho estudiar, ¿no?

—Sí, me gusta bastante.

—Pero no lo diga como con pena, mujer.

—Si no lo digo con pena.

—Si quiere hacer carrera, la tiene que hacer, convénzase de eso.

Las otras chicas habían apretado un poco el paso. Ella levantó la cara que llevaba inclinada y las llamó.

—Esperaros, oye, no vayáis tan deprisa.

Dijo Alicia que se iban por la primera bocacalle, que se había hecho tarde.

—Si te vienes tú, avisa.

Ya estaban encendidas las luces de las ventanas, y el cielo oscuro. Pasaba la gente muy deprisa; mujeres con mantones, abrigándose.

—Venga, no nos hagas estar paradas aquí.

—Adiós, iros si queréis. Yo no voy tan corriendo.

Se fueron por la bocacalle. Ella y yo empezamos a subir juntos la cuesta que llevaba a la Catedral. Venía un aire fino y agudo que quemaba las orejas. Íbamos callados, las manos en los bolsillos, ella encima de la acera; yo, abajo, remoloneando.

Estaba oscuro aquel barrio y mal empedrado. Antes de llegar a la Catedral se pasaba por tres placitas desiguales que parecían huecos dejados por casualidad. Una tenía una fuente, otra un gran farol. En la tercera, la más pequeña de todas, apenas un espacio triangular delante del esquinazo de dos casas, había una frutería iluminada en el bajo de una de las fachadas. Del techo colgaban regaderas, fardeles, hueveras y cosas confusas, y estaba la dueña asomada a la calle, en alto, sobre unos escalones, con un gato, debajo de una bombilla. No hacía nada, sólo mirar afuera, ni se movía. Al fondo había una cortinilla para separar la tienda de la casa. Todo tenía un aire muy guiñolesco. Natalia y yo lo miramos sin decir nada. Pasamos también al lado de la fachada de la Catedral, por una callecita que es como un pasillo y ella miró para arriba pegada a la pared y respiró muy fuerte. Dijo que le daba vértigo verse las piedras tan cerca y miedo de que se le cayeran encima, y la aplastaran.

—¿Entonces por qué mira?

—Porque me gusta. Sobre todo así casi de noche, tan misterioso.

Se rió. Era chiquita, con el pelo negro muy liso y un cuerpo infantil. Me dieron ganas de cogerla del brazo, para sentir el calor de su compañía, pero no me atreví.

—Hoy parece que tiene menos prisa que el otro día —le dije—. ¿Me acompaña a tomar un café?

—Bueno —decidió, después de quedarse pensando un poco.

—Estupendo, vamos por aquí.

Habíamos llegado a la calle Antigua. Yo daba los pasos más largos y de vez en cuando notaba que la hacía dar a ella un trotecillo ligero para no quedarse atrás. La llevé al café donde yo solía estudiar por las tardes, vacío a aquella hora. Hacía calor dentro, y al entrar se quitó la bufanda.

—Qué gusto —dijo al sentarse, frotándose las manos.

Y lo miraba todo con ojos brillantes.

No sabía si quería café o no. No sabía lo que quería, debía tener muy poca costumbre de ir a un café. Miraba al camarero, que acudió en seguida, arrastrando los pies, y me miraba a mí, vacilante.

—Tome una copa de algo —le sugerí yo—. ¿O qué quiere?

—Bueno, una copa.

—¿De vino?

—Bueno, de vino.

Con la copa de vino en la mano se sonrió, mirando el cristal empañado que daba a la calle.

—¿De qué se ríe?

—De que estoy pensando si viniera mi padre.

—¿Viene aquí?

—A todos los cafés va.

—Ojalá viniera ahora, para que me lo presentara usted.

—¿Para qué?

—Para que yo le hablara de eso de sus estudios. A ver si me explica él los inconvenientes que tiene para dejarla hacer carrera, porque con usted no me entero.

Pareció asustarse.

—Uy, no, por Dios, si viene no le diga nada.

—Pero, qué es lo que pasa con su padre, ¿le tiene usted miedo? Las cosas hay que hablarlas.

—Sí, lo que es como viniera y nos viera aquí, y encima le sacara usted esa conversación...

—¿Encima de qué?

—Encima de verme en el café con una persona que él no conoce. Menuda se forma en casa con mis hermanas las mayores, por si van con gente conocida o no conocida. A mí ya me aburren.

—Pero siendo así tan bruto, y perdone, ¿cómo es que la deja a usted ir al Instituto? Me han dicho que los padres como el suyo suelen mandar a las hijas a colegios donde hay más selección, aunque se aprenda menos.

—Es que papá antes no era así, cuando yo empecé a estudiar. Antes eso de la gente fina no le importaba nada, se reía.

Empezaba a tener menos timidez para hablar, y me atreví a seguir haciéndole preguntas. Me gustaba oírla explicarse, las mejillas coloradas, los ojos en el techo, notar el gozo que iba experimentando en hacerme ver claras las cosas de su casa. Como si dijera bien una lección. Se puso a contarme viejas historias. Su padre se había hecho rico en pocos años con las minas de wolfran. Antes tenía trabajo en una finca y las hermanas mayores se educaban con una tía, ella vivía con el padre en la finca y estudiaba por libre en el Instituto. Cazaba y montaba en bicicleta. Su padre y ella se entendían bien entonces, cuando estaban en el campo, hasta que empezaron a tener dinero y se vinieron todos juntos a vivir. Desde entonces, la tía era la que mandaba en todos y se había empeñado en civilizarla a ella y en refinar a su padre, que ahora era un señor muy engreído por ser rico. Me habló de sus hermanas mayores, de una de ellas, que tenía novio en Madrid, y en la casa no les gustaba. Me los figuraba a todos a las horas de la cena, las pequeñas discusiones, alguna lámpara roja y las contraventanas bien cerradas, el silencio, los pasos en la calle. Y a ella entre aquellas paredes.

—Ahora —dijo—, antes de lo de mi carrera, lo primero que le tengo que pedir a mi padre es que deje ir a mi hermana a Madrid a estar un poco de tiempo. Eso importa más que lo mío.

—Pero ella es mayor, ¿no? ¿Por qué no se lo pide ella misma?

—Con ellas no se entiende. Mi padre es a mí a la que quiere más todavía. A mí me quiere mucho.

Lo dijo con orgullo, como agarrándose, a pesar de todo, a aquel afecto, o queriendo disculpar a su padre ante mí. No lo entendía bien, pero ya no quise seguir haciéndole más preguntas. Sin embargo le advertí que ella se preocupara de sí misma, que era la más joven de la casa y seguramente la que importaba más que no se dejara aniquilar por el ambiente de la familia, por sentirse demasiado atada y obligada por el afecto a unos y a otros. Que la sumisión a la familia perjudica muchas veces. Limita. Me escuchaba con los ojos muy abiertos.

—Cuánto hemos hablado —dijo luego, levantándose—. Y todo el rato de mí. Me voy, es muy tarde. Me van a reñir.

—No deje que la riñan —le dije, ya en la calle, con mucha convicción—. No deje que la riñan de ninguna manera. No es tarde, hemos estado hablando de cosas que le interesan, ¿no le parece?

—Sí, pero eso no se lo puedo explicar en casa. Además me da igual que me riñan.

—Si me dice que van a reñirla, subo con usted.

Lo dije muy serio y se asustó.

—No, no. Les parecería muy raro. Adiós.

La vi desaparecer en el portal de su casa, pero antes se volvió a mirarme.

—Gracias, ¿eh? —dijo—. Gracias por todo.

Me fui a buen paso hacia la pensión por las calles vacías, y mirando las ventanas de los edificios, me imaginaba la vida estancada y caliente que se cocía en los interiores.

16

Que estudie en el salón. Que por qué esa manía de estudiar en mi cuarto con lo frío que está, que ellas no me molestan para nada. Por no discutir con la tía no le he dicho que no claramente, y he pensado que ya iré escampando como pueda. En el salón no es que se esté mal. Por las mañanas, vaya. Me han puesto una camilla pequeña al otro lado del biombo, y como el biombo es grande, me puedo aislar bastante bien. Lo malo es por la tarde, cuando vienen visitas, esas horas desde que salgo del Instituto hasta que cenamos, que son tan gustosas para escribir el diario y copiar apuntes. A lo primero creía que ni me verían las personas que entrasen por lo larga que es la habitación, pero en seguida lo noto, que están mirando para la luz de mi lámpara, como si quisieran curiosear lo que hay al otro lado de la ventana desconocida. Les oigo el mosconeo de lo que hablan, y no me importaría nada, si estuviese segura de que no estaban hablando de mí, pero me entra la impaciencia de estar siendo vigilada y entonces me distraigo y me pongo a atender a lo que dicen; y resulta que sí, que casi siempre están hablando de mí, más tarde o más temprano. Cuando no acaban por llamarme, salgo yo porque no aguanto más y prefiero que me vean y se quedan tranquilas de una vez. Dice tía Concha que no ponga esa cara de mártir cuando me están hablando y preguntando cosas, que no ve ella que me vaya a pasar nada por alternar un poco con la gente.

—Tú serás un pozo de ciencia, no lo dudo —me ha dicho—, pero a los dieciséis años y un buen pico, resulta que no sabes ni saludar, y, vamos, digo yo que tampoco es camino.

Ahora están empeñadas en que van a traer a una tal Petrita López para que seamos amigas. Se le ocurrió la idea a una señora que vino el otro día y me quiso conocer, de esas señoras que al besar dejan un roce de bigote y salivilla, y luego de los besos se apartan y dicen: «Va a ser muy guapa, muy guapa». Dijo que ella tenía una sobrina en mis mismas condiciones, pero como me llamaron cuando ya se estaban despidiendo y continuaban seguramente una conversación de antes, no pude enterarme de las circunstancias que quería decir. Estaba de pie, pero tardó todavía un rato en irse.

—Estoy segura de que podréis ser muy buenas amigas. A ella le hace tanta falta como pueda hacerte a ti. ¿Te gustaría que fuerais amigas?

Me daba risa la pregunta, porque sin haber visto ni siquiera una foto de la chica, era rarísimo que pudiera tener curiosidad por conocerla. Dije que con los estudios estaba todo el día ocupada y tenía poco tiempo, pero creo que ni se enteraron de lo que yo decía. Discutían por su cuenta y una vez la señora con un gesto compasivo me pasó una mano por el pelo, distraída, para acompañar a las razones que daba. Mercedes puso el pero de que ella conocía a Petrita y que Petrita era mucho más mujer. Parecía que arreglaban un negocio.

—Apariencia, pura apariencia —dijo la señora—. Pero en la manera de ser y reaccionar, el vivo retrato de ésta, os lo digo. Y de retraída y tímida, ¡igual!, todo igual.

Estos adjetivos, aunque yo los oí perfectamente, los decía volviendo la cabeza hacia la tía y Mercedes, en voz más baja, medio oculta por una risa de disimulo. Yo aproveché para despedirme y decir que tenía mucho que estudiar.

Esa tarde había venido Alicia a preparar conmigo la traducción de griego, y cuando volví a la mesa le estuve contando lo idiotas que son las señoras que vienen a casa, me desahogué con ella de la rabia que tenía. Ella no dijo nada, pero luego, cuando habíamos vuelto a la traducción levantó de repente la cabeza.

—Yo a tu tía no le gusto nada, ¿verdad?

Me pilló tan de sorpresa que me puse colorada. La tía siempre dice de ella «esa chica», y nunca la saluda más que cuando no tiene más remedio.

—Y a mí qué me importa si le gustas o no, eres mi amiga —dije—. No me ha dicho nada, no sé.

—Pero yo lo noto.

—Pues me da igual. A ver si vas a dejar de venir por eso.

—No.

Desde que viene Alicia, han vuelto a hablar varias veces en las comidas de lo conveniente que habría sido que yo este año no me hubiera matriculado en el Instituto. Dicen que mientras estaba Gertru, menos mal, pero que ahora he perdido todo contacto con la gente educada. Yo no quiero saltar y prefiero irlo llevando por las buenas porque bastantes disgustos recientes ha habido por lo de Julia, que se quiere ir este invierno a Madrid y el novio le ha escrito una carta a papá y han armado la de San Quintín. Estoy esperando a que todo esté más sereno para hablar yo con papá, conque no conviene que se enfaden también conmigo ahora. Al fin ya estoy matriculada, y con Alicia directamente no se han metido todavía, así que les oigo como quien oye llover. Procuro pasar lo más inadvertida posible. Me he dado cuenta de una cosa: de que en casa para pasar inadvertida es mejor hacer ruido y hablar y meterse en lo que hablan todos que estar callada sin molestar a nadie. Siempre que me acuerdo canto por los pasillos y tengo cara de buen humor, y he empezado a mirar figurines y a dar opiniones sobre los trajes de las hermanas, y a decir que qué buen sol si veo que está despejado. También he dicho que quiero unos zapatos nuevos.

Alicia, la pobre chica viene muy mal vestida, y debe pasar un poco de frío, con esa chaqueta de traje sastre que trae encima del vestido azulina. Dice que a ella no le pasan balas porque ha vivido mucho en un pueblo de Burgos de donde es su abuela, que es uno de los más fríos de España, y que se levantaba tempranísimo y nunca gastaba abrigo. Lo dice con mucho orgullo, y me toca por la calle para que vea que siempre tiene las manos calientes. Del pueblo de su abuela me ha hablado mucho, del jefe de estación que es su tío, de una alberca muy grande, cerca de un melonar, de las fiestas de verano con baile; y de la trilla. Ella vivió una temporada en casa de su tío, en la estación, y veía pasar los trenes. Estar aquí no le gusta, le gustaría hacer la carrera de maestra y que la destinaran al pueblo, vivir con su abuela hasta que se muriera, enseñarles a leer y a escribir a los niños de allí, que los conoce a todos. Yo le digo: «Bueno, y casarte», pero se ríe y dice que no, que eso ella no lo piensa, que si yo lo pienso.

—Pues, no, tampoco. Pero aunque no lo piense me casaré, me figuro. Tienes razón, son cosas que están lejos.

A Alicia le he hablado algo del profesor de alemán de las dos veces que me ha acompañado a casa y de las cosas que me ha dicho, y un día me vio el diario. Como somos amigas, me pareció mal no enseñárselo, pero luego me he arrepentido un poco, no porque lo vaya a hablar con nadie, pero porque ella tiene una manera de ser que algunas cosas no las entiende. Dice que ella a mí me debe parecer muy vulgar.

—Que no, qué tontería. ¿Por qué lo dices?

Se rió porque siempre se ríe cuando está muy convencida de una cosa, pero no es capaz de explicarla bien.

—Pues porque sí, porque nuestra vida va a ser muy distinta. Basta ver las cosas que escribes tú, y lo que piensas y eso. Verás cómo luego, dentro de un par de años, no seremos amigas ya, no lo podremos ser.

—¿Pero por qué?

—Porque sí. Lo verás.

—Pues ahora somos amigas. Alicia. Lo más amigas.

—Ahora sí, bueno.

Nunca dice las cosas con tristeza, pero siempre con una seguridad que te convence. Yo he pensado que a lo mejor tiene razón, que sólo me agarro a ella ahora porque estoy un poco sola sin Gertru. Desde luego es completamente distinta a Gertru, mucho más prosaica y con menos preocupación de analizarse, pudorosa. Algunas veces me hace avergonzarme de mis fantasías. Le pregunté que por qué no hacía ella diario y dijo que no me enfadara, pero que le parecía cosa de gente desocupada, que ella cuando no estudia le tiene que ayudar a la madrastra a hacer la cena y a ponerle bigudís a las señoras. Otro día le hablé del color que se le pone al río por las tardes, que si no le parecía algo maravilloso, a la puesta del sol, y me contestó que nunca se había fijado.

—¿Pero cómo puede ser? ¿No se ve el río desde tu ventana?

—Pues, sí. Pero nunca me he fijado. A mí me parece tan natural que ni me fijo. Un río como otro cualquiera. Agua que corre.

Dice que me he enamorado del profesor de alemán, que lo saco a relucir para cualquier cosa, aunque no tenga nada que ver. Ese día que lo dijo me enfadé un poco con ella y desde entonces hablamos menos y siempre que nos juntamos es para estudiar. Todo el tiempo estudiando. Me cunde el tiempo con ella más que con nadie. Cada vez estoy más decidida a hacer carrera.

Hoy me encontré a Julia que salía del portal de casa, cuando yo volvía de clase. Le pregunté adónde iba.

—No sé. A lo mejor al cine, o a dar una vuelta por ahí.

—¿Tú sola?

—Sí. Es que he reñido con Mercedes, no la aguanto. ¿Por qué no te vienes conmigo? ¿O tienes que estudiar?

—No, voy contigo.

Me ha estado contando Julia que Mercedes está de muy mal humor estos días por culpa de un chico que ha salido un poco con ella y que ya no la hace ni caso, un tal Federico. Yo no sabía que Mercedes saliera con ningún chico, siempre ha dicho que a los hombres los odia por principio. Le he estado preguntando a Julia que cómo es el chico.

—Nada, un borracho, un idiota. Ha ido con ella por tomarla el pelo. Antes era amigo mío, pero ya no le hablo nunca. Mercedes ha hecho el ridículo con él, le ha estado buscando todo el tiempo, se ha hecho unas ilusiones horribles. Decía que no, pero se lo notaban todas las amigas. Mira que se lo advertí yo, pero nada. Como ha ido tan poco con chicos... Ahora en cambio lo pone verde, dice que de ella no se ha reído ni él ni nadie. Está incapaz, no se le puede hablar. Conmigo sobre todo, es que me tiene verdaderamente manía. No sé cómo no lo notas tú también, ¿no lo ves el mal humor que tiene? Acuérdate ayer qué discusión tan tonta contigo, por lo de la sobrina del comandante, a ella qué más le dará.

La sobrina del comandante es esa Petrita López, que van a traer para que sea amiga mía. Ayer le dije a Mercedes que qué pesadas se están poniendo, y que no me hace ninguna falta tener esa amiga, y se enfadó mucho. Pero como ella y tía Concha se enfadan por tantas cosas al cabo del día, yo no hice ni caso. Me da pena de Mercedes aunque no la quiero mucho, cada vez más separada de todos y más orgullosa, intransigente como la tía. Hasta la misma cara se le va poniendo. Me ha dicho Julia que son treinta años los que cumple en febrero, yo creía que veintinueve.

—Y es lo malo, que ya no se casa, qué se va a casar. Con el carácter que tiene. ¿Tú crees que va a encontrar quien la aguante?

No hemos ido al cine. Nos hemos puesto a hablar y a andar, y a lo último ya estaba Julia de buen humor. Está decidida a irse a Madrid para Año Nuevo como sea. Dice que con permiso o sin permiso. Que primero se va a casa de los tíos y luego se busca un trabajo allí hasta que se case, porque Miguel por lo menos en un año no puede casarse todavía, le han fallado unos trabajos con los que contaba para ahorrar un poco.

—Pero preferiría irme por las buenas, dentro de lo posible. A ver si hablas tú con papá, Tali, guapa, que me lo prometiste.

—Sí, si no me olvido, es que estoy buscando el momento oportuno. Me ha parecido que estos días no estaba el horno para bollos, con eso de la carta que le ha escrito Miguel.

—Pues fíjate, yo creo que en el fondo le ha gustado a él que le escriba. La carta está bien, no se mete con nadie, yo la he leído. Un poco dura, bueno, pero es para entenderse. Si la tía no hubiera metido cizaña, estaría encantado papá. Pero estoy harta, te lo digo. No sabes lo que es tener que estar templando gaitas todo el día. Desde luego me voy a Madrid, me voy sin falta, ¿no te parece?

—Claro que sí. ¿Pero qué trabajo quieres encontrar?

—Ya lo veremos, dice Miguel que es fácil. El caso es ir.

Estaba tan animada contándome todas estas cosas que ni siquiera me preguntó ni una vez adónde íbamos, anduvimos por calles y por calles. De pronto se echó a reír.

—¿Sabes dónde nos hemos metido, Tali?

—No.

—En el barrio chino.

—Bueno, ¿y qué?

—Nada, que no había entrado nunca.

Eran unas calles muy solitarias con faroles altos, las casas de cemento de un piso o dos, sin tiendas. Muchas ventanas estaban cerradas. Nos paró un hombre con un perro, para preguntarnos que si sabíamos el bar de la Teresa, y le dijimos que no. Julia tiraba de mí agarrada fuerte a mi brazo. Ya estaba bastante oscuro.

—¿No te da un poco de miedo? —dijo, y echó a andar más vivo.

—A mí no. No vayas tan deprisa.

—Si es que tengo frío. A mí tampoco me da miedo, no te creas.

—Pero, ¿por qué te iba a dar miedo?

Salimos a lo conocido. En la iglesia de Santo Tomás estaban tocando para el rosario, y se veían bultos de señoras en la puerta. Nos fuimos a la otra acera. Ya había estrellas. Al pasar por la calle del Correo, Julia se paró en un portal.

—¿Quieres que subamos un rato a ver a Elvira?

—¿Qué Elvira?

—Elvira Domínguez. El otro día me estuvo preguntando por ti.

—Bueno.

Subimos. Elvira se había acostado porque le dolía un poco la cabeza, pero la criada no lo sabía y nos hizo pasar a su cuarto. Tiene un cuarto muy bonito. Me parece que se sobrecogió al oír que pedía Julia permiso para entrar, y se puso a recoger unos papeles que tenía en la mesilla de noche, como yo cuando hago el diario. A lo mejor hace diario ella también. Se echó fuera de la cama y se quedó sentada.

—Me iba a levantar, os advierto, no sé si estar en la cama o levantarme.

—¿Pero, qué tienes? —le preguntó Julia—. ¿Fiebre?

—No, fiebre no. No sé, desánimo. Bueno, sí, me levanto, porque si no...

—Haz lo que quieras, por nosotras no lo hagas, vamos a estar muy poco.

Dijo que no la molestábamos, pero estaba distraída. Se puso una bata y anduvo de pie por la habitación, poniendo cosas en estantes y cambiando de postura continuamente, mientras nos hablaba.

—¿Cuándo te casas por fin? —le dijo Julia.

—No sé, pero pronto.

Yo no sabía que Elvira se fuera a casar. Me puse a mirar lomos de libros. Ella vino por detrás y me empezó a preguntar cosas del Instituto, y de profesores que conoce ella. Me reí mucho cuando se puso a imitar al de Religión; es igual que estarle oyendo. Hizo lo de la parábola del hombre que bajaba de Jerusalén a Jericó y le asaltaron unos ladrones. Precisamente nos lo ha explicado don Abi antes de ayer y dice las mismas palabras, pone la misma cara. Luego me preguntó que qué tal las clases de idiomas, y me parecía que se le había cambiado el humor raro que tenía cuando llegamos. Yo me puse a hablarle del profesor de alemán, de las clases que damos paseando; con mucho entusiasmo porque ella me escuchaba y me seguía la conversación; dice que le conoce un poco. Hablando del profesor de alemán me parecía que éramos muy amigas, porque a nadie le hablo de él, y me hubiera estado allí toda la tarde. Por eso me ha molestado lo que ha dicho Julia, al salir de allí:

—Esta Elvira es una hipócrita.

—¿Por qué?

—Porque dice que a ese profesor le conoce un poco, y creo que se pasa todo el día ahí metido con ellos.

—¿Con quiénes? ¿Dónde?

—Con ella y su hermano y su madre, y su novio. Ahí, en la casa. ¿No es uno delgado, de canas así en los lados? ¿De gafas sin montura?

—Sí.

—Claro, el mismo. Dicen que está medio enamorada de él. Yo no entendía nada.

—¿Pero cómo va a estar enamorada de él? ¿No dices que se va a casar? ¡No se irá a casar con él!

—No, mujer, no entiendes nada. Con Emilio del Yerro se va a casar.

Es todo un lío. No he querido hacer más preguntas, las cosas que hablan las hermanas son siempre un lío. Pero me he quedado un poco triste de que al profesor de alemán le conozcan tantas personas.

Hoy ha venido por segunda vez Petrita López. El primer día que vino estuve tan antipática que no sé cómo ha tenido ganas de venir más. Se ha quedado a comer. Entró Mercedes en el cuarto mío que es donde estábamos y dijo: «Que se quede a comer Petrita, si quiere», con la voz de naturalidad que pone para invitar a sus amigas. Y Petrita dijo que bueno, que se quedaba. Es una pánfila que da pena. No es que sea mala chica, pero a lo primero se le toma manía por la cara que tiene de belleza de calendario, los labios pintados mucho y el pelo con moño, tirante para atrás. Parece que se vaya a poner uno a hablar con una chica mayor, muy de rompe y rasga y luego es tan tímida y tan ignorante que no le pega nada ir arreglada así y tener ese cuerpo de mayor. Hoy me daba pena de ella y la he hablado un poco más que el otro día, aunque he tenido que hacer esfuerzos para sacar conversaciones. Por lo visto es medio prima de Gertru, y me ha dicho una cosa que no sé si será verdad, pero me ha dejado muy pasmada. Que el novio de Gertru es un pinta y que en su casa ha oído ella decir que cuando va a Madrid vive con una señora extranjera.

—Pero tú eso, ¿por qué no se lo cuentas a Gertru? —le he dicho yo.

—No, si yo creo que ella ya se debe figurar algo. Desde luego que le gustan otras chicas además de ella, lo tiene que saber de sobra, y creo que ya se ha disgustado con él por eso alguna vez.

—¿Pero cómo sigue con él?

—Porque le querrá. Tú de esto no digas nada.

Yo estaba indignada, cómo le va a querer a un tío así, no puede ser que le quiera.

En la comida también han hablado de ella, de que está aquí su suegra y la piden la semana que viene. Las hermanas opinaban que una boda de tanta prisa le va a dar que hablar a la gente.

En seguida de comer me he ido al Instituto. Tía Concha quería que hoy perdiera las clases y me fuera con Petrita al cine, pero yo dije que no podía. Hemos salido juntas.

—Que vuelvas —le ha dicho tía Concha en la puerta—. A ver si arregláis eso de la lección de dibujo.

Quieren que cojamos un profesor de dibujo para las dos, porque a ella le gusta dibujar, pero sola no le hace ilusión tomar clase. Como si fuera cosa de hacer ilusión o dejarla de hacer. Además yo qué tendré que ver con lo que le haga ilusión a ella. Me ha acompañado un buen rato, casi hasta el Instituto. Me aburre esta chica de muerte, estoy con la obsesión de que va a volver otro día.

He llegado a clase de muy mal humor. Hoy había alemán. Hemos estado en el aula porque llovía un poco y además ahora el profesor siempre pone pretextos para lo de los paseos, se ha debido hartar. En la clase le he estado mirando todo el tiempo, y me parecía la persona que tengo más cerca de todo el mundo, el mayor amigo. A la salida me he hecho la encontradiza en la puerta, lo había estado decidiendo durante toda la hora que a la salida le iba a hablar. Le he preguntado una duda del libro, para tener pretexto y que se parara conmigo. Ya lo sé que todas las chicas se han quedado mirando, pero me importa un comino.

—Es verdad que en mi casa no se puede vivir —le he dicho de pronto, sin quitar los ojos del libro, que lo tenía abierto contra la pared.

Me ha parecido que se reía un poco.

—¿Por qué dice eso? ¿Qué le ha pasado?

No puedo sufrir que se ría. Había hecho un experimento de valor con esto de hablarle y ahora el valor se me venía al suelo, no sabía por dónde seguir.

—Por nada, lo que hablamos de mi familia —dije con vacilaciones—. Que tenía usted razón. La familia le come a uno, yo no sé. Hoy sin falta voy a hablar con mi padre.

—Estupendo, me parece bien, mujer. A ver si le sirve de algo.

Se despidió. Me parece que tenía prisa. Me metí en el water y estuve llorando. Cuando salí, ya se habían ido las amigas. Me bajé la cuesta sola, despacio, mojándome toda la cara. Bajaba una riada enorme con el chaparrón y me gustaba.

Papá no había venido todavía cuando llegué a casa. Vino justo a la hora de sentarse a cenar. Yo ni cenar podía, ni había podido leer ni hacer nada en todo el rato, esperándole. Tenía un nudo en la garganta mirando a papá, que se comía en silencio las patatas. Luego se puso a hablar de un señor que va al Casino y decía que no sabe jugar al mus, que le toman el pelo todos en la partida. Tenía un humor neutro, no nos miraba a ninguna para hablar. Me lo sentía más lejos que nunca y me parecía imposible poder hablarle, pero estaba segura de que me iba a atrever. En la sobremesa hizo un solitario y yo estaba enfrente, callada. Luego cogió el periódico y dio las buenas noches. Esperé un poco, hasta calcular que se hubiera desnudado y metido en la cama: dos discos de flamenco y media guía comercial. Entonces me despedí como todos los días. Salía al pasillo, del cuarto de papá, la raya de luz de su lámpara verde. Llamé con los nudillos.

—¿Quién es? Pasa.

Cuánto tiempo hace que no entraba en el cuarto de papá a estas horas. Se ha creído que iba a rascarle la espalda, como cuando vivíamos en Valdespino, y sin dejar el periódico, se ha vuelto de medio lado y se ha levantado un poco el pijama por detrás.

—Vaya, chiquita; vuelven los tiempos felices.

Qué difícil era: era dificilísimo. Me arrodillé en la alfombra y allí, sin verle la cara, rascando arriba y abajo, arriba y abajo, he arrancado a hablar no sé cómo y le he dicho todo de un tirón. Que nos volvemos mayores y él no lo quiere ver, que la tía Concha nos quiere convertir en unas estúpidas, que sólo nos educa para tener un novio rico, y que seamos lo más retrasadas posible en todo, que no sepamos nada ni nos alegremos con nada, encerradas como el buen paño que se vende en el arca y esas cosas que dice ella a cada momento. Saqué lo del novio de Julia, me puse a defenderle y a decir que era un chico extraordinario. Yo no le conozco, pero eso papá no lo sabe, me estaba figurando que era yo la quería casarme, y de pronto me di cuenta de que no pensaba en Miguel, que veía la cara del profesor de alemán.

—Papá —le he dicho—, tú antes no eras así, te vuelves como la tía, te tenemos miedo y nos estás lejos como la tía.

Papá estaba muy perplejo. Se ha vuelto a mí, que me había quedado callada sentada en la alfombra y me ha mirado, sin saber qué decir.

—¿A qué viene esto? ¿Por qué me dices todo esto de golpe, precisamente tú?

Estaba muy dolido, pero no comprende que yo lo que quiero es ayudarle a ser más sincero, a darse cuenta de lo que tiene alrededor. No he conseguido que nos entendamos, he visto que es imposible y también toda su cobardía.

—Pídeme lo que quieras —me ha dicho—. Pero no me vuelvas a hablar así. Te lo doy todo, os lo doy siempre todo, los jóvenes son crueles. Dime lo que queréis de mí, y si puedo te lo daré.

Yo me he echado a llorar, no sabía en ese momento lo que tenía que pedirle. Sólo quería que alguien me consolara y me entendiera. Le he hablado de Gertru, de Mercedes, de Petrita, de cosas que me aprietan el corazón, pero he sido incoherente. Le he dicho que si tengo que ser una mujer resignada y razonable, prefiero no vivir.

—Antes, de pequeña, papá, cuando cazábamos en Valdespino, ¿te acuerdas?, a ti te gustaba que fuera salvaje, que no respetara ninguna cosa. Te gustaba que protestara, decías que te recordaba a mamá.

Me ha mirado por encima de las gafas.

—Las cosas cambian, hija. Ahora vivimos de otra manera. Mejor, en cierto modo. No puedes ser siempre como eras a los diez años.

Me ha hablado de dinero, de seguridad y de derechos. A mí las lágrimas se me han ido secando, pero cada vez estaba más triste. Él, como no he vuelto a hablar, se ha creído que me estaba convenciendo de algo, pero yo ni le oía. Hablaba cada vez en un tono más seguro y satisfecho, más hueco, y hacía frases, seguramente escuchándose, como quien gana un pleito.

—Adiós, papá, tengo sueño —le he dicho en una pausa que ha habido.

Le he remetido el pijama, le he dado un beso en la frente.

—Perdona que te haya molestado.

Él me ha abrazado fuerte.

—Estás nerviosa, hijita, de tanto estudiar, yo lo comprendo. Otro día seguiremos hablando, si quieres. Y pídeme lo que necesites. Aquí está papá para todo. Pero también tía Concha es buena. Has sido injusta con ella. Hay que quererla también a la tía.

De lo de mi carrera no le he dicho nada.

Me he dormido muy tarde, haciendo diario.

17

Desde que había venido la madre de Ángel, Gertru a él casi no le veía. Siempre estaba de compras y al cine y comiendo con la suegra. Era una señora opulenta, con el pelo teñido de rojizo y muchas joyas. Algunas veces iban los tres, y entre los tres habían decidido que la boda se hiciera pronto, porque si no la madre de Ángel, que se iba a Argentina, por medio año a estar con unos parientes, no podría asistir.

—Y dejarlo para más allá, no quiere él —explicaban los padres de Gertru a sus amistades—. Dice que para qué van a esperar. Realmente un chico como Ángel, con la posición asegurada, y que ya no es un niño.

—Pero Gertru podía esperar, tan jovencita...

—Sí, ya ve usted, pues él no quiere ni oír hablar de eso.

Gertru tenía varios hermanos solteros y una casada. Josefina, que había estado bastante sin venir a verles porque se casó a disgusto de la familia, y todavía no venía mucho. Un día de aquéllos, Gertru la fue a ver. Vivía cerca del río en una casita modesta. Estaba haciendo un jersey para el niño, y llevaba el pelo liso, recogido de cualquier manera, y las uñas sin arreglar. Acababa de volver de un pueblo de la sierra donde vivían los padres de su marido: tenía mucho desorden en la casa, y el niño estaba con la tos ferina. Todas estas cosas se las contó a Gertru con un tono de voz opaco y uniforme, sin dejar de mirar la manga del jersey, que crecía imperceptiblemente en las agujas. Gertru se había sentado enfrente de ella y la miraba. También le dijo que no se encontraba bien porque esperaba el segundo niño para abril.

—De este embarazo no le digas nada a mamá todavía, ¿sabes?, para qué se va a andar preocupando.

La noticia de que Gertru se casaba la recibió sin mostrar alegría ni extrañeza. Solamente levantó la cara y dijo:

—Mujer, tiempo tenías. Claro que ya pareces mayor, has cambiado mucho.

Gertru llevaba tacones y tenía las piernas cruzadas. Josefina le miró las caderas, el vientre liso bajo el *sweter* ceñido. Cuando ella era soltera, las señoras de Fuenterrabía le decían a mamá, los veranos: «Tu chica, qué estilo. No es que sea guapa, pero tiene un estilo». Nadaba, dormía siesta, comía de todo. No costaba trabajo, entonces, estar en forma. Ella este verano había seguido el consejo de otras amigas casadas y se había cuidado un poco más, había ido alguna vez a la peluquería, se había quitado los pelos de las piernas, pero eran cosas que llevaban tiempo y se hacían a desgana, sin ilusión, el niño mamando todavía cada tres horas. Suspiró.

—Pues me alegro de que te cases. Gertru, mujer. ¿Y cuándo dices que es la pedida?

—El lunes, en casa, para celebrar también mi cumpleaños. No dejes de venir. Y que venga también Óscar. Lydia quiere que haya mucha gente, hasta cien, lo paga todo ella. Va a servir la merienda el Castilla con camareros de allí y todo.

—¿Lydia se llama tu suegra?

—Sí.

—Qué nombre tan bonito. Creo que es muy joven.

—Mucho. Se casó a la edad que tengo yo ahora, y tuvo sólo este hijo. Además se cuida mucho.

—Debe tener dinero, ¿verdad?

—Uy, mucho. Dinerales. Yo no sé la de regalos que me ha hecho ya, me quiere muchísimo, dice que como si fuera su hija. Todo el día estoy con ella. Después de la pedida me lleva con ella a Madrid para escoger lo grueso del equipo. Todo en Zaid.

—Qué suerte. Pues se lo diré a Óscar. Me tendría que hacer un vestido pero no me va a dar tiempo.

—Yo te puedo dejar uno.

—No, mujer, tú estás mucho más delgada, ya me arreglaré.

Se quedó pensativa, mientras contaba los puntos que le faltaban para empezar a menguar. Se había equivocado. Lo deshizo y siguió más despacio. A cada vuelta y antes de empezar la siguiente, levantaba los ojos con un gesto de descanso y miraba a la ventana. Gertru se despidió. Después de irse ella, se despertó el niño, llorando. Josefina dejó la labor pero no era capaz de levantarse para ir a ver qué le pasaba. Llevaría el traje marrón, pero arreglándolo un poco, le haría un escote redondo, no iba a ir hecha una birria a una merienda de tanta gente. A ver si quería venir Óscar, a lo mejor no quería, estos últimos tiempos estaba tan agrio... Decía siempre: «Me aburres», y daba portazos. Ya nunca traía amigos a tomar café como a lo primero.

Gertru lo comentó con su suegra:

—Me he retrasado por estar un poco más en casa de mi hermana. Me he puesto triste de verla. Me parece que no es muy feliz.

—Nadie es feliz del todo en este mundo, hija. Cada uno lleva su cruz.

Lydia se esponjaba enormemente cuando podía colocar una frase así, nacida de años de experiencia.

—La he visto desmejorada —dijo Gertru—. Debe haber sufrido mucho con lo que le hicieron en casa. A lo mejor ahora tiene envidia de mí. Ha estado rara conmigo.

Se sintió la mano de Lydia sobre el hombro.

—No pienses eso, mujer.

—Si va a la pedida, procure estar simpática con ella, hablarla bastante, ¿quiere? Yo se la presento.

Gertru alzó los ojos casi con lágrimas a la cara adobada de masajes y esperó la respuesta. Vio un guiño de ternura en los ojos de muñeca pompadur.

—Claro que sí, hija. Le haremos un regalo, si quieres; un buen regalo. Eres tan buena... Pero no me sigas llamando de usted.

Estaban en el hall del Gran Hotel, en la rinconada del bar, esperando a Ángel, que había subido al estudio de Yoni con los amigos. Se habían sentado en los taburetes de plástico rojo. A Gertru le hacía ilusión estar en aquellos taburetes empinados, sorbiendo un jugo de tomate. Lydia era muy moderna y tenía muy buen gusto para vestirse. También a ella la guiaba y le decía siempre lo que se tenía que poner a cada hora. Por ejemplo, ya nunca había vuelto a llevar colores mal combinados, ni rebecas debajo del abrigo.

—Por Dios, las rebecas —había dicho Lydia—, qué amor le tenéis las chicas de provincias a las rebecas. Estropeáis los conjuntos más bonitos por plantarles una rebeca encima. Encima de la blusa de seda natural, nada, mujer. ¿Tanto frío tienes?

Y duchas frías, gimnasia, una crema ligera al acostarse. Gertru seguía todos sus consejos de belleza porque la oía decir que las mujeres, desde muy jóvenes tienen que prepararse para no envejecer. A Lydia le gustaba sentir a Gertru pendiente de sus palabras, como de los mandamientos de la Ley de Dios, y algunas veces, que se sentía generosa, ponderaba su docilidad, como un maestro para estimular al discípulo.

—Ya eres otra distinta que cuando yo vine. ¿No te lo dicen las amigas?

—No.

—Pues a Ángel se lo han dicho todos.

—¿Qué le han dicho? ¿Quiénes? No me cuenta nada.

—No querrá que te pongas tonta, y por eso no te lo dice. Le dicen que estas guapísima ahora, me lo han contado a mí.

—¿Sus amigos?

—Sí. Yoni y su hermana, sobre todo. Todo ese grupo.

Gertru miró el reloj. Era tarde y Ángel no bajaba. Le preguntó a Lydia que si le gustaban a ella Teresa, la hermana de Yoni y sus amigas. Lydia era muy moderna pero católica cien por cien. Lo que más admiraba en Gertru era su inocencia.

—No son chicas para ti, desde luego —decidió.

—Pues Ángel les tiene mucha simpatía, le gusta que yo vaya con ellas. A mí tampoco me gustan.

—Es que Ángel tiene una cabeza de chorlito. Pero ya ves que sabe distinguir. Para casarse, bien te ha escogido a ti. A ver si ahora, cuando os caséis, le hacemos sentar la cabeza.

Hablaba muchas veces en plural, como si fueran las dos las que iban a casarse.

Ángel vino un poco bebido, las abrazó por el cogote, abarcándolas a las dos en el mismo abrazo; dijo que era feliz con su madre y con su novia y pidió un san Patricio. Se puso a canturrear una copla flamenca que decía algo de la madre y de la novia y de la Virgen de San Gil. Gertru se puso triste, no se atrevía a decirle que no bebiera más. Se volvió a acordar de su hermana. Siempre que se ponía triste por una cosa, se le empezaban a venir a la cabeza todas las demás que podían aumentarle la tristeza. Ángel estaba besuqueando a su madre y, mientras tanto, iba bajando la mano izquierda con la que la tenía a ella cogida por la cintura, hasta acariciarle las caderas. Lydia se reía de los abrazos, le llamaba ganso. Luego, ya bastante tarde, Ángel acompañó a Gertru a su casa, y Lydia se quedó. En el portal de casa la estuvo besando y besando y metiéndole achuchones a lo bruto pero no hablaron nada, aunque ella se desprendía a cada momento.

—Ángel, vamos a hablar. No hablo nunca contigo.

—Pero de qué vamos a hablar, tonta.

—Quita, anda, has bebido.

—Claro, por alegría, por celebrar todo lo contento que estoy de casarme pronto contigo. Si no bebo estos días, para cuándo lo voy a dejar.

—Quita, que quites.

Llegó el día de la pedida y casi no había hablado ni media hora con él. Todos los diseños de muebles y las compras que había que hacer habían sido decretados por Lydia. Iban a tener dos apartamentos, uno aquí y otro en Madrid. Luego, Lydia les arreglaría a su gusto una casita en la finca de Andalucía.

Gertru estaba aturdida aquellos días con el ajetreo de modistas, clases de gimnasia, comidas fuera con la suegra, electricistas y carpinteros en su nuevo piso, invitaciones para el cóctel de petición. Ponía así, CÓCTEL DE PETICIÓN, en unos tarjetones color garbanzo alargados, con las iniciales de los apellidos enlazadas. Ella puso las señas en los sobres de acuerdo con lo que fueron diciendo sus padres y Ángel, de un modo maquinal. Solamente de uno de ellos, antes de cerrarlo, sacó la tarjeta y escribió en una esquina: «Tali, no quiero que faltes tú. No faltes, por favor. G.».

Natalia y sus hermanas recibieron la invitación al día siguiente. Natalia dijo que no quería ir.

—Le ponéis un pretexto vosotras, le decís que me he puesto mala.

—Pero Tali, por Dios, ¿cómo se lo va a creer? Ya ves lo que te insiste, no le puedes hacer ese feo.

—Me aburriré, no sabré dónde ponerme; no conozco a nadie.

—La conoces a ella, tan amigas como habéis sido.

—Pues por eso, porque ya no lo somos. Seguro que no me hará ni caso. Me insiste por cumplido.

—Que no, mujer, si nos está preguntando por ti todo el día.

Por fin la convencieron. Tali se puso un vestido de lunares que se había hecho para las fiestas y lo tenía sin estrenar.

—Mejor ocasión —decía la tía Concha mirándola antes de que salieran—. ¿Ves, mujer, ves como cuando te arreglas un poco pareces otra? Anda, dame un beso, que os divirtáis.

Era la primera vez que las tres hermanas iban juntas a una fiesta.

En la calle, antes de llegar, se encontraron a Isabel, Goyita y otras chicas que también estaban invitadas, y siguieron camino con ellas. Miraron a Tali, unas la conocían y otras no. Dijeron que era muy mona. Alborotaban al andar como si con las risas se amparasen del azaro de ser tantas. Y de ir todas vestidas de fiesta debajo de los abrigos. Les sonaban los tacones y les salía vaho de la boca al hablar.

—Chicas, vaya frío. Vamos deprisita.

—Cógete. Espera que cambie el bolso.

Ya antes de que las abrieran la puerta de la casa, se oía el jaleo de dentro. Les abrió un camarero de guante blanco y les quitó los abrigos. Lo habían puesto un poco distinto lo de la entrada. De todas las habitaciones salía mucha luz. Tali miró de reojo, según avanzaban por el pasillo, a la puerta del cuarto donde ella y Gertru solían estudiar y donde alguna noche de mayo, cuando el lío de los exámenes se habían quedado a dormir. Salió Josefina a saludarlas y las pasó al cuarto de estar del fondo. Olía mucho a nardos. A Gertru no se le veía por ningún sitio.

—Está en el comedor, con las personas mayores —explicó Josefina—. Luego vendrá cuando acaben la ceremonia de la petición. Tú, Tali, qué mona estás, más mayor. Hacía lo menos dos años que no te veía.

—Sí —dijo Tali—. Antes de que tú te casaras.

—Es verdad, pero entra, mujer.

Desde el umbral, medio oculta por los vestidos de las otras, Natalia se sintió encogida y con muchos deseos de marcharse. Habían puesto una mesa larga en medio, llena de emparedados, de cosas fritas y de bebidas y estaba bordeada de caras desconocidas que se miraban y gesticulaban entre sí. Todo gente de pie. Pensó que le gustaría estar en la parte de allá, encajonada entre la pared y la mesa y siguió a Mercedes y a Josefina que iban hacia aquel sitio. Era difícil pasar. Un camarero, por el camino les ofreció una bandeja con copas de distintas formas.

—Jerez, limonada, champán, ginebra... —decía inclinándose.

Tali cogió una copa cualquiera y en cuanto llegó a la pared y pudo apoyarse, se la bebió de un sorbo. Allí al lado Mercedes se puso a hablar con Josefina y con otras chicas casadas que estaban en un grupo. Eran chicas de la edad de Mercedes, que habían salido con ella cuando solteras y que ahora ya tenían su casa y sus hijos. Algunas la habían visto con Federico Hortal y le preguntaron que si eran novios.

—¿Novios? —dijo Mercedes plegando la boca—. Eso quisiera, le he dado una lección. Ése se creía que yo soy como todas, eso es lo que ha pasado. Nunca se había encontrado con una como yo, que le dijera las cosas claras.

—Pues no sé quién me dijo a mí que a ti te gustaba.

—¿Gustarme? ¡Pero si le he hecho unos feos! Fíjate, el otro día estábamos Isabel y yo en Burgueño, y entró él, claro, en cuanto me vio por el escaparate, muy sonriente, como si nada, y me quería invitar a un tortel, empeñado. Pues le dije, Isabel estaba y os lo puede decir, digo: «Me estás molestando, no me vuelvas a molestar más». Se quedó frío. Ahora está que no sabe lo que le pasa, no entiende que no quiera nada con él. A los chicos hay que tratarlos así, a zapatazos.

—Hija, pues lo que es así, no te vas a casar nunca.

—Ni falta que me hace.

Tali bebió la segunda copa, de una cosa distinta, más dulce. Otras chicas habían empezado a hablar de sus maridos. En algunas cosas de las que decían, de más confidencia, bajaban un poquito la voz porque los maridos estaban más allá, en otra esquina de la mesa. El marido de una bastante gorda, un tal Tomás, era una especie de santo modelo de atenciones, él mismo le curaba todas las mañanas las grietas de los pechos con una pomada marrón asquerosa. Ahora, por el tercer hijo le había regalado un picup. Una cosa estupenda, de esos que ponen diez discos de cada vez.

—No puedo decir que me gusta una cosa, ni abrir la boca, ya es por lo demás. De bolsos... bueno, ya pierdo la cuenta de los bolsos que me ha regalado en dos años. Los he tenido que ordenar por la piel para encontrarlos en el armario, los de boxcalf, los de cerdo, porque si no es un lío...

Otra rubia, muy charlatana, acababa de venir de Madrid de pasar ocho días. Había ido con otros matrimonios a un cabaret que se llamaba Molino Rojo, en plan pandilla, como solteros, hasta las cuatro de la madrugada. Hablaba de la libertad que había, de que estaba lleno de prostitutas, y que una o dos al final se habían venido a la mesa con ellos, como la cosa más corriente.

—A mí, yendo con ellos, comprenderás que me daba igual, hasta me divertía, pero si me pasa aquí en el Casino, me muero. Y no tenían mala pinta. Si no lo dice Pepe luego que eran fulanas, yo ni lo noto.

—Pues lo que es Tomás a mí, a un sitio así nunca me habría llevado.

—Hija, por una vez; si hubieras visto el ambiente, te habría parecido natural. Yo lo pasé bárbaro, desde luego. ¿Sabéis quién estaba?

—¿Quién?

—Jorge Mistral, el de «La Gata», es de fenómeno.

—¿Alto?

—Regular, parece más en el cine.

Sin cesar se alargaban los brazos blancos de uñas cuidadísimas, y colgantes de pulseras planeaban sobre los platitos rozando gambas rebozadas y galletas de queso. A Tali le dolía la cabeza. Se pusieron a hablar de una tal Estrellita, que no estaba allí. Unas la defendían, otras se metían con ella.

—Decís que es salada. Yo ni salada la encuentro. Todo el día bebiendo, con el marido, todo el día los dos medio trompas. Vamos, que no me digan.

—Pues fíjate una mujer así era lo que le hacía falta a Ramón. Le rinde. Ahora por lo visto es siempre él el que quiere ir a acostarse temprano. A mí me lo ha contado Óscar; que ya no bebe ni la mitad. Le ha entendido. A los hombres así, sólo una mujer más juerguista que ellos.

—Sí, hija, pero tendrá que tener dos criadas para que le hagan todo porque lo que es ella no para en casa.

—Tiene una casa que es una cucada. ¿No has ido?

—¿Dos criadas tiene?

Empezaron con el tema de las criadas y poco a poco se fueron acercando las de todos los grupos, como si trajeran leña a una hoguera común, como si todo lo anterior hubiera sido preámbulo. Cada cual decía, lo primero, el nombre de su propia criada, metiéndolo en una frase banal todavía, pero ya se regodeaban de antemano, igual que si empezaran a repartir las cartas para jugar a un juego excitante en el que siempre se va a ganar. La voz se les volvía altiva y sentenciosa. Las criadas se lavaban con sus jabones, se ponían sus combinaciones de seda natural. Las criadas...

Natalia cerró los ojos. Las veía rodeadas de trocitos de serpentina amarilla, desenfocadas. Se estaba mareando con la bebida. Josefina le preguntó que si quería que fuera a llamar a Gertru para decirle que estaba allí ella.

—No, déjalo. Ya vendrá, si puede.

Josefina estaba pálida y tenía los ojos con cerco. Más allá, entre los hombres, buscó Tali al marido y también lo reconoció. Estaba serio, hablando, y a la mujer no la miraba. Era Óscar, el novio. El novio con mayúsculas. El novio de la hermana mayor de Gertru. El primer novio que ella había conocido. Siempre entraba Josefina en el cuarto, cuando ellas estaban estudiando, y les daba alguna orden secreta. Se escapaba en ratos sueltos para verle, venía hablando muy bajo y se miraba en el espejito siempre aprisa. «Oye, Gertru, guapa, si pregunta mamá, le dices...». Ellas dejaban un momento los libros y la veían salir levantando el visillo; se quedaban respirando juntas contra el cristal hasta que desaparecía. Miraban la calleja por donde se iba a juntar con el novio prohibido. Esto era hace tres cursos, el primero de vivir Natalia en la ciudad, cuando ella y Gertru empezaron a escribir el diario.

De pronto vino Gertru y aplaudieron. Venía por todas las habitaciones con Ángel para hacerse felicitar. La gente fue a la puerta a besarla y a verle la pulsera. Acababan de pedirla.

—A ver. Oye, es fantástica.

—Déjame ver, déjame ver. De ensueño.

Ángel se puso a saludar a los hombres, y al cabo de un poco, cuando se quitó la gente de la puerta, Gertru vio a Natalia en el rincón de allá. Le hizo una seña y llegó.

—Te estaba buscando, Tali, creí que no habías venido. ¿Con quién estás?

La besó. Llevaba un traje color manteca con frunces en las caderas y el pelo trenzado en la nuca. Tali nunca la había visto tan guapa.

—Aquí estoy, yo sola. Bueno, he venido con mis hermanas.

—¿Quieres venir a que te enseñe los regalos?

—Bueno.

Fueron a su cuarto. Estaban los regalos encima de la cama turca y de la mesa y de unos bancos que habían puesto. Dijo Gertru que todavía no tenía ni la mitad. Eran estuches de cosas de plata, manteles, cajitas de piel, zapatos, vestidos, cinturones.

—Fíjate, este bolso es de Italia. Mira cómo está rematado por dentro.

Tali no decía nada, le iba pasando los ojos por encima a todas las cosas y algunas las tocaba un instante.

—¿La pulsera es preciosa, verdad?

—Sí. Ya te la he visto antes. Has puesto luz de neón aquí.

—Sí, ya hace mucho, ¿qué miras?

—Que has quitado la repisa con los libros. ¿Dónde tienes los libros?

—En el cuarto trasero, tengo que hacer una selección de los libros antes de casarme. Si te sirve alguno.

—No. Sólo si tuvieras los apuntes de Religión del año pasado, para Alicia, que repite. Yo los míos los he perdido.

—¿Qué Alicia?

—Alicia Sampelayo, ¿no te acuerdas de ella?

—Ah, sí, un poco, una rubia. Ya te los buscaré. Mira esta radio, Tali, ¿has visto cosa más chiquitita? Funciona con pilas, ¿verdad que es un sol? Verás, vamos a buscar algo de música, verás qué bien se oye.

Se sentaron en el sofá amarillo, corriendo un poco las cosas que había encima. Allí juntas, oyeron la música de una emisora francesa —tan lejos, sabe Dios de dónde venía—, Natalia se tapó la cara contra el hombro de Gertru y se echó a llorar desconsoladamente.

18

Las clases de alemán, a pesar de ser mi única ocupación concreta durante el tiempo de mi estancia, las recuerdo como una música de fondo, como algo separado de la ciudad misma. Hacía todos los días el camino de ida y vuelta del Instituto, cruzaba el patio, avanzaba hacia la fachada gris de ventanas altas y asimétricas, subía las escaleras pero nada de aquello me era familiar; coincidía siempre con la primera imagen que tuve de ello la tarde de mi llegada, cuando hablé con la mujer que fregaba los escalones.

Me aburrí de los paseos con las niñas y empecé a pasar lista y a poner faltas de asistencia, porque don Salvador me dijo que no estaban preparadas para tener disciplina de otra manera, que me rogaba que lo hiciera así. Por lo visto mis métodos extrañaban demasiado a todos. También me señaló un libro de texto que debía seguir en adelante.

Creo que más o menos por entonces fue cuando Emilio empezó a venir a esperarme a la salida de las clases y a hacerme confidencias de su noviazgo con Elvira. Vino dos o tres tardes, pero la primera no la diferencio de las otras. Empezó a hablar de repente, porque dijo que no podía más, que necesitaba apoyarse en alguien. Elvira le desconcertaba con sus arbitrariedades, no lo podía comprender, y él se sentía inferior, se atormentaba pensando si sería o no el hombre que ella necesitaba. Yo le dije que eso no se llega a saber nunca, y que si se querían, no tenía sentido plantearse esos problemas. No sabía bien

qué decirle, unas veces se creía seguro de que Elvira le amaba,
y a lo mejor casi en seguida lo ponía en duda desesperada-
mente. Fuimos a pasear por calles cercanas al Instituto, por
donde él me iba guiando con su brazo aferrado a la manga de
mi abrigo, y repetía idénticas cosas.

—En el fondo soy débil, soy un débil —decía—. No sé bien
cómo soy. Si supiera lo que ella espera de mí, me volvería absolutamente de esa manera aunque tuviera que vivir siempre
una vida fingida, diciendo palabras postizas. Me adaptaría a lo
que fuera, te lo juro.

—Pero no pienses eso. Tú por qué tienes que cambiar de
como eres. Elvira, si te conoce desde hace tanto tiempo, te
tiene que querer como seas. Te lo tomas demasiado en serio.
Ella es que tiene fantasías, que le gusta inventar complicaciones. No la admires tanto, sé duro con ella. Tú eres más verdadero que ella.

—¿Te parece?

—Por lo que dices...

Hasta que empecé a volver a casa de Elvira, toda mi breve
historia con ella casi la había olvidado, era para mí un episo-
dio concluido, imaginario. Se me hacía muy extraño pensar en
todo el tiempo anterior a mi amistad con Emilio.

A casa de Elvira volví porque él me lo pidió. Le había tomado un gran afecto y me había dado cuenta de lo fácil que
era animarle, subirle la moral. No sé cómo, tan rápidamente,
se había convertido en mi mejor amigo. No le juzgaba, no me
importaba que fuera mediocre o inteligente. Sólo veía su sinceridad y su vacilación, lo ansioso que estaba de compañía. Y
contrastando con su afectación de algunas veces, me conmovía su humildad, como nunca la he visto mayor.

Me acuerdo de un domingo de sol que me estuvo leyendo
versos suyos en el Parque municipal. Eran muy malos. Hablaban de sangre rugiente, latidos, floración y cosas así muy va-
gas. Mis críticas, completamente intuitivas, porque de poesía
nunca he sabido casi nada, no sólo las escuchó ávidamente,
sino que allí mismo en el banco del parque, apoyando los fo-

lios en las rodillas, se quería poner a corregir algunas cosas con arreglo a lo que yo le había dicho. Casi me hacía avergonzarme.

Otro día, en su casa, me estuvo enseñando algo de una novela que tenía empezada para un concurso literario y artículos recortados de periódicos. Los artículos eran bastante graciosos. En su cuarto tenía un dibujo de Elvira al pastel, el escorzo de un mendigo, con influencia picassiana.

Por entonces, un poco antes de las vacaciones de Navidad, le veía casi todos los días, o por lo menos me telefoneaba a la pensión. Por lo visto las cosas con Elvira le empezaban a ir cada vez mejor, gracias, según decía él, a la seguridad en sí mismo que yo le había inyectado con mi amistad y mis consejos. Realmente no eran consejos, sino opiniones y puntos de vista que él me arrancaba.

—Ahora siempre estoy tranquilo y tengo esperanzas. Sé que vivo, que tengo algo dentro que es mío, algo que me impulsa. A veces hasta me parece que yo solo sería capaz de dirigir el mundo con mi amor por Elvira. Y eso me basta.

Decía frases así que se veía que había estado pensando antes; me figuraba yo lo que se habría complacido imaginándose de pie en el centro del mundo con una batuta en la mano, sublimando sus gestos de amor.

Volví por fin a casa de Elvira. Este primer día conocí a la madre, y a ella apenas la vi unos instantes porque en seguida se fue de la habitación, pero fue lo suficiente para comprender que algo estaba aún pendiente entre nosotros y que yo la volvía a desear, como la tarde del río y la vez que la besé en su cuarto. Tal vez no hubiera vuelto por la casa, si al día siguiente Emilio no me hubiera venido a buscar a la puerta del Instituto loco de entusiasmo.

—Tú me das la suerte, ¿no te lo digo siempre?, me la das, es así, no tiene dudas. Ahora ya está bien claro.

Apenas me había dado tiempo a separarme de unas alumnas que salían conmigo, y al principio no entendía nada, ni él me daba lugar a preguntarle. Luego, ya más calmado, me explicó que Elvira le había dicho que quería casarse con él en seguida, y que ya les había hablado a su madre y a Teo.

—Ella es así, no sé cómo no la conozco todavía. No se sabe por qué decide las cosas. Sabía yo que si alguna vez me empezaba a querer de verdad, estallaría así, de repente. Cambiaría todo de la noche a la mañana. ¿Sabes tú lo que es esto, Pablo? Ya se lo puedo decir a todos. Nos casamos en primavera o antes, no espero a sacar las oposiciones, ni nada. ¿Tú te das cuenta de lo que es?

Todavía no me daba mucha cuenta. Y tampoco me la di en mis siguientes visitas a la casa. Emilio, que con el primer entusiasmo se disculpaba aquellos días del estudio, me llevaba allí con él continuamente, me hacía quedarme a comer y cenar cuando él se quedaba. Yo no sabía qué pretexto poner para rehusar, porque en el fondo me gustaba quedarme. Todos me insistían con mucho afecto: también Elvira, aunque algunas veces se enfadaba por algo que decía yo, y se iba del cuarto. Pero me pareció que estaba contenta, muy cariñosa con Emilio. Le besaba siempre delante de mí. A veces tenía una euforia agresiva y daba bromas a todos. Esas veces se metía también conmigo y me trataba con excesiva familiaridad. Parecíamos una familia. Yo no me explicaba cómo había llegado a pasar aquello de estar allí sentado en el sofá de aquel comedor de la calle del Correo charlando, o mirando algún libro, con la confianza con que podría haber estado en mi casa. Me parecía que volvía a tener una casa, después de mucho tiempo.

—Para la primavera —decía Emilio, que siempre estaba haciendo planes— tenemos que llevar a Pablo a un tentadero de toros en la finca. Ya verás tú qué cosa tan interesante y tan bonita.

Los padres de Emilio tienen una finca, y ellos, cuando se casaran, pensaban ir a vivir allí.

—A Elvira le gusta —me explicó Emilio—. Podrá por fin poner un buen estudio y trabajar. Yo, al principio, me ocuparé del campo, claro, pero seguiré estudiando. Ella pintará mucho allí; a mí me interesa también el trabajo de ella, tanto como el mío. Creo que tiene una vocación y que puede hacer cosas. También viajaremos.

Me hablaba mucho aquellos días de la libertad de la mujer, de su proyección social. Tenía muchos proyectos también acerca de reformas en la finca de sus padres, y todos muy ambiciosos. Querría poner regadío en algunos sitios y además hacer una piscina cerca de la casa y un campo de tenis. Parecía que estas cosas quedaban hechas apenas las decía, tanto entusiasmo ponía imaginándolas. La oposición no la pensaba abandonar, desde luego, porque Elvira quería que la hiciese. Teo podía venir a pasar largas temporadas con ellos.

—Y tú también, Pablo, por supuesto. Como si te quieres venir todo el verano, en cuanto acabe el curso. Serás nuestro mejor amigo siempre.

Yo, cuando Emilio me incluía en alguno de estos proyectos para la primavera o el verano, miraba los cristales empañados por el frío de la calle. Me parecía que para el tiempo bueno yo ya no estaría en la ciudad y no podría ir con ellos a ningún sitio. Todavía no había podido librarme de la sensación de provisionalidad que me producía todo lo que iba viendo y haciendo en este viaje.

Llegaron los exámenes de diciembre y las vacaciones de Navidad. Estaba alborotado el Instituto porque las alumnas pedían las vacaciones desde el día primero y no era costumbre darlas hasta el ocho. Por lo visto todos los años había esta lucha sorda y no cedían ni los profesores ni las alumnas, que se dividían en dos bandos, el de las que acataban la ley y el de las rebeldes. Había entre ellas desorden y discordia, y se insultaban unas a otras con letreros en las paredes y en la pizarra. Yo, antes de que la situación fuese más tirante, hice el examen trimestral y me despedí. Me parecía que no dejaba nada en aquellas aulas.

Una tarde volví con mis libros al café de la calle Antigua, pero no tenía paz para estudiar y desistí. Me puse a andar por las calles. A casa de Elvira no quería ir. Llevaba varios días sin verles con el pretexto de un catarro que tuve, y quería que estos días de ausencia me sirvieran para desacostumbrarme de la inercia de caer siempre por allí al atardecer. Me di cuenta de que estaba andando por calles cercanas a la casa, y di la vuelta bruscamente. Me metí por los soportales de la Plaza Mayor, mirando escaparates. Salí a la calle del Casino. La ciudad se me hacía, de pronto, terriblemente aburrida; me ahogaba. En la puerta del Casino había un cartel que decía: Exposición de esculturas de Juan Campo; Juan Campo era Yoni; hacía mucho que no sabía nada de este grupo de gente. Como no tenía nada que hacer, entré.

Para la exposición habían habilitado el salón de té. Yoni estaba hablando con Elvira junto a una de las esculturas, y no había nadie más. Me miraron los dos en cuanto aparecí en la puerta. Yoni se había dejado barba. Me acerqué a saludarles, él no sabía que Elvira me conociera a mí.

—¿Éste? —dijo Elvira de buen humor, sin soltarme la mano que yo le había tendido—. ¡Pero si es una peste! Está todo el día metido en casa con Emilio y Teo. ¡Le han tomado un amor! Por cierto, hace días que no vas; has estado enfermo, ¿no?

—Sí, un poco.

Me miraba a la cara, como respaldándose en la presencia de Yoni. En su casa no nos mirábamos casi nunca. Me separé de ellos y me puse a dar una vuelta por allí. Les oía hablar y reírse. Cuando lo terminé de ver, me fui a despedir, pero ellos también se iban, y salimos los tres juntos. Elvira le dijo a Yoni que le había gustado mucho la exposición en conjunto, que había mejorado bastante desde las últimas cosas que le enseñó a ella. Le hablaba muy familiarmente, como si quisiera hacer alarde de su amistad con él.

Yoni nos invitó a subir un rato con él al Gran Hotel y tomarnos una copa en su estudio, si no teníamos que hacer otra cosa.

—Gracias —dije yo—, pero no me encuentro bien y me quiero ir a casa a acostarme. Otro día.

Elvira me insistió. Que si iba yo, iba también ella, que era sólo un ratito, que no estaría tan malo. Me volvía a mirar como antes.

—Al catarro con el jarro —dijo Yoni—. Tengo coñac francés.

—Bueno —acepté sonriendo—, para celebrar lo de tu exposición. Un brindis y me voy.

—Claro, hombre. Como si te quieres acostar allí, en una de mis literas.

Cruzamos la Plaza. Le dijo Yoni a Elvira que si la veían acompañada de dos hombres que no eran Emilio, y en pleno luto, que la iban a criticar.

—Que digan misa —exclamó ella con voz alegre, moviendo el pelo hacia atrás—. ¿Tú quieres que les dé más que hablar todavía? ¿Que me coja de vuestro brazo?

—Hombre, claro que quiero —dijo Yoni—. ¿Tú, Pablo?

Traté de sacar el tono frívolo que ellos empleaban.

—A nadie le amarga un dulce —dije.

Pasábamos por los jardincillos del medio de la Plaza. Elvira nos cogió del brazo y los dos nos juntamos contra ella. Era casi tan alta como yo. Hacía frío. Yoni le cogió la mano de su lado y se la metió con la suya en el bolsillo del abrigo.

—Oye, eso ya es mucho —se rió ella—. Nos van a querer casar, como hace dos inviernos. ¿Sabes, Pablo, que hace dos inviernos nos quería casar la gente a éste y a mí?

Me oprimía el brazo para hablarme. Tenía los ojos brillantes de alegría.

—¿Casaros? ¿Por qué?

—Ah, pues porque algunas tardes iba por su estudio a pintar allí. Fíjate qué delito. Que estábamos en plan, decían, ¿verdad tú?

Yoni se rió.

—Bueno, un poco en plan sí que estábamos.

—Calla, tonto, qué íbamos a estar.

En el estudio de Yoni yo no hablé nada. Me sentía incómodo, desplazado. Tomé dos copas y estuve poniendo unos discos, mientras ellos bromeaban y pajareaban por allí. Luego fueron languideciendo también, como si mi silencio les secara. Me despedí. Elvira dijo que ella también se iba.

—Pero, mujer, espérate un poco. Seguramente vendrá Emilio por aquí —la animó Yoni—. Y si no le llamamos.

—Hombre, vaya unos planes que me preparas. A Emilio me lo tengo ya demasiado visto. No, de verdad, me voy. Si viene, le dices que me he ido a casa —dijo luego, corrigiendo el tono—. Adiós, Yoni, majo. Y enhorabuena.

De pronto, ya estábamos los dos solos en la calle. Empezamos a andar en una dirección cualquiera. No hablábamos.

—¿Adónde vamos por aquí? —preguntó ella por fin.

—Yo a mi pensión.

—¿No te vienes un rato a casa?

—No.

Seguimos. No torció por el camino que la debía llevar a su casa. Íbamos hacia mi barrio. Se me cogió del brazo, como un rato antes. Se apretó contra mí.

—No te molestará, verdad, que te acompañe un poco...

—¿Por qué iba a molestarme?

—No sé, porque eres raro, nunca se sabe lo que te gusta y lo que no.

Pasamos la Plaza del Mercado, subimos la cuesta de la cárcel.

—Pablo —dijo de pronto.

—Qué.

—Nada, que qué callados vamos. ¿Tú vas a gusto sin hablar?

—Yo sí.

—Yo no, porque voy violenta sin saber lo que piensas, ¿qué piensas? No estarás enfadado conmigo.

—No, mujer...

—Pues, ¿qué piensas?

—Pero de qué.

—De mí, de que te acompañe y eso.

—Nada, lo encuentro normal. Eres una chica libre, ¿no quedamos en eso cuando hablamos la última vez?

Se soltó con rabia.

—Te ríes de mí, siempre te ríes de todos. De Yoni, y de Emilio, y de mi hermano. Vienes a casa a mala idea, para estarnos mirando a todos y luego burlarte. Por eso no me gusta que vengas. Te crees un ser superior.

No contesté. Me aburría. Empecé a andar más deprisa.

—No vayas tan de prisa. Di algo.

—Qué voy a decir, que estás loca, que no dices más que tonterías.

Se echó a llorar.

—Es que me pones nerviosa, no sé lo que me pasa contigo. Perdóname.

—Pues no vengas conmigo, yo no te he pedido que vengas.

Me paré. Habíamos llegado a mi pensión. Se me volvió a coger del brazo.

—¿Me dejas que suba a ver tu cuarto? Anda, así hacemos las paces.

—No tenemos que hacer ningunas paces. Están hechas. Adiós.

—Anda, déjame subir. Me fumo un pitillo contigo. Tengo ganas de subir.

—No, Elvira, mejor no.

Se le encendieron los ojos con coquetería.

—Parece que tienes miedo de mí.

La cogí por los hombros, la sacudí hasta que la hice daño.

—Eres una insensata, tú eres la que debía tener miedo. No sé a qué juego quieres jugar conmigo. Vete a casa.

Todavía se reía.

—¿Te crees que no soy capaz de subir a tu cuarto?

La cogí por un brazo.

—Elvira, si subes esta noche a mi cuarto, no vuelves a salir hasta mañana de madrugada, ¿entiendes? Anda, sube. Ahora verás.

Los labios le temblaban. La empecé a empujar hacia la escalera.

—Bruto, qué bruto eres, déjame. No quiero.

—Ah, ahora no quieres... ¡Venga, sube!

Vino la mujer de la pensión con unos paquetes, y abrió con la llave.

Se quedó esperando a ver si pasábamos o no. Nos miraba con ojos fijos.

—Deje abierto; ahora iremos —dije yo.

Elvira lloraba como una niña.

—Qué vergüenza, qué vergüenza —dijo cuando se metió la mujer—. Si lo supiera Emilio esto que me has hecho, tratarme como a una fulana, hacerme pasar esta vergüenza. Tú te crees que yo soy como la animadora; ya me lo dijeron las chicas, que vivías aquí con la animadora, cuando estuvo, pero yo no me lo quise creer. Se ve que es lo único que ves en las mujeres. Te has creído que soy como ella.

—No —dije—. No eres como ella. Ella estuvo en mi cuarto muchas veces y yo en el suyo, pero no era como tú. Era directa y sincera. Si hubiera querido acostarse conmigo, me lo habría dicho.

Elvira lloraba ahora a lágrima viva, con sollozos de total desamparo. Le di mi pañuelo.

—Anda, vete a casa, que es tarde. No te preocupes por lo de Emilio, porque a nadie le pienso decir nada. Pero vete.

Aquella noche no dormí nada y a la mañana siguiente muy temprano hice mi maleta, pagué la pensión y eché a andar hacia la estación por las calles desiertas, lechosas de una niebla muy fría que desvaía la luz todavía encendida de los faroles. El primer tren para Madrid salía a las ocho de la mañana. Pasé por delante de la casa de Emilio y levanté los ojos a su ventana cerrada. Todavía no sabía bien adónde iría, pero sabía que no iba a volver. En Madrid me quedaría algo de tiempo y desde allí escribiría a don Salvador y tal vez a Teo y a Emilio, inventaría alguna historia.

Después de sacar el billete entré en el bar de la estación y dejé mi maleta en el suelo. Tenía las manos entumecidas. Pedí un café solo. A mi lado me sonrió un rostro conocido.

—Don Pablo, qué alegría. He venido a despedir a mi hermana, que por fin, ¿sabe?, se va a Madrid. El novio le ha encontrado allí un trabajo, pero mi padre no sabe nada todavía, se cree que vuelve después de las Navidades. Se lo tendré que decir yo cuando sea.

Era Natalia, mi alumna de séptimo. La invité a café con leche.

—Julia ahora viene. Está comprando unas revistas. ¿Usted también va a Madrid?

—También.

—Fíjese, qué bien lo de mi hermana; está más contenta...

Vino la hermana y me la presentó. Estuvimos los tres desayunando. Empezaba a entrar en reacción, pero me dolía mucho la cabeza. Julia dijo que me conocía de vista del Casino. Luego no sabíamos de qué hablar.

—Usted ahora —le dije a Natalia—, a ver si arregla con su padre lo de la carrera. Que se entere su hermana en Madrid de los programas de esa carrera que quiere hacer y lo va usted sabiendo para el año que viene. No se desanime, mujer, por favor.

—No, no, si cada vez estoy más decidida.

Subimos juntos al tren, pero Natalia se bajó en seguida. Era casi la hora de la salida. Julia y yo nos asomamos para verla desde el pasillo, en dos ventanillas contiguas. Estaba de pie muy quieta en el andén y nos miraba alternativamente, sonriendo. Luego bajó los ojos. El andén estaba casi desierto. Empezaba a levantar un poco el día.

Sonó una campana y el tren arrancó.

—Adiós —dijo Natalia, cogiendo la mano que su hermana le tendía.

Yo también saqué la mano y se la di. Empezó a andar un poco con nosotros al paso del tren, siempre mirándonos y sonriendo. Me miraba a mí, sobre todo, los ojos llenos de luz en la cara pequeña, subido el cuello del abrigo.

—Que tenga suerte —le dije, agitando el brazo.

Ella echó casi a correr, porque el tren iba más deprisa.

—Pero usted vuelve, ¿no?

—Oye, a Mercedes le he dejado una carta encima de la cama —dijo la hermana, de pronto, con urgencia—. Creo que la verá, pero si no la ve, dásela tú.

—Bueno...

El tren ya iba a rebasar la pared de la estación. Natalia corría con cara asustada.

—Vuelve usted después de las vacaciones, ¿verdad?... A ver si no vuelve —dijo casi gritando.

No le contesté ni que sí ni que no. Seguí diciéndole adiós con la mano, hasta que la vi pararse en el límite del andén, sin dejar de mirarme. Se le caían lágrimas.

—Adiós, adiós...

Habíamos salido afuera. Sonaban los hierros del tren sobre las vías cruzadas. Con la niebla, no se distinguía la Catedral.

Madrid, enero de 1955-septiembre de 1957

AUSTRAL

IMPRESO EN CPI (BARCELONA)
c/ TORREBOVERA, s/n (ESQUINA c/ SEVILLA), NAVE 1
08740 SANT ANDREU DE LA BARCA